숙희 딸

숙희 딸

박지영 지음

좋은땅

차례

#1. 숙희 딸 … 6
#2. 숙희 이야기(1) … 15
#3. 숙희 이야기(2) … 40
#4. 숙희 이야기(3) … 56
#5. 숙희 이야기(4) … 76
#6. 숙희 딸 연실이 … 117
#7. 숙희 딸 복미 … 153
#8. 그녀들의 이야기(1) … 168
#9. 그녀들의 이야기(2) … 186
#10. 그녀들의 이야기(3) … 208
#11. 그녀들의 이야기(4) … 235
#12. 그녀들의 이야기(5) … 252
#13. 숙희 딸 … 265

에필로그 … 286
작가의 말 … 288
참고 자료 … 290

#1. 숙희 딸

먼바다의 짙음이 어둠을 뚫고 위판장 구석구석으로 스며들었다. 그 짙음은 잠시 멈추었던 전쟁을 다시금 알리는 포탄의 화약 냄새와도 같았다. 사그라지는 불꽃 위에 언 손바닥을 녹이던 상인들은 냄새를 따라 바다 쪽으로 시선을 돌렸다. 눈가에 졸음은 어느새 자취를 감추고, 눈동자에 빛이 찾아들었다. 누가 먼저라 할 것도 없이 무장 준비로 위판장은 일순간 술렁이기 시작했다. 자리를 비운 전우를 애타게 부르는 이들과 허겁지겁 장비를 챙기느라 분주한 사람들까지. 새벽 바다를 맞이하는 상인들의 얼굴에는 그 어떤 비장함마저 묻어났다.

한편, 치열한 전쟁터 한가운데 전우도 장비도 없이 홀로 새벽 바다를 마주하는 이가 있었으니, 그녀는 바로 이연실이었다.

두 눈을 감고 바다의 거친 숨결을 깊숙이 들이켰다. 곧 작은 불빛이 물결을 따라 나타났다, 사라졌다. 하나의 불빛이 두 개가 되고 두 개였던 불빛은 서너 개의 불빛으로, 서너 개의 불빛은 또 수십 개로 갈라졌다. 희미했던 빛들이 점차 또렷해지자 뒤이어 통 통 통 거리는 엔진 소리가 들렸다. 그 소리는 마치 어젯밤에 치러진 전쟁의 승전보를 알리기 위한 북소리와도 같았다. 청색 빛 하늘 곳곳에 붉은 기운이 퍼지자 배고픔을 견디지 못한 갈매기 떼들이 전리품 위를 빙빙 맴돌았다.

"연실아! 퍼득 안 가고, 여서 뭐 하노? 저거 배 들어왔다 카이. 그칸데 오늘은 우째 숙희가 안 비네?"

탁이 엄마 물음에 연실은 그제야 바다로 향해 있던 시선을 거두었다.

"가게에 계십니다. 오늘은 실어 갈 게 많을 것 같아서 모시고 오지 않았심니다."

씩씩한 연실의 목소리에 탁이 엄마는 손을 내젓는 것으로 대답을 대신했다. 그녀는 숙희와 동년배임에도 허리가 굽은 탓에 제 나이보다 훨씬 더 들어 보였다. 그렇게 한참을 어영부영하며 서성이던 그때, 긴 호루라기 소리가 위판장 구석구석에 고여 있던 고요함까지 매몰차게 몰아냈다. 그러자 이때를 기다렸다는 듯, 흩어져 있던 수레가 경주마처럼 목표를 향해 날뛰었다.

날이 대낮처럼 밝아 오자 어선들이 앞다투어 선착장으로 들어섰다. 선착장에 들어서자 선장이 밧줄에 묶인 검은 타이어를 집어 들었다. 선장은 방파제 바닥에 박힌 거대한 철 덩어리인 일명 계선곡주를 잠시 노려보았다. 그리고는 곧 들고 있던 타이어를 던졌다. 타이어는 바람을 가르며 정확하게 곡주에 날아가 꽂혔다. 배 위에 있던 선장과 선원들은 팽팽해진 밧줄을 힘껏 잡아당겼다.

"고마! 고마! 됐다."

선장의 외침에 선원들은 잡고 있던 밧줄을 단단히 묶었다. 햇살에 비친 뱃머리는 어젯밤에 치른 전쟁의 흔적들이 고스란히 남아 반짝였다. 겹겹이 말라 버린 허연 소금은 간밤의 전투가 얼마나 치열했음을 보여 주는 듯했다. 어선 이곳저곳에 나 있는 녹슨 상처들은 그간 스쳐 지나간 삶일 것이라 연실은 생각했다. 그 상처는 감추고픈 거친 주름살이며 어금니를 악물고 견디고 버터 온 모질고 모진 세월이었다. 문득 그녀는 주름살이 깊게 파인 숙희의 얼굴이 떠올랐다.

잠시 생각에 잠겨있던 사이, 나머지 어선들이 차례대로 선착장으로 들어섰다. 안전과 만선을 기원하는 마음을 한데 묶은 깃발이 바람결에 따라 나부꼈다. 한나절 만에 뭍으로 발걸음을 뗀 선원들은 숨 돌릴 틈도 없이 〈수협〉이라는 글씨가 쓰인 노란 상자를 가져와 생선을 옮겨 담았다. 그리고는 위판장 내에 만들어 놓은 수로 시설에 생선이 담긴 상자를 내려놓았다. 노란 플라스틱 상자가 물 위에 동동 떴다. 한시라도 빨리 낙찰되기를 바라는 몸짓과도 같았다.

곧이어 무선 마이크와 갈고리가 달린 긴 막대기를 쥔, 한눈에 보기에도 범상치 않아 보이는 사내가 단상 위로 올랐다. 그는 금색 실로 〈경매사〉라는 세 글자가 또렷이 새겨진 빨간 모자를 쓰고 있었다. 꽉 다문 입술에 날 선 콧날 그리고 예리한 눈매에서 그 어떤 권위마저 느껴졌다. 경매사는 우선 위판장 주변부터 꼼꼼하게 훑어 내렸다. 그래도 주변의 시끄러움이 잦아들지 않자, 그는 주머니에서 종을 꺼내 좌우로 흔들었다. 와글와글하게 끓던 소리는 경매사가 흔드는 종으로 인해 삽시간에 가라앉았다. 그제야 단상 아래에 있던 중매인들은 숫자가 찍힌 각자의 모자를 고쳐 썼다. 모자에 각인된 숫자는 그 누구도 감히 넘볼 수 없는 신성한 성역과도 같았다. 그도 그럴 것이 중매인인 그들이 경매사에게 먼저 낙찰을 받은 후에야 좌판을 하는 상인들이 생선을 살 수 있다. 하여 상인들은 그저 하염없이 기다려야 한다.

경매사는 자신에게 쏠린 시선은 아랑곳하지 않은 채, 입을 최대한 크게 벌려 이리저리 움직였다. 추위에 잠시 얼어붙었던 그의 입에서 뜨거운 입김이 스멀스멀 올라왔다. 경매사는 마이크를 입술 쪽으로 바짝 당겼다. 그 모습에 밑에서 기다리고 있던 수협 직원이 노란 상자 하나를 수로에서 건져냈다. 그때부터 경매사와 중매인들 사이에 피 튀기는 신경전이 시작되었다. 마치 입에 모터를 단 것 같기도 하고 미리 녹음된 테이프를 재빨리 감은 듯한, 그의 목소리가 위판장을 가득 메웠다. 그 은밀하고도 지극히 비밀스러운 그들만의 언어가 오고 갔다.

수산물과 생선이 담긴 노란 상자가 수로 위로 올라올 때마다, 중매인들의 손도 덩달아 빨라졌다. 뭔가 메모에 적는가 싶더니 곧 외투 자락을 들어 올려 부지런히 자신의 손가락을 놀려 댔다. 그렇게 낙찰받은 상자 안에는 중매인의 번호가 적힌 딱지가 붙어 위판장 바닥에 놓였다. 개중에 몇 상자는 미리 대기하고 있던 활어차에 곧장 옮겨지기도 했다. 바닥에는 낙찰받은 아귀, 광어, 참돔, 방어, 멸치, 소라, 문어 등등 없는 게 없었다. 하지만 제철을 맞이한 살 오른 대구가 풍년이었다. 중매인들이 빠진 이때부터 생선 좌판 그리고 가게를 하는 상인들의 불꽃 튀는 이차 전쟁이 또다시 시작된다.

좀 더 저렴한 가격에 좋은 생선을 사려면 연실이 역시도 부지런히 발품을 팔아야만 했다. 늘 하는 일이지만, 그녀는 아직 이 모든 과정이 서툴기만 하였다. 다행히도 옆집 탁이 엄마가 이것저것 가르쳐 주는 덕에 그나마 실수가 적었다. 연실은 오늘도 탁이 엄마와 친분이 있는 중매인에게 좋은 가격에 싱싱한 대구를 살 수 있었다.

새벽부터 시끌벅적했던 위판장은 언제 그리했냐는 듯 조용했다. 바글바글 모여 있던 사람들은 모두 제 갈 길로 돌아선 지 오래였다. 생선을 실어 나르던 어선도 하얀 물보라를 일으키며 하나, 둘 선착장을 빠져나갔다. 연실은 위판장 한구석에 세워두었던 리어카 중 하나를 끌고 왔다. 가장 화려하고 곱게 치장된 낡은 리어카였다. 생선 상자로 대충 덧대어 만든 허름한 리어카였지만, 유별스러울 만큼 화려한 색깔로 페인트가 칠해져 있었다. 더욱이 크리스마스트리에나 걸려 있을 법한 장식이 양옆에 주렁주렁 달려 있다 보니, 보는 이로 하여금 궁금증을 자아냈다. 그녀는 리어카 안에 고정되어 있던 푹신한 의자를 떼어냈다. 그리고는 떼어낸 의자와 이불을 아래쪽 서랍 안에 집어넣었다. 리어카에 공간이 생기자 그제야 낙찰받은 생선 상자를 차곡차곡 포개어 실었다.

별나게 생긴 리어카의 사연을 아는 이들은 아무렇지도 않았지만, 처음 보는 사람에게 리어카는 늘 유별나고 우스꽝스러워 보였다. 연실은 생선이 담긴 궤짝을 리어카에 올려 끈으로 단단히 고정했다. 때마침 들려오는 뱃고동 소리는 먼 이명처럼 그녀의 귓속을 파고들었다.

"저거… 저 짝에 요상시런 리어카를 끌고 있는 젊은 새악시는 누구여?"

누군가의 물음에 탁이 엄마는 멀어져가는 리어카를 물끄러미 쳐다보았다.

"자를 참말로 모리나? 숙희 딸래미 연실이 아이가. 안즉 그 짝은 시장 사람 될라카믄 멀었데이. 자를 모리믄 구천포 시장의 진정한 상인이 아인기라."

탁이 엄마의 걸걸한 목소리가 심장 속으로 날아들자 가슴이 뭉클해졌다. 눈물은 곧 파문되어 멀리 아주 멀리 퍼져 나갔다. 얼마나 걸었을까. 생선좌판대가 가까워지자 연실의 얼굴에 웃음이 스쳤다.

"내… 딸, 내 딸… 미야… 복미야…."

연실을 애타게 부르는 이는 바로 숙희였다. 얼마 전까지만 해도 곧잘 사람을 잘 알아보았지만, 그저께부터는 다시 알아보지 못했다. 무엇보다 하루에도 몇 번씩 텅 빈 눈동자로 하늘을 바라보는 일이 잦았다. 통통했던 그녀의 얼굴은 살이 빠질 대로 빠져 혈색마저 시커멓게 변하고, 두 다리는 걷는 것조차 힘이 들 만큼 말라비틀어져만 갔다.

"장사는 잘 했는교? 와따, 참말로 마이 팔았네. 아참! 오늘 정자 이모 오신다 카네. 억수로 좋지요. 엄니 알죠? 연실이… 아니 미야가 울 엄니 많이… 억수로 마이 사랑합니데이!"

연실은 숙희의 얼굴을 구석구석 어루만지며 활짝 웃었다. 그러자 무표정이던 숙희의 얼굴에도 옅은 미소가 서렸다. 이제는 자신이 연실이든 복미든 상관없었다. 그저 숙희가 예전처럼 다시 건강해질 수만 있다면 그 어떤 것도 문제가 되지 않았다.

숙희는 초점 없는 눈으로 상자를 정리하는 연실을 물끄러미 바라보았다. 어느 정도 정리가 끝나자 연실은 누룽지를 푹 삶아 내어 왔다. 천천히 누룽지를 씹던 숙희가 고개를 들어 뭔가를 뚫어지게 쳐다보았다. 그녀 또한 숙희를 따라 시선을 돌렸다. 그곳에는 쓰다만 원고가 펼쳐져 있었다. 찢어지고 손때 묻은 원고는 곧 망각의 강 앞으로 데려다 놓았다. 어린 연실이 숙희를 처음 만났던 시리도록 아픈 그 계절로.

인적이 끊긴 골목에는 장대비가 요란스레 퍼부어 댔다. 마치 하늘에 큰 구멍이라도 생긴 것처럼. 입춘에 내리는 비는 한겨울에 쏟아지는 폭설보다 더욱 시리고 추운 법이다. 빗물 흐르는 소리가 전부인 골목 안, 그 골목 안쪽에서 터져 나오는 젊은 여자의 비명은 고즈넉한 밤공기를 갈가리 찢어 놓기에 충분했다.

"너! 안 나가? 제발 나가서 죽어. 죽어 버리라고. 쯤!"

속살이 훤히 들여다보이는 붉은 망사 속옷을 걸친 여자가 대문을 거칠게 열어젖혔다. 그녀의 얼굴은 짙은 화장으로 번들거렸다. 여자는 대문 밖으로 밀어낸 아이를 매섭게 째려보았다. 아이는 올해 여섯 살인 조 마담의 친딸 연실이었다. 어린 것이 놀라 울음을 터트릴 법도 하건만, 어쩐 일인지 담담했다.

"저놈의 계집애가 점점 맷집만 좋아지구만!"

방문 너머로 지켜보던 젊은 사내가 어린 연실을 향해 검지를 들어 까닥였다. 그러자 아이는 손에 들려 있던 담배를 조 마담에게 내밀었다. 담배를 낚아챈 그녀는 뒤로 돌아 담뱃갑을 사내에게 던졌다. 담뱃갑 겉면에 그려진 그림을 확인한 그의 미간이 일순간 일그러졌다.

"야! 이건 솔 골든 라이트가 아니잖아! 심부름 하나 제대로 못 하고 저걸 그냥…."

여섯 살짜리 아이가 외우기에는 너무나 생소하고 어려운 이름이었다. 화를 내는 사내의 모습에 조 마담도 덩달아 손을 높이 추켜올렸다. 연실은 두 팔을 들어 올려 머리를 감쌌다. 그녀는 그런 아이의 팔목을 비틀어 골목 바닥에 내동댕이쳤다.

"부르기 전까지 발 들일 꿈도 꾸지 마! 알았니?"

조 마담은 소리를 버럭 내질렀다. 아이는 추위에 떨리는 어금니를 꽉 깨물고는 겨우 힘을 주어 일어섰다.

"엄, 엄, 엄마…."

되돌아서던 그녀의 눈꼬리가 치켜 올랐다.

"내가 엄마라고 부르지 말라고 했지! 재수 없다고."

한 차례 더 크게 소리를 내지른 조 마담은 급기야 양철 문을 걷어찼다. 이런 일을 숱하게 겪은 터라 아이는 그다지 놀라지도 않았다. 억수같이 퍼부어 대는 비를 피할 겸, 연실은 벽에 납작하게 붙어 섰다. 조 마담이 안으로 들어오라고 할 때까지 얼마 동안은 이곳에서 버티고 견뎌야 했다. 자신이 대문 밖으로 쫓겨난 이유가 담배를 잘못 사 온 것이 아니라 일찍 심부름을 끝마친 탓이라는 것을, 얼마 지나지 않아 알게 되었다. 그렇게 남녀의 웃음소리와 신음이 뒤엉켜 담장 너머로 새어 나왔다.

그칠 것 같지 않던 비가 새벽녘이 가까워서야 그쳤다. 아이는 그제야 벽에서 떨어졌다. 그리고는 조심스레 대문 가까이 다가섰다. 안이 잠잠해진 것으로 보아 곧 따뜻한 방으로 들어갈 수 있다는 생각에 연실은 신이 났다. 골목 안은 지린내 대신 빗물 냄새가 비릿하게 올라왔다. 아이는 건너편에 놓여 있던 의자를 끌어와 앉았다. 그때였다. 불빛 하나 없는 골목 끝자락에 누군가가 휘청거리며 다가오고 있는 것이 아닌가. 연실은 덜컥 겁이 났다. 새벽녘 골목 안에는 주로 술에 만취한 이들이 빈번하게 드나들었기에.

의자에서 뛰어내린 아이는 어둠 속으로 숨어들었다. 그림자가 점점 다가오더니, 조금 전까지 자신이 앉아 있었던 의자에 털썩 앉았다. 고불고불한 뒤통수는 비에 젖어 엉망이었다. 그림자가 아저씨가 아닌 아줌마라는 사실에 아이는 놀란 가슴을 쓸어내렸다.

여자는 의자에 앉은 채로 지친 숨을 연거푸 내뱉었다. 어둡고 추운 밤이라 그런지 숨결은 곧 하늘 위로 피어올랐다. 연실은 최대한 소리를 내지 않고 그녀의 곁으로 다가섰다. 옆에서 바라본 그녀의 얼굴은 온통 멍으로 뒤덮여 성한 곳이 하나도 없었다. 부풀어 오른 눈언저리 하며 터진 입술에는 피가 흘러내렸다. 심지어 찢긴 옷은 둘째 치고 얼마나 다급했으면 신발도 신지 않은 채였다. 누가 보더라도 살기 위해 필사적으로 도망쳤음을 눈치챌 수 있었다. 어린 연실은 저도 모르게 뭔가에 이끌리듯 그녀의 어깨에 손을 얹었다.

"저, 저거… 아지매… 괘, 괘안은…."

어린 연실의 갑작스러운 등장에 놀란 여자는 감고 있었던 눈을 번쩍 떴다. 어딘가 낯이 익은 아이. 그 순간 서로의 눈동자가 짙은 어둠 속에서 반짝였다. 삶의 끈을 놓아 버린 깊고도 서글픈 눈매. 두 사람의 인연은 이토록 시리고도 아프게 시작되었다.

#2. 숙희 이야기(1)

숙희는 오늘도 남편 달수에게 아무런 이유 없이 두들겨 맞았다. 그전에도 줄기차게 맞고 살았지만, 딱히 맞아야 하는 이유를 몰랐다. 그런 시간이 오래되다 보니, 맞아야 하는 이유조차도 굳이 알고 싶지 않았다. 그저 끔찍한 시간이 빨리 지나가길 바라고 바랄 뿐이었다. 고통의 올가미에서 수십 번도 더 벗어나기 위해 딸과 함께 도망도 다녀 보았다. 그러나 그것도 소용없는 일. 결국은 달수에게 끌려와 전보다 더한 폭행과 폭언에 시달렸다. 언제부터인가, 그는 어린 딸에게조차 공범이라는 억지를 뒤집어씌워 손찌검을 했다.

엄마 없이 자란 슬픔은 자신만으로 충분했다. 숙희는 딸인 복미에게만큼은 엄마가 없는 불행한 팔자를 결코 물려주지 않으리라 굳게 다짐했다. 강산마저 변한다는 세월이 흘렀건만, 달수의 폭행은 날이 갈수록 더욱 난폭해지고 교묘해졌다. 그녀는 두 눈을 지그시 감았다. 불어오는 찬 바람이 이곳저곳에 난 상처를 건드렸다. 시리고도 아팠다. 죽지 않을 만큼 맞는 날이면 숙희는 〈*화옥도*〉와 오래전 자신의 곁을 떠나간 엄마가 못 견디게 그리웠다.

숙희는 〈*화옥도*〉라는 작은 섬에서 태어나고 자랐다. 화옥도는 구천포항에서 뱃길로 한 시간은 족히 걸리는 아주 멀고도 작은 외딴섬이다. 다른 섬들과 뚝 떨어져 있으며 주민이라고는 고작 다섯 가구가 전부였다.

아는 이보다 모르는 이들이 더 많은 작고도 외로운 섬이었다. 비록 그녀는 섬에서 엄마와 단둘이 외롭게 지냈지만, 마냥 행복했다. 그녀의 엄마는 바다에서 미역, 톳 그리고 청각(靑角)을 가져와 뭍으로 나가 팔았다.

바람이 몹시 불던 날, 불행은 거친 파도와 함께 찾아왔다. 불현듯 찾아온 불행은 어린 숙희를 섬 밖 세상으로 밀어냈다. 그날은 봄바람이 유난히도 사납게 몰아쳤다. 섬 주민의 절반 이상이 한꺼번에 아까운 목숨을 잃었다. 섬의 유일한 교통수단인 똑딱선이 뭍으로 갔다가 돌아오는 길에 그만 바닷속으로 가라앉고 만 것이었다. 어린 그녀는 뭍으로 나간 엄마를 기다리기 위해 해안가에 나가 있다, 그만 배가 가라앉는 것을 보고 말았다. 이 끔찍한 사고로 인해 사랑하는 가족을 잃은 섬사람들은 하나, 둘 삶의 터전인 화옥도를 떠났다. 어쩌면 섬을 떠나는 것만이 가족을 잃은 자들의 마지막 발악이었을지도 모른다. 엄마를 한순간에 잃어버린 숙희도 얼마 지나지 않아 섬을 떠나 뭍으로 나갔다. 충격에 말문까지 닫아 버린 이제 갓 열 살이 된, 어린 그녀는 먼 친척 여자의 손에 이끌려 서울로 향했다.

구천포를 떠나 버스를 몇 차례나 갈아타고 며칠 여인숙에서 잠을 잤다. 그렇게 이틀 밤이 지나서야 서울로 향하는 기차를 탈 수 있었다. 밤 기차 안은 사람들로 붐볐다. 겨우 자리를 잡아 앉은 숙희와 친척 여자는 숨을 돌리며 빠르게 지나쳐 가는 차장 밖을 멍하니 바라보았다. 밤 기차라 그런지 승객 대부분은 잠을 자거나 혹은 눈을 감고 있었다. 어린 그녀는 처음 타 보는 기차가 신기할 법도 했지만 되레 무서웠다. 두 번 다시는 화옥도로 돌아갈 수 없을 것만 같은 두려움이 밀려왔기에.

그렇게 밤새도록 달리고 달려 동틀 무렵, 도착한 곳이 청량리역이었다. 늦가을이라 그런지 아침과 저녁으로는 날씨가 제법 추웠다. 기차에서 내린 이들은 너나 할 것 없이 옷깃부터 단단히 여미었다. 그런 그들의 입에서는 쉴 새 없이 옅은 입김이 새어 나왔다.

　기차역을 나서기도 전에 보따리장수들은 자신들의 물건을 사라며 한껏 목청을 높였다. 그사이 기차에서 내린 사람들은 앞다투어 역사를 빠져나갔다. 넋을 놓고 걷는 어린 숙희를 향해 친척 여자는 정신을 차리고 잘 따라오라며 몇 번이나 주의를 시켰다. 그렇게 밀려드는 인파들 사이에 휩쓸려 역사(驛舍) 밖으로 나왔다.

　"숙희야! 퍼득 여거 와봐래이."

　먼저 밖으로 나가 있던 친척 여자가 어린 숙희에게 손짓을 보냈다. 다가서는 숙희를 향해 그녀가 뭔가를 불쑥 내밀었다. 술빵으로 불리는 노란 빵이었다. 옥수숫가루와 막걸리를 넣어 만든 술빵은 부드러우면서도 시큼한 향이 났다. 먹기 좋게 잘 익은 붉은빛의 울콩(울타리콩)은 입맛을 더욱 돋우었다. 빵을 반으로 쪼개자 한 줄기 김 서림이 올랐다. 숙희는 들고 있던 술빵을 한 입 크게 베어 물었다. 달짝지근한 맛이 혀를 휘어 감았다. 눈물 나게 맛있었다. 맛있는 빵 하나에 고향을 떠나온 아픔도 죽은 엄마의 얼굴도 다 잊어버릴 것만 같아 괜스레 속이 상했다. 꾸역꾸역 빵을 씹는 모습을 물끄러미 내려다보던 친척 여자가 숙희에게 국물을 건넸다. 칼칼하고 뜨끈한 멸치 다시물이었다. 잘 삶긴 국수가 있었다면 한 젓가락 넣어 후루룩 들이켜고 싶을 만큼 감칠맛이 났다.

　어느 정도 배가 차오르자 숙희가 주변을 휙 둘러보았다. 가장 눈에 띄는 것은 높디높은 빌딩들이었다. 때마침 〈*대왕 코너*〉라는 간판이 번쩍이자 절로 입이 떡 벌어졌다. 그리고 얼마 지나지 않아, 화려했던 간판에 잠시 불이 꺼지자 보이지 않았던 것들이 눈에 들어왔다. 슬레이트 지붕으로 쭉 이어진, 마치 한 덩어리처럼 보이는 낡은 가게들이 다닥다닥 붙어 있는 것이 아닌가. 하나같이 시뻘건 조명과 안이 훤히 들여다보이는 가게들이었다. 긴 의자 위에 나란히 앉은 여성들 대다수가 어깨와 등이 훤히 보이는 화려하다 못해 민망한 옷가지들을 걸치고 있었다. 거리로 나온 그녀들은 가게 앞을 지나가는 남자들의 팔을 붙잡고 늘어졌다. 그 모습을 넌지시 바라보던 친척 여자는 욕설과 함께 침을 내뱉었다. 번잡했던 광장이 잠잠해지기 무섭게 기차의 기적 소리가 연이어 들렸다.

두 사람은 차로를 건너 전차를 탈 수 있는 정류장으로 갔다. 전차를 몇 번이나 더 갈아타고 걸은 뒤에야 어느 으리으리한 기와집 앞에 멈춰 섰다. 친척 여자는 대문을 두드리기에 앞서 목을 길게 빼내어 주변을 살폈다.

"무슨 일이시죠?"

때마침 누군가가 두 사람의 곁으로 바짝 다가섰다. 들고 있는 장바구니를 보아하니, 분명 기와집과 연관된 사람으로 보였다. 수상한 눈빛으로 경계하는 그녀를 향해 먼 친척 여자는 반갑게 인사를 건넸다. 두 사람 사이에 심각한 이야기가 오고 갔다. 이야기가 오가는 사이 장바구니를 든 여자는 가끔 고개를 돌려 어린 숙희를 힐끔 쳐다보았다.

"잠시만 여기서 기다리세요. 작은 마님께 말씀드리고 다시 나올게요."

장바구니를 든 여자는 대문을 열고 안으로 들어갔다. 얼마의 시간이 흘렀을까. 안으로 들어갔던 여자가 다시 밖으로 나왔다.

"작은 마님께서 이걸 드리라고…."

누런 봉투였다. 먼 친척 여자는 건네받은 봉투를 열어 안에 든 내용물을 꼼꼼히 살폈다.

"작은 마님 말씀 잘 듣고, 시키는 일은 무조건 복종허고! 뭔 말인지 알겠재?"

 친척 여자는 복종이라는 단어에 힘을 주어 말했다. 그리고는 봉투에서 지폐 한 장을 꺼내 숙희에게 내밀었다. 그때였다.

 "야! 너, 이리 와!"

 헤어짐이 길어지자 뒤에 있던 여자가 재촉의 눈길을 보냈다. 그제야 먼 친척 여자는 숙희의 등을 떠밀었다. 며칠 동안 쌓인 것도 정인지라, 그녀가 걸음을 달리하자 서러움이 울컥 올라왔다. 소리 내어 울고 싶지만, 울음은 목구멍에 척 달라붙어 새어 나오지 않았다.

 고풍스러운 외관과 마찬가지로 안뜰 역시도 멋들어지게 잘 꾸며져 있었다. 가장 먼저 보이는 연못에는 어른 팔뚝만 한 잉어들이 평화롭게 노닐었다. 아름다운 풍경에 넋을 놓고 있던 그때.

 "몇 살이니?"

 앞서 걷던 여자가 쏘아붙이듯 물었다. 숙희는 대답하기 위해 입술을 달싹였지만, 말이 나오지 않았다. 대답이 늦어지자 그녀의 미간 사이가 좁아졌다. 숙희는 하는 수 없이 손가락을 들어 보였다.

 "열 살? 아! 아까 그 이야기가…."

 여자의 말끝이 흐려졌다. 동정 어린 눈빛으로 숙희를 바라보는가 싶더니, 곧 방문을 향해 목소리를 낮췄다.

 "작은 마님!"

 여자의 부름에 방문이 조용히 열리며 그 사이로 흰 버선발이 보였다.

 "바람이 차네. 나오지 마시게나! 혹여 찬 바람에 석이가 고뿔이라도 걸리면 큰일이지 않겠는가!"

 안에 있던 여인이 마루로 나서며 조심스레 방문을 닫았다.

"큰 마님! 오시었습니까요."

큰 마님이라 불리는 그녀에게서는 감히 범접할 수 없는 그 어떤 기품이 배어났다.

"어서 인사드리지 않고 뭐 하는 거야?"

독촉에 놀란 숙희가 얼떨결에 허리를 굽혔다. 큰 마님은 그런 두 사람을 지그시 내려다보았다.

"됐다. 데려가서 옷과 먹을 것을 챙겨 주거라. 그리고 애자… 네가, 이것 저것 잘 가르쳐 주고."

"예! 큰 마님. 그럼 그리 알고 물러가겠습니다."

다시 짐보따리를 고쳐 안은 숙희는 앞서 걷는 애자를 놓칠세라 허겁지겁 쫓았다. 부엌 옆 작은방 앞에 도착하자, 그녀가 먼저 들어가라며 숙희에게 눈짓을 보냈다. 방문을 열고 안으로 들어서자 짙은 향수 냄새가 코를 찔렀다. 갓 스물을 넘긴 아가씨 방이라 그런지 깔끔했다. 식모살이로 받은 월급을 옷 사는데 다 써 버리는가 싶을 만큼, 벽에 걸려 있는 옷은 대부분 새것이었다.

현란하고 화려한 옷들 사이에 어울리지 않는 허름한 옷가지가 눈에 띄었다. 그것은 이 방에 애자가 아닌 다른 사람이 또 있다는 것을 알려 주었다. 그녀는 구석을 가리키며 숙희에게 가져온 짐을 풀라고 했다. 그사이 애자는 하얀 앞치마와 검은 옷 한 벌을 내밀었다.

"옷이 그게 뭐니! 이걸로 갈아입어. 그리고 내가 너보다 나이가 많으니 앞으로 언니라고 불러. 알았니?"

숙희는 옷을 갈아입다 말고 고개를 끄덕였다. 낯선 곳에서 보내는 하루는 정신없이 흘러갔다. 애자는 하루 만에 모든 것을 다 가르칠 작정인지,

이것저것 일러 주느라 여념이 없었다. 한 번씩 그녀는 숙희가 말을 못 하는 사실에 답답해하며 소리를 내질렀다. 애자는 곧 숙희에게 〈답답이〉라는 별명을 붙였다. 그나마 함께 방을 쓰는 또 다른 언니인 순애가 숙희를 친동생처럼 따뜻하게 보듬어 주었다. 그렇게 이른 새벽부터 늦은 밤까지 숙희의 하루는 진땀이 날 정도로 바빴다.

  달포가 지나 일이 어느 정도 손에 익숙해지자, 숙희는 본격적으로 작은 마님의 수발을 들었다. 주된 일은 이제 갓 돌이 지난 아이의 시중을 드는 일이었다. 매일 쏟아져 나오는 기저귀를 삶고 또 반듯하게 다렸다. 하지만 가끔은 기저귀를 태우는 날도 있었다. 기저귀를 태우는 날이면 누렇게 변해 버린 기저귀를 두 손이 부르트도록 빨았다. 혹여 아이가 자지러지게 우는 날이면 숙희는 작은 마님에게 종아리가 벌겋게 부어오를 만큼 회초리를 맞았다.

  숙희는 큰 마님과 작은 마님 노마님 그리고 일꾼들까지 식구들은 죄다 봤지만, 정작 한 달이 지나도록 바깥주인의 얼굴은 보지 못했다. 애자의 말에 의하면 주인어른은 중동에서 집을 짓는 사업을 한다고 했다. 마침내 주인어른이 귀국한다는 아침이 밝았다. 식전부터 음식 준비로 마당에는 고소한 냄새가 가득 들어찼다. 음식 장만을 하는 내내 아낙들의 뒷담화도 끊임없이 이어졌다. 한껏 목소리를 낮춰 은밀한 이야기가 시작되자, 숙희 또한 두 귀를 쫑긋 세웠다. 주로 작은 마님에 관한 이야기였다. 작은 마님은 주인어른이 사업차 자주 들리던 고급 요릿집 〈명월각〉의 접대부였다. 동네 아낙들은 그런 그녀가 착한 주인어른을 꼬여서 아들 석이를 낳았다며 몹쓸 여자라 앞다투어 눈을 흘겼다. 마침 마당을 들어서던 큰 마님으로 인해 그녀들의 은밀한 이야기는 끝이 났다. 아낙들은 아쉬운 마음에 입맛을 다시며 큰 마님을 향해 예를 갖췄다.

"다들 되었으니, 대충 정리하고 그만들 가 보시게나!"

큰 마님의 말 한마디에 너도나도 자리를 털고 일어섰다. 그녀는 곁에 있던 애자에게 들고 있던 비단 주머니를 넘겼다. 애자는 비단 주머니에서 돈을 꺼내 아낙들에게 나누어 주었다. 품삯을 받은 아낙들은 서둘러 주변을 정리했다.

날이 저물자 작은 마님과 노마님을 제외한 모든 사람이 마당으로 속속 모여들었다. 일꾼들이 죄다 모이자 그제야 큰 마님이 천천히 마당으로 내려왔다. 큰 마님은 옥빛이 은은한 한복을 입고 있었다. 분을 칠한 얼굴은 허옇다 못해 창백해 보이기까지 했다. 쪽 찐 머리에는 머리카락 한 올도 삐져나오지 못하게 동백기름을 발라 바짝 올려붙였다. 여러모로 보나, 보통 정성을 들인 것이 아니었다. 하긴 얼마 만에 상봉하는 지아비란 말인가.

"큰 마님! 저, 저기 주인 어르신 오, 오… 오시는구먼요."

대문 밖에 나가 있던 갑이가 급히 뛰어 들어왔다. 그의 말에 모두 대문 밖으로 나갔다. 숙희도 서둘러 밖으로 나가 순애의 곁에 섰다. 때마침 검은 승용차 한 대가 대문 앞에 멈췄다. 갑이는 쪼르르 달려가 차량의 뒷문을 열었다. 문이 열리자 하얀 양복을 빼입은 잘생긴 사내가 내렸다.

"도, 도… 도련님! 멀, 멀리서… 오, 오시느라 고생 많으셨, 셨어…."

갑이는 막내아들뻘 되어 보이는 주인어른을 향해 굽신거렸다. 그 사이 그는 일렬로 나란히 서 있는 일꾼들을 쭉 훑어보더니, 이내 큰 마님에게 눈길을 두었다. 그러자 그녀는 다소곳하게 두 손을 모으고 예를 취했다.

"그 사람은 어디 있는가?"

그가 꺼낸 첫마디에 큰 마님의 얼굴에는 금세 실망의 빛이 돌았다. 차라리 몸이 불편한 시어머니부터 찾았더라면 이토록 섭섭하지 않았을 터. 그녀는 대답 대신 주위를 둘러보았다.

"다들 들어가 일들 보게나."

큰 마님의 말에 일꾼들은 제각기 흩어졌다. 숙희도 순애를 따라 대문을 넘었다. 어린 마음에도 큰 마님이 너무 불쌍하고 애처로웠다. 큰 마님인 윤 씨 부인은 대대로 명문가 집안의 여식이다. 비록 정략혼례였지만, 그녀는 남편인 신 씨를 많이 사랑했다. 하지만 혼례를 올린 지 몇 해가 지나도 두 사람 사이에는 아이가 생기지 않았다. 대단한 집안의 여식이라 시어머니인 홍 씨는 대놓고 불만을 내비치지 않았으나, 이래저래 윤 씨의 마음을 불편하게 만들었다. 애초부터 남편 신 씨는 부인 윤 씨에게 큰 정이 없었다. 되레 너무 반듯한 그녀의 성품에 질려 했다. 서로에게 데면데면하던 찰나, 사업차 들린 요릿집에서 지금의 작은 마님인 최 씨를 만났다. 큰 마님인 윤 씨와는 다르게 작은 마님 최 씨는 교태와 색기가 자르르 흐르는 요부 중의 요부였다. 여인의 치명적인 요염은 생각보다 중독이 강한 법. 한번 발을 들이면 쉽사리 빠져나가지 못하게 하는 것 또한 농익은 여인만이 할 수 있는 일이었다. 신 씨는 그렇게 최 씨의 치마폭에 엎어져 지냈다. 그야말로 하늘의 별이라도 따다 줄 기세로 두 사람은 열심히 사랑을 나누었다. 그리고 얼마 후, 최 씨의 몸에서는 새로운 생명이 자랐다. 둘을 떼어놓기 위해 기를 쓰던 시어머니 홍 씨도 가문의 핏줄을 잉태한 여인 앞에서는 제대로 맥을 못 추었다. 오히려 태어날 아이에 대한 기대를 내비치며 좋아했다.

사정이 이렇다 보니, 계집질하고 다니는 남편을 향해 화를 내어도 모자랄 판국에 윤 씨는 서운한 기색조차도 내비치지 못했다. 오히려 최 씨에게 가문의 대를 잇게 해 주어 고맙다는 말까지 했으니, 그녀의 속은 얼마나 문드러졌을까. 아니 녹아내렸다고 해도 결코 과언이 아니었다. 더욱이 최 씨가 아들까지 보란 듯이 낳았다. 대단한 친정의 뒷배가 아니었다면 윤 씨는 쫓겨나도 골백번도 쫓겨났을 터. 이런저런 서러움이 밀려오자 그녀의 눈언저리가 벌겋게 물들었다.
"내게 할 말이라도 있는 것이오?"
신 씨는 무미건조한 말투로 물었다. 그때까지도 윤 씨는 그를 그저 말없이 바라만 보았다. 그런 그녀의 태도에 신 씨는 짜증이 스멀스멀 올라왔다. 뭔가 애처롭게 보이는 그녀의 눈빛에 괜스레 죄인이 된 것만 같은 느낌이 들어서였다. 마침 눈가에 매달려 있던 눈물 한 방울이 윤 씨의 볼을 타고 흘러내렸다. 단 한 번도 본 적이 없는 그녀의 모습에 오히려 신 씨가 당황했다. 그는 당황한 내색을 감추기 위해 대문 쪽으로 서둘러 걸음을 떼었다.
"그리워했노라, 그 한마디 기대도 하지 않… 않았습니다."
애써 담담한 윤 씨의 목소리에 신 씨가 제자리에 멈춰 섰다. 그러나 그것도 잠시뿐. 그는 멈추었던 걸음을 다시 옮겼다. 냉랭한 신 씨의 뒷모습에 그녀가 휘청였다.
"큰 마님!"
휘청거리는 윤 씨를 부축한 것은 다름 아닌 숙희였다. 숙희는 저도 모르게 불쑥 튀어나온 목소리에 놀라 두 눈을 동그랗게 치켜떴다.
"괜찮으세요? 어디 다치지는 않으셨어요?"

숙희의 물음에 윤 씨가 천천히 고개를 끄덕이며 자세를 바로잡았다.

"목소리가 참으로 어여쁘구나. 나와 좀 걷겠느냐?"

윤 씨가 숙희를 지그시 바라보았다. 숙희가 고개를 끄덕이자 그녀는 한 걸음 앞으로 내디뎠다. 그렇게 얼마나 걸었을까. 때마침 불어오는 서늘한 바람에 뒤따르던 숙희가 얕은 기침을 내뱉었다. 그러자 윤 씨는 자신의 목도리를 벗어 숙희의 목에 둘러 주었다.

"괜, 괜…찮은…."

목도리를 풀기 위해 애쓰는 숙희의 작은 손을 윤 씨가 꼭 잡았다. 그 순간 마음에 따뜻함이 가득 들어찼다. 처음 그녀를 봤을 때, 찔러도 피 한 방울조차 나오지 않을 만큼 차갑고 냉정해 보였다. 하지만 지금의 윤 씨는 마치 죽은 엄마가 살아 돌아온 것처럼 마냥 따뜻하기만 했다. 이런저런 감정이 찾아오자 그간 눌러 두었던 불덩어리 하나가 숙희의 목구멍을 타고 올랐다. 올라오는 서러움을 다시 되삼키기 위해 꾹꾹 눌렀지만, 결국 폭발하고 말았다. 윤 씨는 울먹이는 숙희를 껴안고 부드럽게 등을 쓸어내렸다.

그때부터였다. 눈에 띄지 않게 윤 씨가 숙희를 살뜰히 챙긴 것이. 하지만 모든 일에는 시기와 질투가 있는 법이다. 더욱이 그것이 상전의 비호를 받게 되는 일이라면 더 그럴 것이다. 그래서일까. 작은 마님인 최 씨는 숙희를 눈에 띄게 괴롭혔다. 폭언과 폭행은 날이 갈수록 심해져만 갔다. 무엇보다 밤낮이 바뀐 석이로 인해 숙희 또한 잠자는 시간이 부족해 늘 피곤했다. 석유 곤로 위에 삶기고 있는 기저귀를 뚫어지게 바라보고 있노라니 눈꺼풀이 무거워졌다. 숙희는 허벅지를 꼬집어 가며 잠을 쫓아내기 위해 안간힘을 썼다. 그때였다.

"숙희야! 이를 어째!"

다급한 목소리와 함께 순애가 부엌 안으로 뛰어들었다. 너무나 놀란 나머지 숙희는 두 손으로 입을 틀어막았다. 순애는 서둘러 옆에 있던 물바가지를 집어 들었다. 하지만 부엌은 이미 검은 연기로 가득 들어차 손을 쓸 수 없었다. 그녀는 급한 마음에 멍하니 서 있는 숙희의 팔을 낚아채어 밖으로 끌어냈다. 두 사람이 부엌을 나서자마자 큰 굉음과 함께 벌건 불꽃이 솟구쳐 올랐다. 그사이 집 안에 있던 이들이 죄다 뒤뜰로 모여들었다. 숙희는 다리에 힘이 풀려 그만 주저앉았다. 불을 끄느라 정신없는 사람들 사이를 비집고 들어선 최 씨가 주저앉아 있던 숙희의 멱살을 쥐어틀었다.

"네년이 나와 내 아들을 죽이려고 아주 환장을 했구나!"

최 씨는 숙희를 향해 고래고래 고함을 내질렀다.

"작은 마님!"

보다 못한 순애가 최 씨의 팔을 잡고 늘어졌다. 그러자 그녀는 순애의 손을 뿌리치며 숙희의 오른쪽 뺨을 거칠게 올려붙였다. 숙희는 곧 바닥으로 내동댕이쳐졌다. 그러자 사람들의 시선도 자연스레 바닥으로 향했다. 하지만 다들 최 씨의 눈치를 보느라 선뜻 나서는 이가 없었다.

"숙희야! 괜찮아?"

순애가 쓰러진 숙희의 곁으로 달려갔다. 터진 숙희의 입술에서 핏방울이 떨어져 흙먼지를 일으켰다. 그녀는 손수건을 꺼내 터진 숙희의 입술 언저리를 조심스레 닦아냈다. 그 모습에 최 씨의 분노는 극에 달았다.

"나와! 어디 감히… 내 허락도 없이…."

최 씨가 달려들어 순애의 머리끄덩이를 잡아당겼다. 그때까지도 숨죽여 지켜만 보던 애자는 슬그머니 쪽문을 빠져나갔다. 그 사이 순애는 그녀의 손아귀에서 벗어나기 위해 발버둥을 쳤다. 그 모습에 기겁한 숙희는 꿇어앉아 울부짖었다.

"작은 마님! 제, 제… 제가 잘못했어요. 제 잘못이니 제발…."

숙희는 최 씨의 치맛자락을 붙잡고 간절한 눈빛으로 올려다보았다. 그제야 그녀는 잡고 있던 순애의 머리끄덩이를 놓았다. 산발이 된 순애의 머리카락이 바람에 나풀댔다.

"오호라! 벙어리가 아니었어? 이제껏 날 감쪽같이 속였겠다."

주먹을 꽉 거머쥔 최 씨의 손이 부들부들 떨렸다. 뜰에 모여 있던 이들 역시 처음 들어 보는 숙희의 목소리에 술렁였다.

"이것이 다 무슨 일인가! 아랫사람들 보는 앞에서 이 무슨… 부끄럽지도 않은 게야!"

최 씨의 팔을 낚아챈 이는 큰 마님인 윤 씨였다.

"마침 자네와 석이가 안채에 있었던 탓에 화를 피하지 않았는가? 허니 이만하면 되었네, 이제 그만하시게나. 곧 서방님과 어머님이 오실 것이니, 소란스러운 일은 이쯤에서 마무리 짓는 것이 낫지 않겠는가!"

윤 씨는 잡고 있던 최 씨의 팔을 놓았다. 뒤에 있던 애자는 쓰러져 있던 순애를 일으켜 세웠다. 최 씨는 숙희를 한 차례 더 노려보고는 자리를 떴다. 주변이 조용해지자 윤 씨는 반쯤 넋을 놓고 있던 숙희의 곁으로 다가섰다.

"괜찮은 것이냐?"

윤 씨의 물음에 별다른 대답이 없자, 그녀는 곁에 있던 애자를 쳐다보았다.

"애자, 너는 당장 숙희와 순애를 데려가 치료를 해 주거라."

윤 씨의 말에 애자는 숙희의 손을 잡아끌었다. 뜰을 가로질러 나가는 세 사람의 모습을 그녀는 오랫동안 지켜봤다.

어스름했던 저녁 빛이 조금씩 어둠 속으로 자취를 감추었다. 이 일로 숙희는 결국 잃어버렸던 자신의 목소리를 되찾은 대가를 혹독하게 치렀다. 그 사달이 일어난 다음 날, 순애는 아무런 이유 없이 쫓겨났다. 사람들은 큰 마님 윤 씨의 비호를 받는 숙희를 대신해 그녀가 쫓겨난 것이라며 수군덕댔다. 순애와 가장 친했던 애자 역시도 그런 이유로 숙희를 고깝게 여겼다.

숙희는 말할 수 없을 만큼 슬펐다. 그 슬픔은 자신을 향한 비난이나 최 씨의 폭언도 폭행도 아니었다. 친언니처럼 살뜰히 챙겨 주던 순애를 더는 볼 수 없다는 것에 슬펐다.

계절은 덧없이 바뀌었다. 꽁꽁 얼었던 자리에 물길이 트이자 가지가지마다 꽃망울이 봉긋 올랐다. 봉긋하던 봉우리는 결국 꽃을 흐드러지게 피우더니 금세 눈송이처럼 흩날렸다. 무심히도 흐르는 시간 속에서 변한 것이 있다면, 아장아장 걷던 석이가 이제 뛰기 시작했다. 윤 씨가 기거하는 안채의 고요함과 다르게 최 씨가 머무는 뒤뜰은 웃음소리가 넘쳐났다. 들려오는 웃음소리에 숙희는 홀로 있을 윤 씨 생각에 괜스레 마음이 아렸다.

그렇게 얼마의 시간이 지났을까. 기저귀를 거의 다 빨아 갈 무렵, 한 무리의 사내들이 뜰 안으로 들어섰다. 그들은 하나같이 모두 검은 양복에 선글라스를 쓴 채였다.

"누, 누구세요…."

그들을 향해 숙희가 조심스레 물었다. 그러자 사내들 중 하나가 선글라스를 아래로 내려 방 쪽을 쳐다보았다.

"신중필!"

묵직한 사내의 목소리에 방에 있던 신 씨가 곧 마루로 나왔다.

"내가 바로 신중필이오. 헌데 누구시오?"

신 씨는 뜰 아래에 있던 사내들을 뚫어지게 내려다보았다. 그의 대답이 떨어짐과 동시에 사내가 고개를 돌려 부하들에게 눈짓을 보냈다. 그러자 대기하고 있던 부하들이 마루 위로 올라가 신 씨의 양팔을 꽉 붙들어 맸다.

"놔라! 대체 네놈들은 뭐야? 누군데 감히 이러는 것이냐!"

신 씨는 버럭 고함을 내질렀다. 옆에 서 있던 최 씨는 놀란 나머지 마루에 벌러덩 주저앉았다. 아이의 울음소리가 터지자 그녀가 숙희를 향해 목소리를 높였다.

"당장 큰 마님을 모셔 오너라. 어서!"

최 씨의 말에 숙희는 쪽문을 넘어 무작정 안뜰로 달렸다. 그사이 끌려 내려온 신 씨에게 다가선 사내가 귓속말을 건넸다.

"소란스럽게 할 필요가 있나! 그냥 조용히 따라나서는 것이 여러모로 신상에 좋을 것이야!"

사내가 양복을 살며시 들추었다. 들춰진 그의 양복 사이로 권총이 보였다. 그제야 신 씨는 순순히 그들을 따라나섰다. 뒤늦게 쪽문으로 들어선 윤 씨가 놀란 눈으로 주변을 둘러보았다.

"이게 다 무슨 일인 게야?"

"형, 형… 형님! 어, 어… 어서 밖으로…서, 서방님이….."

최 씨는 대문을 가리키며 울먹였다. 윤 씨는 치맛자락을 쥐어틀고는 밖으로 뛰쳐나갔다. 숙희는 그런 그녀의 뒤를 보며 덩달아 뛰었다.

"서방님! 서방님!"

윤 씨가 큰 소리로 신 씨를 불렀다. 그녀를 바라보는 신 씨의 눈가가 촉촉하게 젖어 들었다. 하지만 그것도 잠시뿐. 그는 서둘러 뒷좌석에 올라탔다. 곧 신 씨를 태운 차가 출발하자 윤 씨는 울부짖었다.

"아니 됩니다. 아직 못 한 말이… 꼭 해야 할 말이…."

급하게 따라나서던 윤 씨가 돌부리에 걸려 넘어졌다.

"마님! 괜, 괜찮으십니까?"

바닥에 넘어진 윤 씨의 곁으로 숙희가 다가갔다. 그녀의 텅 빈 눈동자에는 미처 따라가지 못한 뿌연 먼지만이 가득 들어차 있을 뿐이었다. 숙희는 떨리는 윤 씨의 어깨를 감싸안았다.

신 씨가 어디론가 끌려가던 날, 시어머니 홍 씨의 지병이 더욱 악화되었다. 윤 씨는 아픈 시어머니의 병간호와 남편의 행방을 수소문하느라 하루하루를 분주하게 보냈다. 그러나 애타는 마음과는 달리 모든 것이 더디기만 했다.

급기야 어느 날부터 대문에는 빨갱이라는 단어와 함께 입에 담지도 못할 욕설이 이곳저곳에 나붙기 시작했다. 일꾼들도 신 씨가 남산으로 끌려갔다며 수군댔다. 하지만 나쁜 예감은 늘 한 치의 오차도 없이 딱 들어맞는 법. 그는 떠도는 풍문처럼 반공법 위반 혐의로 남산 중앙정보부 지하실로 끌려간 것이었다.

그러니깐 달포 전, 육촌 형인 신중근이라는 자가 찾아왔다. 그는 사업을 빌미로 동생 신 씨에게 큰돈을 빌린 후, 월북을 강행하다 정보부에 붙잡힌 모양이었다. 사정이 이러니, 돈을 빌려준 신 씨 또한 무사할 리가 없을 터. 말 한마디 잘못해도 없는 죄까지 만들어 줘도 새도 모르게 잡아가는 암흑과도 같은 시대가 아니던가.

한번 터져 버린 일은 수습할 겨를도 없이 휘몰아쳤다. 소문이 사실이 되어 버리자 신 씨에게 돈을 빌려준 은행과 사람들은 너나 할 것 없이 투자한 돈을 회수하기 위해 달려들었다. 윤 씨는 그간 남편의 숱한 연줄을 일일이 찾아다니며 사정을 했지만 다들 손만 내저을 뿐, 선뜻 나서 주는 이가 없었다. 매일같이 종아리가 부을 만큼 이리저리 뛰어다녔다. 그러나 남편의 생사조차도 알 수 없는 답답한 날들이 이어졌다.

"마님! 큰 마님!"

"애자가 아니냐? 무슨 일이라도 생긴 게야?"

"작, 작… 작은 마님이 집을 나갔…."

애자의 말이 채 끝나기도 전에 윤 씨의 목덜미에 싸한 기운이 스쳤다. 혹시나 하여 재산 일부를 최 씨에게 맡긴 것이 아무래도 사달이 난 모양이었다. 그녀는 밀려드는 불길함에 그만 다리가 풀려 휘청였다.

"마님! 괜찮으십니까?"

"가자! 어서 앞장서거라!"

윤 씨는 자신을 부축하고 있던 애자의 손을 뿌리쳤다. 그렇게 문지방을 넘어 들어선 마당은 그야말로 흉물스러웠다. 꽃이 있던 자리는 어느새 잡풀들로 넘쳐났다. 밖에 있어야 할 물건은 안에 있고 또 안에 있어야 할 물건은 밖으로 나와 있으니, 그 참담함은 이루 말할 수가 없었다.

하루하루가 버거운 이때, 최 씨마저 맡겨 놓은 재산을 빼돌려 어린 아들과 함께 떠났다는 사실이 도저히 믿기지 않았다. 윤 씨는 이와 같은 상황에 분노해야 함에도 이제는 화조차 낼 수 없을 만큼 지칠 대로 지쳐 있었다. 그러는 사이 그녀의 친정에서는 어찌 되었든 제 자식만이라도 살리기 위해 몇 번이나 더 신 씨와 이혼할 것을 재촉했다. 그러나 그때마다 윤 씨는 고개를 내저었다. 그토록 바라고 바라던 새 생명이 하필이면 이때 찾아온 것이었다. 그녀는 뱃속의 생명을 지키기 위해서라도 강해져야만 한다고 다시금 마음을 다잡았다. 한참을 멍하니 앞을 바라보던 윤 씨가 어떤 결심이라도 선 듯, 애자의 눈동자를 빤히 바라보았다.

"너는 지금… 그러니깐 단 한 사람도 빠짐없이 모두 이곳으로 모이라 일러라!"

윤 씨의 눈빛은 무서우리만큼 반짝였다. 애자는 고개를 끄덕이는 것으로 대답을 대신하고 대문을 빠져나갔다. 그녀가 나간 것을 확인한 윤 씨는 사랑채 안으로 들어갔다. 그리고는 이불장에서 솜이불 하나를 꺼내 가위로 북북 찢었다. 이불이 어느 정도 찢겨 나가자 깊숙이 손을 넣어 뭔가를 끄집어냈다. 그것은 바로 문서와 지폐뭉치였다. 윤 씨는 이불에서 꺼낸 지폐를 나누었다.

"큰 마님! 다들 모였습니다."

애자의 목소리에 윤 씨가 천천히 사랑채 밖으로 나섰다. 불안한 수군거림이 이곳저곳에서 터져 나왔다. 그녀는 슬픈 눈매로 뜰에 모인 일꾼들의 얼굴을 차례대로 쭉 훑어내렸다. 일이 터지자마자 떠난 사람도 있지만, 대부분 몇 달째 품삯도 받지 않고 함께 버텨 준 이들이었다. 그러나 더는 붙잡아 놓을 수가 없었다. 무엇보다 한 집에 딸린 식솔들이다 보니, 그들 또한 위험했다.

"제가 여러분들을 부른 이유는…."

목이 메어 오자 윤 씨는 잠시 말을 멈췄다.

"…이제, 그만 각자 살길을 찾아… 찾아가셨으면 합니다."

윤 씨의 말 한마디에 뜰은 삽시간 술렁였다. 그녀는 아랫입술을 꽉 깨무는가 싶더니, 잠시 멈추었던 말을 다시 찬찬히 이었다.

"압니다. 허나 알다시피 이곳에 오래 머물다가는 여러분들 또한 무슨 일을 당할지 모릅니다. 허니 각자 살길을 찾으셨으면 합니다."

윤 씨가 말하는 사이, 애자는 미리 받아 둔 봉투를 사람들에게 빠짐없이 골고루 나눠 주었다. 숙희도 얼떨결에 누런 봉투 하나를 받았다.

"비록 얼마 되지 않지만… 제가 여러분께 드릴 수 있는 것이 이것뿐입니다. 그간 감사하고 또 이런 일을 겪게 하여 매우 송구합니다."

윤 씨가 고개를 숙여 예를 갖춰 마지막 인사를 했다. 그리고는 서둘러 대문을 빠져나가자 뜰은 금세 울음바다로 변했다. 그때까지도 멍하니 서 있던 숙희는 급히 윤 씨의 뒤를 따라 뛰었다. 지금 그녀를 놓쳐 버리면 영원히 놓쳐 버릴 것 같은 불안감이 어린 숙희의 등을 떠밀었는지도 모른다.

감나무 아래 윤 씨의 그림자가 보였다. 그녀의 흐느낌이 들리자 숙희의 걸음도 자연스레 멈췄다. 참고 억누르던 울음을 한꺼번에 토해내는 그녀가 한없이 가여웠다. 그렇게 한참을 숨죽여 흐느끼던 윤 씨가 감정을 추스르고 흐트러진 머리카락을 반듯하게 가다듬고는 시어머니 홍 씨가 있는 방으로 들어갔다. 그때였다. 외마디 비명이 문틈 사이를 비집고 터져 나왔다. 그녀의 비명에 놀란 숙희가 마루로 뛰어올라 방문을 열어젖혔다. 역한 냄새와 텁텁한 공기 그리고 푹 삭힌 더운 바람까지, 숙희는 저도 모르게 코를 막았다.

"노, 노… 노마님?"

숙희의 두 눈동자가 점점 커졌다. 반듯하게 누운 홍 씨의 두 다리와 팔은 빳빳한 채로 굳어 있었다. 핏발 선 그녀의 눈동자는 섬뜩함 그 자체였다. 목숨줄을 놓지 않기 위해 발버둥 친 흔적이 이불 곳곳에 또렷이 남아 있었다. 윤 씨는 부릅뜬 홍 씨의 두 눈을 천천히 쓸어내렸다.

"숙희야! 너는 이 길로 갑이 아재를 좀 모셔 와야겠다. 또한, 누구에게도 지금 본 것을 말하지 말거라. 내 말이 무슨 뜻인지 알겠지?"

윤 씨의 목소리는 그 어느 때보다 차분하고 담담했다. 숙희는 그 길로 무작정 뛰어 갑이를 찾아 나섰다. 이미 밤이 깊은지라 거리는 조용했다. 혹여나 통행금지에 걸릴까 하여 사력을 다해 달리고 또 달렸다. 드디어 갑이의 집 앞에 도착한 숙희는 사립문을 박차고 마당으로 들어갔다.

"아저씨! 아저씨!"

다급한 숙희의 목소리에 어둡던 방문에 옅은 빛이 서렸다.

"숙희가 아니여? 네가 이 시간에 어쩐 일이여?"

마루로 나온 갑이는 의아한 표정으로 숙희를 바라보았다. 숙희는 서둘러 그의 곁으로 다가가 조용히 홍 씨의 부음과 윤 씨가 급히 찾는다는 말을 전했다. 난데없는 비보에 당황한 갑이는 서둘러 방으로 들어가 외투를 챙겨 들고 사립문을 나섰다.

"어여 가자! 어서!"

통행금지를 알리는 종소리가 들리자 갑이는 숙희를 더욱 재촉했다. 그렇게 두 사람은 아슬아슬하게 도착했고, 그는 급히 대문을 뛰어넘어 안으로 들어갔다. 숙희가 홍 씨의 방으로 들어갔을 때는 심각한 이야기가 오고 가고 있었다. 그도 그럴 것이 지금 상황에서 홍 씨의 장례식은 최대한 아무도 모르게 조용히 치러야 했다. 신 씨가 잡혀간 날로부터 안팎으로 감시를 받고 있던 터라 가까운 친인척은커녕 이웃에게도 홍 씨의 부고를 알릴 수 없었다. 아니 알려져서는 안 되었다. 만에 하나 장례식에 참석했다가는 잘못 엮일 수도 있기에.

이야기를 끝낸 갑이는 긴급히 걸음을 옮겼다. 그가 나간 후 얼마 되지 않아 마지막 통금 경고 사이렌이 한차례 길게 울렸다. 지금껏 조용했던 거리에 호각 소리와 미처 집으로 돌아가지 못한 이들의 발자국 소리가 요란스레 들렸다.

윤 씨는 숙희에게 대문 옆에서 갑이를 기다렸다 몰래 빗장을 열어 주라는 특명을 내렸다. 숙희는 때아닌 긴장감에 마른침을 꿀꺽 삼켰다. 얼마의 시간이 흐르고 똑똑 두드리는 소리가 들렸다. 대문 옆에 앉아 있던 숙희는 벌떡 일어나 빗장을 조심스레 열어젖혔다. 그러자 갑이가 안으로 들어섰다. 땀방울이 맺힌 그의 이마가 달빛에 번들거렸다.

"들어들 오시믄 됩니다요."

갑이의 한마디에 건장한 사내 두 명과 의원으로 보이는 한 사람이 안으로 불쑥 들어섰다. 그들은 서로 눈짓을 교환하는가 싶더니 곧 안채로 걸음을 옮겼다. 홍 씨의 시신이 있는 방 앞에 도착하자, 그제야 윤 씨가 밖으로 나왔다.

"늦은 밤 이리 급히 모시게 되어 송구합니다!"

윤 씨는 의원을 향해 인사를 건넸다. 그는 가벼운 묵례로 그녀의 인사를 받았다. 두 사람의 인사치레가 끝나자 갑이가 한 걸음 앞으로 나섰다.

"마님! 준비가 되었구먼유. 통행증도 구해 왔구먼유."

갑이는 들고 있던 통행증을 윤 씨에게 내밀었다.

"긍께유… 지가 주변을 몇 번이나 훑어보았는데유. 낮 동안 지키던 사람들이 더는 보이지 않는구먼유. 걱정허지 않으셔도 되겠구먼유."

갑이는 확신에 찬 고갯짓을 윤 씨에게 보냈다. 번거롭게만 여겼던 통금 시간이 이때만큼은 큰 도움이 될 줄이야. 제아무리 높은 권력을 가진 자라고 해도 통금은 반드시 지켜야 하는 중요한 법규였다. 그사이 방으로 들어가 시신을 살핀 의원이 다시 밖으로 나왔다. 초조하게 기다리던 갑이와 사내들은 의원의 눈짓에 방 안으로 들어갔다. 이 모든 과정을 윤 씨는 무덤덤한 눈빛으로 지켜보았다.

얼마 후, 흰 광목천에 둘둘 싸맨 홍 씨의 시신이 손수레에 실렸다. 응당 있어야 할 관도 없이 짐짝처럼 수레에 실리는 모습에 숙희는 그만 울음을 터트렸다. 몇 대째 엄청난 부와 권력을 누렸을 노마님의 마지막이 저토록 비참한 모습이라니. 마음이 무너지다 못해 부서져 내렸다.

"마… 마, 마님! 준비가 다 되었구먼유. 어여 나서야 허시구먼유."

갑이의 다그침에 윤 씨가 되돌아섰다. 그녀는 핏발이 선 눈으로 손수레를 내려다보았다. 비록 살가운 고부 사이는 아니었으나, 시어머니를 이렇듯 허망하게 보내게 될 줄은 꿈에도 몰랐다. 모든 것이 그저 비현실적으로 느껴졌다.

그러는 사이 손수레가 앞을 향해 천천히 움직였다. 바퀴에 쓸리는 잔돌 소리마저 곡소리처럼 구슬프게 들렸다. 숙희는 멀어져가는 수레를 따라 뛰었다. 먼 길 떠나는 노마님의 마지막을 이렇게라도 배웅하고 싶었다. 손수레를 한참 따라가던 숙희는 자리에 멈춰 정성을 다해 절을 올렸다. 그렇게 홍 씨는 새벽빛과 함께 한 줌의 재가 되어 이승과의 작별을 고했다.

마지막 남은 일꾼마저 저택에서 떠나던 날, 윤 씨는 배를 쥐어뜯으며 혼절했다. 죽을 쑤어 방으로 들어서던 숙희가 놀라 들고 있던 쟁반을 떨어뜨렸다. 방바닥은 이미 그녀가 쏟아낸 하혈로 낭자했다. 충격적인 광경에 숙희는 한동안 움직이질 못했다.

때마침 갑이의 처인 부안댁이 윤 씨가 걱정되어 걸음을 한 탓에 큰 위기를 넘길 수가 있었다. 그러나 뱃속의 아이는 지키지 못했다. 석 달이나 귀하게 품었던 아이가, 그토록 바라고 바라 왔던 아이가 가문의 몰락과 함께 무심히 떠나 버렸다.

이튿날, 잠에서 깬 윤 씨는 뱃속 아이부터 찾았다. 이리저리 자신의 배를 만져 보던 그녀가 비명을 내질렀다. 그것은 사람의 울음이 아닌 새끼를 잃은 짐승의 절규이며 날것 그대로의 울부짖음이었다. 혀를 깨무는 윤 씨를 부안댁이 간신히 막았다.

부안댁은 그 일이 있은 후부터 집으로 돌아갈 때마다, 숙희에게 그녀의 곁에 꼭 붙어 있어야 한다는 신신당부도 잊지 않았다. 윤 씨는 먹는 것도 자는 것도 하지 않은 채, 텅 빈 눈동자로 허공만 응시했다. 하얗고 고왔던 그녀의 얼굴은 거칠게 변해 갔으며 통통하고 복스러웠던 손도 한겨울 쭉정이처럼 말라비틀어져만 갔다. 크게만 느껴졌던 사람이 무너져 내리자 숙희의 마음도 함께 무너졌다.

"숙희야, 안… 안에 있, 있는 것이여?"

갑이의 목소리에 숙희가 방문을 열고 나왔다. 그는 한약과 돼지 잡뼈를 마루에 내려놓았다. 갑이와 부안댁, 그들 부부는 하루에도 몇 차례나 윤 씨의 상태를 보러 왔다. 숙희는 그나마 그들 부부가 함께해 주어 참으로 다행이라 여겼다.

갑이가 탕약을 끓이는 동안 숙희는 부엌에 들어가 가마솥에다 잡뼈와

물을 부었다. 먹기 좋게 잘 고아지길 바라며 아궁이에다 잔가지를 밀어 넣었다. 어느 정도 국물이 우러나자 돼지 냄새를 잡기 위해 찬장을 열어 된장을 찾았다. 그 순간, 뭔가가 툭 하고 바닥으로 떨어졌다.
"이건?"
봉투를 집어 든 숙희의 눈동자에 힘이 들어갔다. 그것은 다름 아닌 갑이가 헛간 벽 틈새에 숨겨 놓았던 청산가리였다. 예전 바닥에 떨어진 것을 주워 그에게 건넸던 적이 있어 그 용도를 잘 알고 있었다. 꿩을 잡을 때 콩에다 구멍을 뚫은 후에 넣는 가루약이라며, 사람이든 짐승이든 조금만 먹어도 죽을 수 있어 위험하다고 했다. 그런데 헛간 틈새에 있어야 할 청산가리가 어째서 부엌 찬장에 있단 말인가? 숙희는 불현듯 윤 씨의 얼굴이 떠올랐다.
"숙희야! 인자 되얐으니께…."
갑이의 기척에 놀란 숙희가 봉투를 바지 주머니 속에 깊숙이 넣었다. 그에게 말을 할까도 했지만 곧 그만두었다. 숙희는 갑이가 건네는 약사발을 받았다. 갑이와 부안댁이 집으로 돌아가자 그제야 바지 주머니에 넣어 두었던 봉투를 다시 꺼냈다. 그리고는 불꽃이 일렁이는 아궁이 속으로 던져 넣었다. 청산가리가 시퍼런 불꽃과 함께 타들어 갔다. 타들어 가는 모습을 물끄러미 바라보던 숙희는 서랍에서 누런 종이를 꺼냈다. 꺼낸 종이에다 설탕보다 몇 배나 더 달달한 맛이 나는 사카린을 넣어 찬장 그릇 사이에 끼워 두었다.
매일 찾아오는 빚쟁이들에게 익숙해질 무렵, 집 안 곳곳에 압류를 알리는 딱지들이 붙었다. 심지어 저택이 넘어갔으니 당장 나가라는 퇴거 통보도 받았다. 이런저런 사정을 전해 들은 윤 씨네 친정 식구들이 몰려왔다.

그녀의 가문 역시도 화를 피하지 못한 모양이었다. 윤 씨는 자신으로 인해 친정까지 풍비박산이 되었으니, 더는 짐이 될 수 없다며 한사코 따라나서기를 거절했다. 실랑이가 오가는 사이 그녀가 부엌으로 내달렸다. 그리고는 찬장을 열어 누런 봉투 속 하얀 가루를 입속에 털어 넣었다. 놀란 친정 식구들이 달려가 뜯어말렸지만, 이미 가루는 윤 씨의 입안으로 모두 들어가고 난 후였다.

#3. 숙희 이야기(2)

 홀로 남게 된 어린 숙희는 며칠 뒤에 갑이를 따라 동대문 봉제 공장으로 갔다. 그는 봉제 공장의 공장장인 송 씨와 친분이 있던 터라 숙희를 소개했다. 다들 빠듯한 살림살이다 보니, 그가 숙희를 거둘 수가 없었다. 제 식구마저도 입 하나 줄이겠다는 빌미로 다른 집안에 쉽게 보내 버리는 일이 숱하게 있었던 어려운 시대였다. 마땅히 갈 곳 없는 처지에 숙식이 해결되는 봉제 공장은 한마디로 숙희에게는 동아줄과도 같았다. 설사 그것이 썩은 동아줄이라 하여도 선택의 여지가 없었다.
 공장장 송 씨는 갑이에게 형님이라고 깍듯하게 불렀다. 그러나 되레 그가 형님뻘로 보일 만큼 나이가 더 들어 보였다. 몇 올 남지 않는 머리카락과 노랗다 못해 누렇게 뜬 얼굴이 안쓰러웠다. 그가 손을 좌우로 움직일 때마다 알싸하고 찌든 담배 냄새가 역하게 났다. 송 씨와 이야기를 끝낸 갑이가 숙희를 지그시 바라보았다. 그 눈빛에는 죄책감과 미안함이 들어 있었다.
 갑이가 돌아가고 공장장 송 씨는 숙희에게 따라나서라며 앞장서 걸었다. 녹이 슨 출입문은 겨울이라는 계절을 더욱 을씨년스럽게 만들었다. 낯선 이를 따라나서는 길이라 그런지 혹시나 이상한 곳으로 데려가는 것은 아닐까 하여 덜컥 겁이 났다. 하지만 그것도 잠시뿐. 공장 안으로 들어서자 숙희는 저도 모르게 입이 쩍 하고 벌어졌다.
 다닥다닥 붙은 미싱은 한눈에 보아도 수십 대도 더 되어 보였다. 기계가 뿜어내는 열기에 잠시 현기증이 일었다. 하나같이 〈스타 피복〉이라 글씨가 쓰인 남색 잠바를 입고 있었다. 같은 옷을 입고 일사불란하게 움직이는 모습이 마치 일개미를 연상하게끔 했다. 천장에 뒤엉킨 여러 갈래의 전선들은 전기를 쉼 없이 수혈하느라 요란스레 흔들렸다.

"아따! 아그야! 거거 서가꼬 뭣 헌다냐?"

넋을 놓고 있던 숙희를 향해 송 씨가 목청을 높였다. 그러나 기계 돌아가는 소음에 그의 손동작만 간신히 보였다. 숙희는 그제야 그의 곁으로 다가서서 고개를 끄덕이는 것으로 대답을 대신했다.

송 씨의 뒤를 따르면서도 숙희는 곁눈질로 공장의 구석구석을 살폈다. 미싱의 생김새가 모두 제각기 달랐다. 한마디로 미싱이라 하여 똑같은 미싱이 아니었다. 식모로 지낼 때 큰 마님 윤 씨의 방에서 보았던 고풍스러운 재봉틀과는 확연히 달랐다.

앞서 걷던 송 씨가 갑자기 멈춰 섰다. 바짝 뒤따르던 숙희가 부딪칠 뻔했지만 용케도 멈췄다. 그는 사무실 팻말 앞에서 잠시 옷매무새를 다듬고는 조심스레 노크를 했다.

"들어와!"

퉁명스러운 말투가 밖으로 새어 나왔다. 사무실 안을 가득 메운 담배 연기로 인해 숙희는 잔기침을 내뱉었다. 연기가 걷히자 검정 소파에 기댄 채, 앞을 바라보는 앳된 얼굴의 사내가 보였다. 그가 입고 있는 꽃무늬 남방 탓에 양아치 혹은 사채업자 같은 인상마저 풍겼다.

"퍼득 인사 안 드리고 뭐시 헌다냐? 우리 공장의 부사장님이시당께."

송 씨는 뒤에 있던 숙희를 쏘아보았다.

"누규?"

부사장의 능글맞은 말투에 송 씨도 살짝 미소를 보였다.

"오늘 새로 들어온 시다바리여… 아, 아, 아니 시다바리랑께요."

무슨 이유에서인지 송 씨가 입술을 말아 넣었다.

"안녕하세요! 저는 정숙희라고…."

숙희의 인사가 채 끝나기도 전에 부사장은 나가라며 손짓을 했다. 사무실에서 나온 두 사람은 오바로크라는 일명 휘갑치기에 주로 사용되는 미싱 앞에 섰다. 수십 대도 넘는 미싱이 군사훈련을 받는 것처럼 일사불란하게 돌아갔다.

"야! 야! 야! 5번!"

송 씨의 부름에 여공 하나가 자리에서 벌떡 일어섰다.

"장 씨는 워데 있당가? 나가 허락 없이 자리를 비우덜 말라고 혔을텐디."

"뒤, 뒷간에… 아! 저기 재단사님 오고 계시네요."

곤란한 기색이 역력했던 여공의 얼굴이 환하게 밝아졌다. 두 사람은 그녀의 시선을 따라 고개를 돌렸다.

"공장장님… 지송하니더! 하필이믄 점심 먹은…."

장 씨는 뛰어오느라 차오르는 숨을 허덕였다. 그가 숨을 내쉴 때마다 단내가 올라왔다. 송 씨는 그런 장 씨를 한심스럽게 쏘아보았다.

"나가 요번만큼은 눈 감아 줄께. 담에 또 걸리믄 고때는 알아서 허드랑께. 그카고 야는 시다바린께. 자알 알아서 배치허더라고."

송 씨는 장 씨 앞으로 숙희의 등을 떠밀었다.

"참! 장 씨, 야가 몇 번 미싱에 시다바리인 겨?"

"8번입니더."

장 씨의 대답에 송 씨의 입꼬리가 살짝 치켜 올랐다.

"8번 미싱에 붙은 시다니께. 8번… 8번. 시… 팔? 허허허."

송 씨의 비웃음에 장 씨는 주먹을 꽉 말아 쥐었다. 그는 지금이라도 당장 송 씨의 멱살을 잡아 비틀 기세였다.

"재단사님!"

뭔가 심상치 않음을 느낀 몇몇 여공들이 장 씨를 향해 고개를 천천히 내저었다. 그는 그제야 꽉 말아 쥐고 있던 주먹을 풀었다.

"야들이 와이카노! 알았다카이. 고마 일들 하거라. 이카고 쉴 시간이 어데메 있노. 공장장은 뒤통수에도 눈깔을 쳐 달고 다닌다 아이가!"

장 씨는 모여 있던 여공들을 향해 손을 흔들어 보였다. 주변이 어느 정도 조용해지자 그는 숙희를 내려다보았다. 우악스러운 행동과 거친 말투와는 다르게 장 씨는 따뜻한 눈매를 가지고 있었다.

"니, 이름이 뭐꼬?"

공장이라는 곳에 발 들이고 처음으로 누군가가 자신의 이름을 물어봐 주었다. 평소 장 씨는 이름 대신 숫자로 불리고 있는 여공들을 안타까워했다. 하여 자신만이라도 그녀들의 이름을 불러 주리라 다짐했다.

"정숙희입니다!"

"숙희? 내는 장 태수다. 앞으로 기냥 재단사 오빠야라 부르면 된다. 알겠나? 자세헌 이야기는 차차 허기로 허고…."

장 씨의 말에 숙희는 옅은 미소를 지었다. 그는 주변을 쭉 훑었다.

"옥순아! 옥순아!"

걸걸한 장 씨의 목소리에 숙희 또래의 여자애가 쪼르르 달려왔다.

"불렀어요? 왜요?"

"옥순아! 인사해라. 새로 온 시다다, 이름은 정숙희다."

옥순이가 숙희에게 손을 내밀었다.

"난, 시다 6번. 주옥순. 만나서 반가워!"

적극적인 옥순과는 다르게 숙희는 부끄러움에 어쩔 줄 몰라 했다.

"숙희야! 인자 니는 옥순이 따라가가 눈치껏 일 배우믄 된다. 알겄나? 옥순이 니도 숙희 잘 갈켜 주고, 알았재? 여거서는 서로서로 도와야 한데이. 안카믄 못 견딘다, 아이가! 자! 자! 이카고 있을 시간이 없다. 퍼득 가서 일들 해라!"

장 씨의 말에 숙희와 옥순은 동시에 고개를 끄덕였다. 공장 안은 그야말로 회색빛이었다. 어디를 둘러보아도 제대로 된 창문 하나가 없었다. 일을 익히고 배우고 할 틈도 없이 조금 전, 옥순이가 빠져나왔던 옷더미 속으로 숙희도 따라 들어갔다. 그리고는 지척에 있던 미싱사에게 가볍게 눈인사를 건넸다. 옥순은 숙희에게 쪽가위를 내밀었다.

공장에서의 생활은 녹록지 않았다. 매일 새벽에 일어나 자정까지 하루에 열여섯 시간을 일만 했다. 실밥 잘라내기, 옷 소매인 일명 시보리 뒤집기, 그리고 다림질까지. 혹여라도 흰색이나 연한 계통의 원단 색깔을 맞닥뜨릴 때면 일하기가 더욱 까다롭고 어려웠다. 만에 하나 불량이라도 나오는 날이면 앉아 있는 자리가 곧 지옥이 되었다. 심지어 쉴 새 없이 들이마시는 먼지와 분진 가루로 인해 목과 코는 항상 아팠다. 그렇다고 제대로 된 한 끼를 먹는다는 건 아예 꿈도 못 꿀 일이었다. 식은 밥 한 덩이에 꾹꾹 박혀 있는 장아찌가 전부였다.

시다바리, 즉 견습공은 미싱사들이 점심을 먹을 동안 그것도 아주 잠깐 미싱에 앉을 기회가 주어진다. 재봉 기술을 배우는 건 요령껏 눈치를 봐야 하는 일이다 보니, 점심을 거를 때가 더 많았다. 그만큼 근무 환경이 열

악했다. 혹독한 처우를 받으며 견디고 버티는 것이 여공, 그녀들이 할 수 있는 최선이었다.

특히 시다바리는 한 팀인 미싱사와 손발이 잘 맞아야 한다. 시다의 빠른 손놀림은 곧 돈과 직결되었다. 제품이 하나라도 더 나오면 그만큼 받아 가는 일당이 많아진다. 하여 조금이라도 더디거나 쉬기라도 한다면 늘 욕을 얻어먹었다. 공장에 발을 들인지도 한 달이 다 되어 갔다. 숙희는 입사했을 때보다 더욱 말라 있었다. 무엇보다 시도 때도 없이 배가 고팠다. 하긴 며칠 전에도 미싱사 하나가 피를 토하며 쓰러졌다. 그녀의 병명은 과로와 영양실조였다. 이런 일들은 봉제 공장에서는 아주 흔하디흔한 일이다.

물배라도 채울 요량으로 숙희는 물을 벌컥벌컥 들이켰다. 목구멍이 빠짝 마른 탓에 물이 쉬이 내려가지 않았다. 목울대에 힘이 들어가자 얼굴은 자연스레 붉어졌다. 곧 수챗구멍에 물 빠지는 소리와 함께 배꼽 아래로 물이 또르르 흘러내렸다. 젖은 입가를 닦던 그때, 공장장 송 씨의 날카로운 목소리가 숙희의 뒤통수에 날아와 꽂혔다.

"허라는 일은 안 허고 어데서 땡땡이여? 나가 물 많이 먹지 말라고 혔어? 안 혔어?"

놀란 숙희는 들고 있던 컵을 뒤로 감췄다. 송 씨는 사무실 문 옆에 있던 쟁반을 발로 툭 툭 찼다.

"8번! 요거나 퍼득 갖다 치우랑께. 나가 저런 것들을 보믄 울화통이 터져 버린당께."

송 씨는 한껏 불러온 배를 쓰다듬었다. 숙희는 재빨리 쟁반을 들고 밖으로 나가 공장 대문 옆에 놔두었다. 주변은 어느새 어둠이 내려앉아 있었.

숙희가 안으로 들어가려는 그때, 쟁반 위에 씌어 둔 신문지가 바람에 휙 날아갔다. 그러자 두 눈은 자연스레 쟁반 쪽으로 향했다. 그릇 안에는 먹다 남은 설렁탕 국물과 잔반이 보였다. 먹을까 말까 고민할 틈도 없이 숙희는 잔반을 설렁탕 그릇에다 모조리 쏟아부어 허겁지겁 퍼먹었다. 배고픔 앞에서는 그 어떠한 창피함도 부끄러움도 아무런 문제가 되지 않는 법.

"너… 혹, 혹시… 숙희 아니니?"

대문 옆을 지나던 누군가가 멈춰 섰다. 갑작스레 낯선 이에게서 자신의 이름이 나오자 숙희가 벌떡 일어섰다. 그제야 들고 있던 빈 그릇에 부끄러움이 밀려왔다. 숙희가 쉽게 고개를 들지 못하자 앞에 서 있던 사람이 다가와 손을 잡았다.

"어, 어… 어쩌다가 네가…."

숙희는 고개를 들어 앞을 바라보았다.

"순애 언니?"

자신의 손을 잡은 이가 다름 아닌 순애라는 사실에 숙희는 가슴이 벅차올랐다. 마치 생사를 몰랐던 혈육을 극적으로 상봉하는 느낌이라고 할까. 두 사람은 한동안 부둥켜안고 울었다. 알고 보니 그녀도 같은 공장에서 미싱사로 일하다 몸이 아파 그만두었다고 했다. 그러다 몸이 어느 정도 나아지자 재취업 때문에 공장에 잠시 들른 것이라고 하였다.

막막했던 곳에서 만난 순애는 구세주나 다름없었다. 그 후 그녀는 솜씨 좋은 이유로 별문제 없이 재취업을 했다. 순애는 공장장 송 씨의 눈을 피해 틈틈이 숙희에게 미싱 기술도 가르쳐 주고 먹을 것도 살뜰히 챙겼다. 그래도 가끔은 송 씨에게 들켜 곤욕을 치르는 날도 있었다. 하지만 그것마저도 숙희는 순애와 함께라서 즐겁고 행복했다.

하루하루가 다람쥐 쳇바퀴 돌듯 똑같았다. 그러는 사이 숙희는 어린아이에서 점점 어른이 되어 갔다. 허리를 똑바로 펼 수조차 없는, 숨 한 번 제대로 들이마실 수 없는 곳에서 숙희는 기계처럼 몇 년을 보냈다. 계절이 바뀌는지 세월이 흐르는지 또한 세상은 어찌 돌아가는지 아무것도 모른 채, 한마디로 동떨어진 또 다른 세상 속에 갇혀 살아가고 있었다.

사계절 중 가장 힘든 계절은 겨울이 아닌 여름이었다. 푹푹 삶는 날씨에도 선풍기 한 번 제대로 틀지 못했다. 선풍기를 돌리는 순간, 먼지와 분진 가루가 연기처럼 뽀얗게 피어오른다. 먼지를 조금이라도 덜 마시기 위해 마스크를 쓰는 날이면 어김없이 공장장 송 씨의 욕설이 날아왔다. 퇴근 시간이 훌쩍 지났음에도 숙희의 미싱은 여전히 돌아갔다. 그런 그녀의 곁으로 옥순이가 다가왔다.

"숙희야! 퇴근하자! 곧 있음 통금 걸려. 이, 땀 좀 봐! 넌 덥지도 않니?"

옥순의 볼멘 목소리가 모기 날갯짓만큼 작게 들렸다. 숙희는 그녀의 말에 그저 웃기만 했다. 사람인데 어찌 덥지 않겠는가. 땀띠는 기본이고 심지어 며칠 전부터는 엉덩이가 곪아 터져 진물이 질질 나는 바람에 속옷을 벗는 데도 애를 먹었다. 그나마 이런 억척스러움 덕에 세 사람은 돈을 모아 변두리에 있는 작은 방 한 칸을 얻었다. 판자로 대충 엮어 만든 방이라 아주 초라했지만, 앉아서 자야 하는 공장 다락과는 비교조차 할 수 없을 만큼 대궐이었다.

"벌써 시간이 이렇게 됐네!"

옥순의 말에 숙희는 그제야 벽시계를 쳐다보았다. 창문이 따로 없는 탓에 벽시계가 아니면 시간을 알지 못했다. 자리에서 일어선 그녀가 두어 블록 건너에 있던 순애를 내다보았다.

"언니! 순애 언니! 언니!"

숙희는 순애를 불렀다. 그러나 응당 있어야 할 대답이 되돌아오지 않자, 옥순이가 순애의 미싱으로 다가갔다.

"언니! 왜 이래? 정신 좀 차려 봐!"

옥순의 외마디 비명이 공장 구석구석에 스며들었다. 그녀의 비명에 놀란 숙희가 기겁하여 뛰어갔다.

"언니! 언니! 정신 좀 차려 봐요. 순애 언니!"

숙희가 축 처진 순애를 일으켜 세웠다. 그녀의 두 눈은 이미 뒤집힌 상태였다. 마침 퇴근을 하던 여공들이 찬물을 들고 와 순애의 얼굴에 뿌렸다. 모두가 우왕좌왕하던 그때, 재단사 장 씨가 달려와 그녀를 들쳐 업었다. 그가 문을 박차고 나가자 숙희는 뒤로 돌아 옥순을 쳐다보았다.

"뒷정리 좀 부탁해!"

숙희는 곧장 장 씨의 뒤를 따라 뛰었다. 부디 순애가 무탈하길 빌고 또 빌었다. 먼저 도착해 있던 그가 응급실 옆에 쪼그리고 앉아 담배를 피우고 있었다.

"언니는…."

장 씨는 숙희의 물음에 피고 있던 담배를 비벼 껐다. 그리고는 입속에 머금고 있던 연기를 하늘을 향해 길게 뿜었다. 그의 얼굴에는 초조한 빛이 역력했다. 분명 무슨 사달이 나도 단단히 난 모양이었다.

"얼라가…."

장 씨의 떨리는 목소리에 숙희가 멈춰 섰다.

"…얼라가… 얼라가 떨어졌뿌랬다, 카네."

말을 마친 장 씨가 얼굴을 거칠게 쓸어내렸다. 순애의 아이라면 즉, 그의 아이기도 했다. 이야기를 전해 들은 숙희의 심장도 바닥으로 곤두박질 쳤다. 그 순간, 오래전 큰 마님 윤 씨의 피범벅 된 허벅지가 생생하게 떠올랐다. 버티지 못하고 쏟아져 내린 그 가여운 핏덩어리가. 숙희는 갑작스럽게 떠오른 끔찍했던 기억을 떨쳐 버리고자 고개를 세차게 흔들었다.

장 씨와 순애, 두 사람의 관계를 숙희는 진작에 눈치채고 있었다. 그들이 연인이라는 것을 처음 알게 된 것은 어느 겨울 월급날이었다. 월급봉투는 보통 재단사가 공장장에게 받아서 여공들에게 나눠 준다. 누런 월급봉투에는 공장장 송 씨가 이름 대신 여공들에게 붙여진 숫자를 적어 놓았다. 그런데 어느 날부터인가. 순애의 월급봉투에는 숫자 아래 그녀의 이름이 다정히도 적혀 있었다. 그때부터 숙희는 두 사람이 평범한 사이는 아닐 것이라 짐작했다.

조금 전, 함께 따라나서려는 옥순이를 떼어 놓고 온 이유도 자칫 소문날까 하는 걱정 때문이었다. 만에 하나 공장 사람들의 입방아에 오르내리기라도 한다면 둘 중 하나는 직장을 나가야만 한다. 수십 번 아니 수백 번도 더 때려치우고 싶지만, 이곳이 아니면 갈 곳이 없는 이들이 대부분이다.

이런저런 생각에 빠져 걷다 보니 어느새 병실 앞이었다. 날씨가 무더운 탓에 병실 문이 활짝 열려 있었다. 밤이라 그런지 전등불은 대부분 소등이 되어 주위가 컴컴했다. 천장에 매달린 선풍기는 요란한 소리를 내며 돌아갔다. 숙희가 병실 안으로 들어서자 환자 서넛이 잔기침을 내뱉었다. 그녀는 최대한 그들에게 방해가 되지 않으려 조심스레 순애의 곁으로 다가갔다. 링거병에서 주사약이 똑똑 떨어지는 것이 보였다. 달빛에 비친 순애의 얼굴이 핼쑥하다 못해 마치 해골처럼 보였다.

"숙희니? 그 사람은….”

순애의 물음에 숙희의 눈길이 아래로 향했다.

"내가 있겠다고 쉬다가 오라고 했어."

숙희의 대답에 순애는 잠시 눈을 감았다. 무슨 말부터 어떻게 꺼내야 할지 몰라 숙희는 입술을 살짝 깨물었다. 두 사람의 침묵이 점점 길어지자 그녀가 먼저 입술을 열었다.

"어쩜… 잘된 일인지도 몰라."

물기 가득 들어찬 순애의 목소리가 떨렸다. 모든 것을 포기한 듯 보이는 모습이 숙희는 그저 애처로울 따름이었다. 그녀는 위로의 말 대신 순애의 손을 잡고 천천히 쓸어내렸다. 미싱 바늘에 찔린 순애의 숱한 상처가 숙희의 마음속에 아프게 스며들었다.

그 일이 있고 순애는 마치 다른 사람이 된 것처럼 미친 듯이 일만 했다. 평소 크게 웃는 법은 없었지만, 그래도 제법 잘 웃던 그녀의 얼굴에 더는 웃음을 찾아볼 수가 없었다. 떠나보낸 가여운 핏덩이를 잊기 위해 발버둥이라도 치는 것일까? 각성제까지 맞아 가며 몸이 부서지라 순애는 일만 했다. 하지만 이런 사정을 잘 모르는 다른 여공들은 그녀를 독하다며 수군덕댔다.

유산도 아이를 낳은 것만큼이나 몸조리를 해야 한다. 하지만 순애는 퇴원하여 바로 미싱에 앉았다. 숙희는 그런 그녀가 걱정되었다. 하여 몇 차례나 말려도 보았지만, 도통 말을 들으려 하지 않았다. 결국, 순애는 몸이 완전히 망가지고 나서야 멈추었다.

"언니! 죽이랑 약이랑 챙겨 놨어. 꼭 먹어야 해! 알았지?"

공장으로 출근하기에 앞서 숙희는 작은 소반을 순애에게 내밀었다. 그녀의 병간호를 도맡아 하느라 숙희는 잠까지 줄여야만 했다. 까탈스러운 옥순이는 당분간 공장에서 자겠다며 아예 들어오지 않았다.

순애가 몸이 아파 며칠 출근을 하지 못하자 공장장 송 씨의 입에서는 자연스레 해고 이야기가 나왔다. 장 씨는 그런 그에게 항의하려고 했지만, 숙희가 막아섰다. 혹여라도 두 사람의 관계가 탄로 난다면, 순애뿐만 아니라 장 씨까지 일을 그만둬야 할지도 모른다. 그만큼 여러모로 상황이 좋지 않았다.

숙희는 혼자 감당해야 할 일도 산더미인데, 순애의 작업까지 도맡아 한다고 공장장 송 씨에게 말했다. 그야말로 그녀는 화장실을 갈 틈도 없었다. 옥순이가 틈틈이 일을 도왔지만, 작업량은 좀체 줄어들지 않았다.

"숙희 너! 감기 걸렸어? 오뉴월 감기는 개도 안 걸린다는데. 그나저나 다친 손가락은 좀 어때?"

옥순은 숙희의 오른쪽 검지를 걱정스레 내려다보았다. 그녀의 말 한마디에 지금껏 아프지 않았던 손가락이 갑자기 아파 왔다. 이틀 전 미싱을 돌리다 잠시 깜빡 졸았는데 바늘이 그만 검지를 관통하고 말았다. 그러나 아픈 것보다 옷감에 핏방울이 튀지 않았나부터 살폈다. 놀란 이들이 서둘러 미싱 기름통을 가져와 숙희의 다친 손가락을 기름에 담갔다. 이곳에서는 이만한 일로 병원에 가는 법이 없다. 오히려 부주의로 더 욕만 얻어먹을 뿐. 마침 옥순이가 미싱 위로 뭔가를 내밀었다.

"점심 못 먹었지?"

숙희는 옥순이가 건네는 것을 받아 들었다. 반찬이 올라간 작은 밥공기였다. 먹지도 자지도 않고 일만 하는 그녀가 너무 안쓰러워 몰래 챙겨 놓은 것이다.

"고마워 잘 먹을게. 그러게⋯ 기침은 아무래도 먼지 탓인 것 같아! 곧 괜찮아지겠지."

"하긴 창문 하나 없는 이런 곳에서 기침을 안 하는 게 이상한 거지! 암만 해도 직업병 아니겠어. 에고 우리네 팔자야!"

옥순은 숙희의 말에 장단을 맞추었다. 숙희는 서둘러 밥 한 숟갈을 더 입에 쑤셔 넣고 미싱을 돌렸다. 그 순간 그녀의 얼굴이 점점 창백해졌다. 입속에 있던 밥알을 억지로 삼키려 하자, 갑자기 명치 끝에서 통증이 올라왔다. 급기야 숨조차 제대로 쉬어지지 않았다. 들려야 할 미싱 소리가 들리지 않자, 건너편에 있던 옥순이가 고개를 들어 내다보았다.

"숙희야! 괜찮아?"

가슴팍을 치며 고통스러워하는 숙희의 모습에 옥순은 달려왔다.

"물… 물… 물 좀…."

옥순이 주전자를 가지러 간 사이 숙희는 한차례 큰기침과 함께 입안에 있던 것들을 쏟아냈다. 급한 마음에 그녀는 화장실로 뛰었다. 세면대 거울에 비친 것은 입 주변과 윗옷에 가득 묻어난 피였다.

한 달 전부터 이상하리만큼 몸이 좋지 않았다. 속이 메슥거리고 기침이 유난히도 잦았다. 숙희는 가벼운 감기몸살쯤으로 생각하고 버티고 견뎠다. 하지만 기침은 날이 갈수록 심해졌다. 심지어 며칠 전부터는 가슴이 찢겨 나가는 고통과 더불어 목소리도 나오지 않았다. 그러다 결국에는 핏덩어리까지 토해냈으니, 아무래도 큰 병인 듯했다. 순간 불길한 예감이 들자 머리털이 곤두섰다. 한참 동안 숙희는 거울에 비친 자신의 얼굴을 물끄러미 바라보았다.

이튿날 공장장 송 씨에게 갖은 욕이란 욕은 다 얻어먹고 난 뒤에야 짬을 낼 수 있었다. 숙희는 그 길로 공장 인근 작은 한의원으로 달려갔다. 나쁜 예감은 언제나 한 치의 오차도 없이 딱 들어맞는 법. 나이 지긋한 한의사는 그녀의 맥을 이리저리 짚어 보더니, 하루라도 빨리 큰 병원으로 가서 정밀검사를 받아 보라고 했다.

일주일 뒤, 가까스로 들른 병원에서 그녀는 폐결핵이라는 진단을 받았다. 엑스레이에 찍힌 가슴 한쪽이 먼지가 낀 것처럼 뿌옇게 변해 있었다. 의사는 이 상태로 어떻게 그동안 견뎠냐며 즉시 입원할 것을 권했다. 차라리 당장이라도 죽는 병이라면 얼마나 좋을까. 결국, 참았던 눈물이 왈칵 쏟아져 내렸다. 병원에서 나온 숙희는 넋을 놓고 하염없이 걷고 또 걸었다. 살기 위해 발버둥을 치면 칠수록 진흙 속으로 더욱 빨려 들어가는 자신이 그저 한탄스러웠다.

"병원에서 뭐래? 괜찮대?"

옥순이 다가왔다. 그녀의 물음에 숙희는 희미한 웃음을 보였다. 마음 같아서는 옥순을 붙잡고 아이처럼 엉엉 울고 싶었다. 미싱을 돌리는 내내 숙희의 머릿속은 여러 가지 생각들로 복잡했다. 곁에 있던 어린 시다가 몇 번이나 불렀지만, 그녀는 아무것도 들리지 않았다. 그저 수천 마리 벌떼의 날갯짓 소리밖에는.

그날 밤 숙희는 오래간만에 꿈을 꾸었다. 갯벌에서 바지락을 캐고 있는 엄마를 보았다. 지금의 자신만큼이나 젊은 엄마의 모습. 그녀는 목 놓아 엄마를 부르며 갯벌로 뛰어들었다. 자리에서 일어난 엄마는 두 팔을 활짝 벌렸다. 무작정 뛰어 들어간 엄마의 품에서는 구수한 갯벌 냄새가 났다. 얼마나 그립고 보고 싶었던 엄마인가. 숙희는 더욱 힘을 주어 엄마를 꽉 껴안았다. 그 순간 엄마의 몸이 모래로 바뀌어 허물어졌다. 그녀는 손가락 사이로 자꾸만 빠져나가는 모래를 잡기 위해 안간힘을 썼다.

"숙희야! 정신 좀 차려 봐! 숙희야. 이 식은땀 좀 봐! 열이…."

곧장 밖으로 나간 순애는 대야에 찬물을 받아 왔다. 받아 온 찬물에 수건을 적셔 숙희의 식은땀을 몇 번이고 닦아냈다. 제법 시간이 흘러 열이 내려가자 그제야 숙희는 잠에서 깨어났다. 벽에 기대어 잠든 순애의 모습이 보였다. 그렇지 않아도 아이를 잃은 상실감에 힘이 들 텐데, 본의 아니게 걱정을 시킨 것 같아 미안했다. 하필이면 숱한 병명 중에 다른 이들에게 옮길 수 있는 결핵이라니. 숙희는 얼굴을 쓸어냈다.

"이제 좀 괜찮니?"

부스럭대는 소리에 잠이 깬 순애가 숙희의 곁으로 다가왔다. 그리고는 감기약과 물을 건넸다. 순애는 피곤했던지 자리에 눕자마자 잠이 들었다. 그녀가 깊이 잠든 것을 확인한 숙희는 다시금 일어나 가방을 조용히 챙겼다. 그리고는 가방에서 꺼낸 통장과 도장을 잠들어 있던 순애의 머리맡에 내려놓았다.

"언니, 미안해! 정말 정말 미안해! 나… 나 말이야…."

울컥 올라오는 울음으로 인해 숙희는 끝끝내 말을 잇지 못했다. 도망치듯 밖으로 나온 그녀는 곧장 공장으로 향했다. 때마침 담배를 피우며 출근하는 공장장 송 씨의 모습이 보였다.

"오메. 울 이쁜이 8번 아니당가? 우째 밤새도록 나가 그렇게도 보고 잡았으?"

송 씨는 숙희를 향해 실없는 농담과 함께 능글맞은 웃음을 지어 보였다. 그는 평소 반반하게 생긴 젊은 여공에게 치근대고 찝쩍대다, 조금이라도 자신에게 밉보이면 교묘한 방법으로 괴롭히기 일쑤였다.

"뭐시여? 재수 없게. 댓바람부터 워데 가시내가 버르장머리 없이 사내 앞을 떠억허니 막아서가꼬 뭐시 한당가!"

자신을 쏘아보는 숙희의 눈빛에 기분이 나빠진 송 씨는 가래를 끌어모아 거칠게 내뱉었다.

"결핵! 폐결핵이래요."

숙희의 말에 놀란 송 씨는 기겁하며 뒤로 물러나 곧장 옷소매로 입을 가렸다. 그녀는 병원에서 떼어 온 진단서를 던지듯 건네고는 어둠 속으로 사라졌다.

#4. 숙희 이야기(3)

　숙희는 죽기 전에 〈*화옥도*〉 바다가 못 견디게 보고 싶었다. 그곳은 그녀에게 있어 가장 아름답고도 행복했던 기억이었다. 그런 말이 있지 않은가. 풍경에도 저마다 말 못 할 사연 하나쯤은 간직하고 있다고. 어떤 풍경을 마주했을 때, 이유 없이 마음 한편이 아려 온다면 갈 길 잃은 아픈 사연 하나, 심장에 녹아들었으리라. 숙희에게 화옥도는 아픔이자 그리움이었다.
　지금껏 명절이 싫었다. 다들 갈 곳이 있었고, 기다려 주는 가족들이 있었다. 심지어 고향에 내려가니, 못 내려가니 하는 볼멘소리까지도 너무나 부러웠다. 그렇듯 특별한 날은 숙희를 더욱 외롭게 만들었다.
　이른 시간임에도 불구하고 버스터미널 인근은 활기찼다. 서울에서 꽤 오랫동안 살았지만, 처음으로 느껴 보는 또 다른 활기참이었다. 사실 그동안 숙희는 공장밖에 모르고 살았다. 하여 늘 피곤하고 우울했다. 그렇게 잿빛과도 같은 일상을 매일같이 버티고 견디며 살았다. 힘들었던 순간들이 물밀듯 찾아들자, 두 눈동자에 서러움이 차올랐다.
　먼 친척 여자의 손에 이끌려 온 서울의 풍경이 아득하게 멀어져만 갔다. 희망도 절망도 미련도 모두 놓아 버린 그녀, 그렇게 숙희가 탄 기차는 하염없이 달려 나갔다. 그녀는 차창에 머리를 기대여 깜박 잠이 들었다. 그때였다. 숨이 가빠지면서 가슴이 찢겨 나가는 고통이 밀려왔다. 잠시 숨을 멈췄다. 하지만 그것도 그때뿐. 터져 나오는 기침에 당황한 숙희는 손수건으로 입을 틀어막았다. 그녀의 기침에 몇몇 손님들이 불편한 시선으로 쳐다보았다. 입을 막았던 손수건에는 검붉은 각혈이 묻어나 있었다. 숙희는 혹여 누가 볼세라 서둘러 손수건을 가방에 집어넣었다. 빠르게 지나쳐 가는 풍경을 바라보며 숨을 천천히 내쉬고 들이마셨다.

얼마를 더 달렸을까. 기차에서 내려 두어 번의 시외버스를 더 갈아탄 후에야 구천포 터미널에 도착할 수 있었다. 작은 버스터미널은 휑하다 못해 을씨년스러웠다. 숙희는 대합실 의자에 앉아 숨을 크게 들이켰다. 투명한 공기에 바다 냄새가 들어 있었다. 분명 돌아가신 엄마의 냄새였다. 그토록 그리웠던 바다의 짠내. 어린 시절 엄마의 젖가슴에 얼굴을 파묻을 때마다 푸르디푸른 바다에 안기는 것처럼 느껴졌던 아름다웠던 추억이, 그 행복했던 기억이 불현듯 떠올랐다. 그동안 잊고 살았다. 아니 떠올리면 시리게 아픈 기억이라 그간 잊으려고 노력하며 살았는지도 모른다. 그녀는 구천포로 내려오는 내내 죽고만 싶었다. 그러나 막상 내려온 지금, 이 순간만큼은 미치도록 살고 싶었다. 그 어떤 마음이 정해지자 숙희는 택시를 타고 구천포 여객 터미널로 향했다. 다행히도 아침 바다 날씨가 괜찮아 여객선은 정상적으로 운항을 시작했다.

여객선은 그녀의 고향인 〈화옥도〉뿐만 아니라 인근에 접해 있는 서너 개의 섬에도 들른다. 하여 이른 시각임에도 불구하고 여객선을 타고자 하는 사람들로 터미널 안은 북적였다. 대부분 장날에 맞춰 육지에 나와 장사를 하거나 혹은 장을 본 섬사람들이다. 섬사람들에게 있어 바다 날씨는 아주 중요하다. 바다 날씨가 좋지 않으면 육지에서 몇 날 며칠 발이 묶여 섬으로 돌아가지 못하는 경우가 비일비재했다.

늦여름과 초가을의 경계 위에 놓여 있는 바다는 눈부시게 아름다웠다. 서울에 있을 때, 숙희는 문득문득 바다가 미치도록 보고 싶었다. 아쉬움을 달래러 한강에 나가 보기도 여러 번. 그러나 어찌 강을 바다에 비교한단 말인가. 강에서는 느낄 수 없는 바다의 냄새와 맛이 있다.

숙희는 한참이나 바다를 물끄러미 보았다. 그렇게 하얀 물보라가 신기루처럼 나타났다, 사라졌다. 복잡했던 여객선이 한산해질 무렵, 멀리 우뚝 솟아오른 바위가 보였다. 바다로 나간 남편을 기다리다 끝내 망부석으로 굳어 버린 슬프도록 아름다운 전설. 숙희의 눈동자에 눈물이 차올랐다. 이곳으로 다시 돌아오기까지가 얼마나 멀고도 긴 여정이었단 말인가.

"엄마! 엄마! 엄마!"

불어오는 바람결에 숙희는 목 놓아 엄마를 불러 보았다. 불러도 불러도 자꾸만 부르고 싶은 그리운 엄마를…. 섬에 도착하면 어디선가 엄마가 달려와 잘 다녀왔냐며 꼭 안아 줄 것만 같았다. 생각이 이쯤에 이르자 뜨거운 눈물 한줄기가 뺨을 타고 흘렀다.

긴 세월 동안 떠나 있었던 곳이건만, 변한 것은 하나도 없었다. 담벼락 아래에 핀 풀 한 포기, 발에 차이는 돌멩이 하나조차도 그때 그대로였다. 변한 것이 있다면 세월의 거친 빗금이 그어진 자신밖에는. 길을 따라 올라가자 낡은 회색빛 슬레이트 지붕이 보였다. 마당 안으로 들어선 그녀가 구석구석 훑어내렸다. 모든 것이 그대로였다. 어린 시절 자신과 엄마가 손수 바닷가에서 가져와 쌓아 올린 낮은 돌담. 그 아담한 담 너머로 바다가 한눈에 들어왔다.

"엄마, 저 왔어요! 엄마 딸 숙희가 왔어요."

눈물이 차올랐다. 차오르는 눈물에 엄마의 환영이 잠시 아른거렸다. 바다의 금빛이 점점 사라질 무렵, 숙희는 미리 챙겨 온 초에다 불을 밝혔다. 섬에서의 어둠은 뭍에서보다 짙고 어두웠다. 마침 허리가 굽은 노파 하나가 마당으로 들어왔다.

"거거 누꼬? 누가 있는 기가?"

뒷짐을 쥔 노파는 걸쭉한 목소리와 함께 불 켜진 방을 의심의 눈초리로 쏘아보았다. 숙희가 방문을 열고 밖으로 나섰다. 달빛에 그녀의 얼굴이 점차 드러나자 노파의 목소리가 높아졌다.

"니, 숙희 아이가? 맞제? 순남이 딸래미 숙희!"

노파는 아랫집에 사는 문성댁이었다. 오랜만에 들어 보는 엄마의 이름에 뜨거운 뭔가가 울컥 올라왔다. 숙희의 엄마인 순남은 섬에서 태어나서 섬에서 생을 마감한 〈화옥도〉 토박이이다. 그녀의 남편은 숙희가 뱃속에 있을 때, 바다에서 실종되었다. 그러니까 숙희는 유복녀였다.

"니, 참말로 잘 왔데이. 안캐도 내가 니 걱정 마이 했데이. 뭍에 나가가 고생 마이 했재. 참말로 얼굴이 마이 행편 없데이."

문성댁은 인사를 건네는 숙희의 손을 쓸어내리며 벌겋게 달아오른 눈가를 닦았다. 숙희는 그녀를 껴안고 소리 내어 울었다. 두 사람은 꽤 오랜 시간 동안 이야기를 나누었다. 숙희는 자신을 서울로 데려간 사람이 먼 친척이 아니란 사실도 비로소 알게 되었다. 대화가 오고 가는 내내 문성댁은 분노와 탄식 그리고 슬픔을 번갈아 내뱉으며 매워진 코끝을 부지런히 훔쳐냈다.

"저… 드릴 말씀이…."

머뭇거리던 숙희가 끝내 뒷말을 삼켰다.

"와? 뭐, 할 말이라도 있는 기가?"

문성댁은 숙희의 눈동자를 빤히 바라보았다. 막상 말을 꺼내려 하니 좀체 입이 떨어지지 않았다. 숨을 한껏 들이켠 그녀는 그제야 폐결핵에 걸린 사실을 말했다. 문성댁은 그런 숙희의 곁으로 바짝 다가가서는 어깨를 쓸어내렸다.

"그깟이꺼 별것 아인기라. 잘 묵고 잘 지내믄 퍼득 나을 병이데이! 울 정자도 니 맨지로 결핵이었는데, 깨끗이 나아 뿌랬다 아이가. 그칸께, 니는 쓸데없는 걱정 허덜 말거래이. 알았재? 니 잘못 아인기라."

잘못이 아니라는 문성댁의 말 한마디에 숙희는 눈물이 핑 돌았다. 어쩌면 가장 듣고 싶었던 위로였을지도 모른다. 남들도 꺼리는 병을 안고 돌아온 자신을 아무런 조건 없이 따뜻하게 맞이해 주는 곳. 그곳이 바로 고향 〈화옥도〉라는 것에 새삼 감사했다.

그날부터 문성댁은 두 팔 걷고 나섰다. 결핵에는 무조건 잘 먹어야 한다며 귀한 닭을 잡아 푹 고아 오는가 하며 몸에 좋다는 한약재와 양약을 죄다 구해 숙희에게 먹였다. 그것도 모자라 틈틈이 산에 올라 약초란 약초는 모두 캐어 와 정성껏 달였다.

"숙희야! 내다! 정자!"

숙희는 정자라는 말에 방문을 벌컥 열어젖혔다.

"언니야! 참말로 정자 언니야가?"

정자를 보자마자 숙희는 반가움에 그간 잊고 지냈던 유년시절의 말투가 불쑥 튀어나왔다. 외롭기만 했던 시절 그녀는 숙희에게 있어 유일한 섬 친구였다. 한마디로 두 사람은 친자매나 다름없었다.

"춥다. 퍼득 드가자. 내 니캉 여서 자고 갈끼다."

숙희의 등을 떠미는 정자의 입에서는 입김이 터져 나왔다. 방 안으로 들어간 그녀는 들고 있던 검은 비닐봉지와 양은냄비를 상 위에 내려놓았다.

"따실 때, 퍼득 무라!"

정자는 숙희에게 숟가락을 쥐여 주고는 서둘러 냄비 뚜껑을 열었다. 뚜껑을 열자 천장 위로 김 서림이 몽글몽글 피어올랐다. 약초와 누린내가 뒤섞인 냄새가 방 안 가득 들어찼다. 뽀얗게 잘 우러난 국물에 부추와 전복 그리고 한약재와 고깃덩이가 보였다. 국자를 들고 있던 정자는 대접에 가장 굵고 좋은 것만 퍼담아 숙희에게 내밀었다.

"얌생(염소)이 괴기다. 니 맥일라고 며칠을 푸욱 고았다 아이가."

정자의 말이 떨어지기 무섭게 숙희는 한 숟가락 푹 떠서 입에 넣었다. 고기의 누린내와 한약 그리고 된장이 뒤섞인 묘한 맛이 목구멍을 타고 배꼽 아래로 천천히 흘러내렸다.

"와? 맛없나? 맛으로 묵지 말고 약이라 생각허고 묵그래이!"

숙희가 먹고 있는 것은 음식이 아니라 정자의 따뜻한 위로이며 사랑이었다. 국물을 넘길 때마다, 꽁꽁 얼어붙었던 마음에 붉디붉은 동백꽃이 피어났다. 정말이지 가족이 아니면 받을 수 없는 환대이며 사람의 따뜻한 정이었다.

"고, 고… 고마워서… 이 은, 은혜를 어떻….ˮ

목이 꽉 메어 오는 통에 숙희는 끝끝내 말을 잇지 못했다. 울먹이는 그녀의 모습에 정자 또한 고개를 들어 천장을 쳐다보았다.

"가시나! 참말로 실데없는 소리 허고 자빠졌네. 곧 나을끼다. 낸도 아파 봤다 아이가. 무조건 잘 묵고, 잘 쉬믄 된다. 알았재? 남기지 말고 전부 싸그리 다 묵어야 한데이!"

정자는 촉촉이 젖은 눈동자로 숙희를 지그시 바라보았다. 그녀는 어느새 어린 숙희와 갑자기 헤어졌던 그날로 돌아가 있었다. 숙희가 돌연 섬을 떠나던 날, 정자는 바다를 보며 목 놓아 울었다. 이제나저제나 하루에도 몇 번이나 이곳에 올라와 바다를 내다보았다. 기다려 본 사람만이 안다. 기약 없는 기다림이 얼마나 사람을 지치게 하는지. 그렇게 강산을 바꾸고도 남을 만큼의 세월이 흘렀다.

숙희가 섬으로 돌아왔다는 문성댁의 연락에 정자는 그 길로 배편을 알아봤다. 그러나 바다 날씨가 좋지 않아 조금 늦었다며 그녀는 눈가를 훔쳤다. 정자는 결혼함과 동시에 구천포항에서 남편과 함께 생선을 팔며 지낸다고 했다. 이제 막 고등학생이 된 딸과 중학생 아들이 있다는 말도 덧붙였다.

"참! 니 데불고 간… 그 사기꾼 년 말이다. 내가 구천포항에서 그년을 잡았다 카이. 니 있는데 대라고 지랄발광을 하니깐, 갈캐 주데. 그캐가 열 일을 제쳐 놓고 그 길로 서울로 올라갔다 아이가. 근데 거 기와집에 있는 사람들이 모조리 니를 모린다고 카데. 그캐가 내가 그 집 기둥을 붙들고 얼매나 울었는동, 니는 모를끼다."

정자는 분함과 억울함에 끝내 울화통을 터트렸다. 흥분하는 정자의 모습에서 숙희는 괜스레 마음이 든든해졌다.

"그간 워데 있었더노? 에데 이야기 좀 해보거래이. 들어나 보자!"

정자는 그간의 일들을 숙희에게 캐물었다. 숙희는 하는 수 없이 식모살이며 봉제 공장에서 지낸 일들을 조심스레 끄집어냈다. 그녀의 이야기를 듣는 내내 정자는 웃기도 하고 때론 화를 내기도 했다. 분명 이곳으로 내려오기 직전의 일임에도 아주 오래전 일들처럼 멀게만 느껴졌다. 그렇게 얼마의 시간이 흘렀을까. 정자의 코 고는 소리가 정겹게 들렸다. 새근거리는 소리에 비로소 긴 여행을 마치고 무사히 집으로 돌아온 것만 같았다.

두 번의 겨울이 지나고 유채꽃이 화려하게 핀 찬란한 봄날이 다시 찾아왔다. 문성댁과 정자의 따뜻한 보살핌으로 갯벌에 나가 조개를 캘 만큼 건강도 많이 좋아졌다.

그해 여름, 숙희는 폐결핵이 완치되었다는 의사의 소견에 눈물을 펑펑 쏟아냈다. 죽고자 마음먹고 내려온 곳에서 새로운 삶을 얻은 셈이었다. 이 모든 것이 문성댁과 정자의 정성 어린 간호 덕분이라며 감사함을 전했다.

정자는 후한 인심 덕에 구천포항에서 돈을 가장 많이 버는 상인이 되었다. 얼마 뒤 그녀는 번듯한 생선가게를 인수했다. 생각보다 사업이 커지자 가게를 믿고 맡길 사람이 필요했다. 정자는 숙희에게 함께 일할 것을 부탁했다. 그녀의 부탁에 숙희는 곧장 옷가지들을 챙겨 뭍으로 나갔다. 하지만 달리 살 집을 구할 처지가 안 되어 생선가게 한편에 딸린 작은 방에서 지냈다.

"숙희야! 내다. 일났나?"

가게 안으로 정자가 들어섰다. 숙희는 방금 데운 따뜻한 보리차를 내밀었다. 컵을 받아 든 그녀가 방 안으로 성큼 다가서서는 이리저리 방바닥을 짚어 댔다.

"가시나 참말로 더럽게 말 안 듣네! 니 진짜 이카나? 내가 연탄 애끼지 말고 팍팍 때라고 했나? 안 했나? 방이 이기 뭐꼬? 불기가 하나도 없네. 니, 아직 다 나은기 아인기라. 겨울보다 더 춥고 시린 게 초봄인데… 자꾸 이카믄 차라리 울 집으로 들어온나. 이카지 말고…"

방바닥에 온기가 없다는 것을 안 정자는 쉼 없이 잔소리를 늘어놓았다. 쉽게 잔소리가 그치지 않자 숙희는 그녀에게 의자를 불쑥 내밀었다. 그러자 정자는 잔소리를 하다 말고 못마땅한 듯 숙희를 향해 눈을 흘겼다. 정자는 어떻게 하든 숙희를 당장이라도 자신의 집으로 데려가고 싶은 마음 뿐이었다. 어찌 그 마음을 모르겠는가. 하지만 더는 짐이 되고 싶지 않았다. 숙희는 살짝 어색해진 공기를 다른 곳으로 돌렸다.
"형부는 좀 어떠셔?"
"허리 병이야 맨날천날 아픈긴데. 저카다 또 괘안아진다. 걱정허지 마라!"
정자는 걱정하지 말라며 손을 내저었다. 평소에는 정자와 그녀의 남편인 심재충이 함께 가게로 나와 당일 판매할 생선을 사들인다. 하지만 심씨의 허리 병이 도지는 바람에 정자만 가게로 나온 길이었다. 하여 오늘은 아쉬운 대로 지게꾼들에게 일당을 주고 배달을 시킬 참이었다. 벽시계를 보던 정자가 의자에서 일어섰다. 그러자 숙희도 두꺼운 외투를 집어 들었다.
"내 혼자 갈끼다. 니는 여어 있거라! 안즉 찬 바람이 안 좋다."
외투를 챙겨 드는 숙희의 모습에 정자가 서둘러 가게 밖으로 나갔다. 그러나 어느새 숙희가 뒤를 바짝 따라 걷고 있는 것이 아닌가.
"아이고. 니도 참말로…."
정자는 숙희를 보며 고개를 내저었다. 그새 컴컴했던 하늘에 붉은 기운이 차츰 스며들었다. 부두에는 생선을 받기 위해 이미 많은 상인들이 대기하고 있었다. 그들은 추운 날씨 탓에 불꽃이 활활 타오르는 큰 드럼통에 시린 손을 쬐었다. 이리저리 주변을 둘러보던 정자가 숙희의 팔짱을 꼈다.
"잠도 없는가배. 다들 뭐 이래 일찍들 나왔노?"
정자는 사람들 사이를 비집고 들어섰다.
"형수님! 형님은 안 오시고, 어떻게 여동생이랑 나오셨어요?"

옆집 생선가게 안 씨였다. 생긴 것은 산도적처럼 무섭게 생겼는데, 경기도가 고향이라 말투가 나긋나긋했다. 정자는 그런 그를 탐탁지 않은 눈빛으로 쏘아보았다. 요즘 들어 부쩍 유부남인 안 씨가 음흉한 눈빛으로 숙희를 훔쳐보는 것이 영 마음에 걸렸다.

"남의 집 양반을 와? 마누라 기둘리듯, 기둘리는교?"

정자의 말에 안 씨는 멋쩍은 웃음과 함께 뒤통수를 긁었다. 어느덧 하늘빛이 더욱 밝아 오자 등대 사이로 간밤에 조업을 나갔던 어선들이 하나, 둘 부두로 들어서기 시작했다. 통통통 튀는 엔진 소리에 숙희의 심장도 괜스레 두근거렸다.

차례대로 들어선 어선들이 부두에 정박하자마자 대기하고 있던 이들이 개미 떼처럼 모여들었다. 총만 안 들었을 뿐이지, 이건 전쟁터나 매한가지였다. 하긴 먹고 살기 위해 하는 일치고 전쟁이 아닌 것이 또 어디 있단 말인가. 정자는 그때까지도 뚫어지게 먼바다를 바라보고 있었다.

"저거 오는 배 맞는 거 겉은데… 아이가? 풍년호 맞재?"

정자가 손을 높이 치켜들어 흔들었다. 그녀의 시선을 따라 숙희도 앞을 내다보았다. 곧 뱃머리에 새겨진 〈풍년호〉라는 글씨가 보였다. 〈풍년호〉는 정자의 큰오빠인 오태봉의 어선이었다. 어선에 달려 있던 오색 깃발이 바람에 거세게 펄럭였다. 그의 배가 부두에 정박하는 사이 정자의 잔소리가 봇물 터지듯 터져 나왔다.

"아이고. 오빠야는 퍼득 퍼득 안 오고, 뭐 하는 기고? 참말로. 추바 죽겠는데."

태봉은 그제야 정자를 물끄러미 쳐다보았다.

"지숙이 애비는… 어데가고 우째 니캉 숙희가 왔노?"

태봉은 보이지 않는 심 씨의 행방을 물었다. 하지만 대꾸는커녕 정자는 어선 위로 풀쩍 뛰어올랐다. 그의 얼굴은 해풍을 숱하게 맞은 탓에 유난히도 시커멓고 푸석했다. 제멋대로 뻗어 난 수염에는 소금기가 덕지덕지 붙어 더욱 거칠어 보였다. 배에 올라탄 그녀는 생선을 뒤적이며 그제야 뒤늦은 대답을 했다.

"지랄 놈의 허리 병이 또 도졌다 아이가. 오빠야도 조심하거래이."

무뚝뚝한 정자의 대답에 태봉은 고개를 끄덕였다. 잠시 조용했던 어선은 그새 몰려든 상인들로 떠들썩했다. 그 또한 덩달아 값을 매기느라 분주하게 움직였다. 그때였다. 선체 앞에서 큰 고성이 오고 갔다.

"하! 이 새끼 봐라. 겁대가리 없이 어데 남의 물건에 먼저 손 대는기고!"

큰 덩치의 지게꾼이 고함을 버럭 내질렀다. 그에 질세라 비쩍 마른 지게꾼 또한 목청을 높여 대들었다.

"먼저 잡은 사람이 임자지. 어째 이기 당신 껀교?"

마른 지게꾼이 대들자 덩치 좋은 지게꾼이 주먹을 꽉 말아쥐었다.

"이 시부렁 잡놈이… 어데다가 고따구 눈까리를 쳐뜨노? 뒤질라꼬 아주 지랄을 해요! 지랄을… 야! 이 새끼야! 니, 내가 눈줄 아나? 한주먹꺼리도 안 되는 게. 죽여뿔라!"

덩치 좋은 지게꾼의 거친 욕설에 한패로 보이는 사내들이 주섬주섬 모여들었다. 하지만 마른 지게꾼은 그의 협박에도 아랑곳하지 않은 채, 바닥에 놓인 생선 상자를 가지런히 챙겼다. 낭창하고 느긋한 마른 지게꾼의 행동에 덩치 좋은 지게꾼은 분노했다. 결국, 눈이 뒤집힌 그가 주먹을 날렸다. 주먹을 정면으로 맞은 마른 지게꾼은 곧 바닥에 나뒹굴었다. 그래도 분이 풀리지 않는지, 덩치 좋은 지게꾼이 한달음에 달려가 쓰러져 있던 마른 지게꾼을 사정없이 짓밟았다. 그때까지도 잠자코 있던 태봉이 배에서 급히 뛰어내려 덩치 좋은 지게꾼의 팔을 덥석 낚아챘다.

"에헤이! 고마해라. 그카다 일낸다. 내를 봐서라도 니가 쪼매 참으믄 안 되겠나? 어이?"

태봉이 말리자 덩치 좋은 지게꾼은 고개를 돌려 그를 째려보는가 싶더니, 이내 바닥으로 시선을 돌렸다.

"야! 이 새끼야, 니 오늘 억세게 운 좋은 줄 알거래이. 다음에 내 눈에 띄믄 니는 진짜 뒤지는 기라. 알겠나! 에이 퉤."

덩치 좋은 지게꾼이 가래를 끌어모아 거칠게 내뱉고는 구경꾼들 사이를 밀치고 나갔다. 그제야 마른 지게꾼은 엉망으로 부서진 지게를 챙겼다.

"니 괘안나? 저런 놈들 잘못 집적거렸다가는 큰일 난데이. 그만하기 참말로 다행이다카이."

태봉은 안타까운 눈빛으로 마른 지게꾼을 바라보았다. 아픈 갈비뼈를 움켜쥔 그는 힘을 주어 겨우 자리에서 일어섰다. 마침 숙희는 자신의 발밑에 떨어져 있던 고무신 한 짝을 주워 그에게 건넸다. 고무신을 건네받은 마른 지게꾼은 가볍게 그녀를 향해 눈인사했다. 그 모습을 물끄러미 내다보던 태봉이 목소리를 높였다.

"야야! 이거 퍼득 배달 안 허고 뭐 하노!"

태봉이 부르는 소리에 그제야 마른 지게꾼은 다리를 절뚝이며 어선 쪽으로 다가섰다. 그러자 정자가 태봉을 잠시 쏘아보았다. 왜 다시 불렀냐는 못마땅한 눈빛이었다. 그 사이 생선 상자를 지게에 올린 그가 위태로운 걸음으로 부두를 빠져나갔다.

"숙희야! 먼저 가서 개시 좀 하거래이. 내는 오빠야하고 계산 쪼매 더 하고 가꾸마!"

정자는 숙희를 내다보며 손짓을 보냈다. 숙희는 알았다며 고개를 끄덕이고는 앞서 걷는 마른 지게꾼을 따라 걸었다. 멀찍이 가게가 보이자 먼저 안으로 뛰어 들어간 숙희는 품삯을 들고 나와 마른 지게꾼에게 내밀었다. 품삯을 받기 위해 손을 내밀던 그가 잠시 멈칫했다.

"저기, 피가 계속…."

숙희가 품삯과 함께 건넨 것은 손수건이었다. 마른 지게꾼이 머뭇거리자 그녀는 부끄러움에 손수건을 던지듯 건네고는 가게 안으로 들어갔다. 멍하니 가게 안을 바라보던 그의 곁으로 누군가가 성큼 다가섰다.

"돈은 받았는…교?"

예기치 못한 정자의 목소리에 화들짝 놀란 마른 지게꾼은 들고 있던 손수건을 주머니에 급히 집어넣었다.

"네… 네! 받았심더. 감사허니더. 그럼 지는 이만."

넙죽 인사를 한 마른 지게꾼은 허둥지둥 빈 지게를 둘러메고는 앞을 향해 냅다 뛰었다. 그 모습을 한참 지켜보던 정자가 가게 안으로 들어서자, 그제야 밖으로 나간 숙희는 그가 뛰어간 곳을 물끄러미 쳐다보았다.

그 일이 있고 난 후, 정자는 남편 심 씨가 새벽에 못 나오는 날이면 어김없이 마른 지게꾼에게 배달을 시켰다. 어느 정도 친분이 생기자 자연스레 그의 이름이 김달수라는 것을 알게 되었다.

"숙희야! 김 군 말이다. 니 인데 관심 있는 기가? 안칸믄 뭐 할 말이라도 있는 기가?"

한참 생선을 손질하던 정자가 넌지시 숙희에게 물었다. 갑작스러운 질문에 놀란 그녀는 들고 있던 칼을 떨어뜨렸다.

"괘안나? 안 다쳤나?"

대답 대신 숙희는 가볍게 고개를 끄덕였다.

"그게 아이고. 올 때마다 똥 매른 강생이 맨지로 김 군이 니 눈치를 살살 살핀다 아이가!"

정자의 말처럼 숙희 또한 묘한 달수의 시선을 느끼고 있었다. 정자는 혹여나 하는 마음에 그녀에게 서로 얽히지 말라며 아예 못을 박았다. 요즘 들어 숙희에게도 심심치 않게 맞선 자리가 들어오고 있던 참이었다. 이왕이면 평범한 집안의 괜찮은 총각과 결혼하길 정자는 바라고 바랐다. 하지만 숙희는 그것이 가당치 않다는 것을 잘 알고 있었다. 평범한 집안의 총각이 부모도 없고 배우지도 못한, 더욱이 몹쓸 병에 걸렸던 자신을 평생의 짝으로 생각할 리가 만무했다. 하여 숙희는 애당초 연애나 결혼은 아예 시작할 마음조차 가지지 않았다.

정자가 집으로 돌아가고 늦은 시간까지 숙희는 생선을 장만하느라 정신없었다. 그런 틈을 타 누군가가 그녀를 뒤에서 와락 껴안았다. 그 순간 소름이 머리끝까지 쫙 끼쳤다. 화들짝 놀란 숙희가 벌떡 일어서며 사내를 힘껏 밀쳤다. 그는 바로 건너 가게 주인인 안 씨였다.

"어머! 자기, 사람 민망하게 왜 그래… 그럼 더 섹시해 보이잖아."

안 씨는 숙희의 볼을 가볍게 튕기며 그녀의 손을 움켜잡고는 주물럭댔다.

"이야! 아가씨 손이라 그런지 부드럽고 좋다."

숙희는 안 씨에게 잡힌 손을 빼내기 위해 안간힘을 썼다. 그러나 그는 급기야 숙희의 허리를 감쌌다.

"이거 놔요! 제발 이러지 마세요! 제발!"

숙희는 젖 먹던 힘까지 모두 끌어내어 소리를 내질렀다. 그런데도 안 씨는 힘을 빼기는커녕 오히려 그녀의 몸에 자신의 허벅지를 더욱 밀착시켰다. 우락부락한 사내를 언약한 여자가 당해낼 수는 없는 법. 실랑이가 길어질수록 숙희는 점점 힘이 빠져나갔다. 안 씨는 이 기회를 놓칠세라 서둘러 자신의 입술을 그녀의 입술 위로 가져다 댔다. 그 순간.

"악!"

외마디 비명과 함께 안 씨가 꼬꾸라졌다.

"싫다 안 카나? 어데 나이를 똥꾸녕으로 처먹었나? 이런 개만도 못한 새끼야!"

뒤이어 거친 욕설이 터져 나왔다. 달수는 지게 작대기를 세워 안 씨의 얼굴로 들이밀었다.

"하! 이 새끼 봐라. 나를 쳤냐?"

자세를 바로잡은 안 씨는 맞은 뒤통수를 몇 번이고 문질러 댔다. 그 사이 달수는 들고 있던 작대기를 더욱 꽉 움켜쥐었다. 안 씨가 점점 가까이 다가서자 그는 조금씩 뒷걸음질 쳤다. 그렇게 달수는 작대기를 휘둘리기도 전에 안 씨의 주먹에 바닥으로 나가떨어졌다.

"시발, 등짐이나 나르는 주제에… 감히 나를 쳤어!"

연달아 퍼부어 대는 안 씨의 발길질에 쓰러진 달수는 속수무책으로 당하기만 했다. 기겁한 숙희가 악을 쓰며 안 씨의 앞을 막아섰다.

"그만 해요! 제발 그만 해요!"

숙희의 만류에도 안 씨는 이미 이성을 잃은 터라 아무런 소용이 없었다. 급기야 그는 식칼을 집어 들어 달수를 향해 달려들었다. 그녀는 급한 마음에 생선 상자를 들어 안 씨에게 던졌다. 때마침 신고를 받고 출동한 경찰의 호각 소리에 그는 칼을 휘두르던 손을 멈추고 달수와 숙희를 번갈아 노려보았다.
"이것들이 쌍으로 돌았나… 니들 어디 두고 보자구!"
뒷걸음질하던 안 씨는 곧 어둠 속으로 사라졌다.
"괜찮아요?"
숙희가 달수의 곁으로 다가가 앉았다. 겨우 아물었던 그의 상처에서 피가 흘러내렸다. 아직 초봄이라 그런지, 물기 젖은 바닥은 유난히도 시렸다. 그녀는 달수를 일으켜 세워 가게 안으로 들어갔다. 그가 넋을 놓고 있는 동안 숙희는 따뜻한 물에 적신 수건을 내어 왔다.
"도와주셔서 고, 고… 고마워요."
숙희는 수건을 건네며 달수를 향해 고맙다는 인사를 조심스레 건넸다. 그는 건네받은 수건으로 터진 입술을 훔쳤다. 한참을 아무 말 없이 얼굴을 닦아내던 달수가 주머니에서 뭔가를 꺼내 수줍게 내밀었다. 손수건이었다.
"참! 이거 돌려 드릴라꼬예. 진즉에 드려서야 하는 긴데. 늦어가 미안심더."
달수는 머뭇거리는 숙희의 손에 손수건을 쥐어 주었다. 그녀는 순간 심장이 두근거리며 설렜다. 마치 심장이 귓가에 붙어 있는 것처럼.
"그럼 지는 이만 가 보겠심더."
어색한 공기가 낯설어지자 달수는 급히 밖으로 나갔다. 그 순간 통행금지를 알리는 사이렌 소리가 한차례 길게 울렸다. 온몸에 난 상처 그대로 돌아다니다, 통행금지에 단속되기라도 한다면 곤란한 일이 생길 것이 뻔했다.
"통금 풀리면 가세요!"

숙희의 말에 달수는 재차 손을 저었다. 하지만 그 역시도 뾰족한 수가 없어 하는 수 없이 다시 가게 안으로 들어갔다. 그렇게 어색한 공기는 오랫동안 이어졌다. 어색한 공기가 차츰 무겁게 내려앉을 무렵, 그녀가 따뜻한 보리차와 먹기 좋게 잘 삶긴 감자를 내어 나왔다.

"괘안니…더."

괜찮다는 말과 다르게 달수의 뱃속에서 꼬르륵 소리가 염치없게도 새어 나왔다. 그는 부끄러움에 배를 지그시 눌렀다. 숙희는 감자가 담긴 소쿠리를 달수 앞으로 바짝 들이밀었다. 배가 고픈 참에 먹는 감자라 그런지 그는 정말 맛있게도 먹었다.

"그러다 체하겠어요. 물이랑 천천히 먹어요."

허겁지겁 삼키는 달수에게 숙희는 보리차를 건넸다. 그는 보리차마저도 달게 마셨다. 처음으로 낯선 사람 그것도 사내와 밤을 지새우고 있자니, 숙희의 마음은 괜스레 이상했다. 그렇다고 낯선 사내 앞에서 잠을 잘 수도 없는 노릇. 그러나 그녀의 걱정스러움도 잠시뿐. 벽에 기댄 달수는 곧 깊은 잠에 빠져 코를 골았다.

그간 눈조차 마주치지 못했던 달수의 얼굴을 비로소 가까이에서 볼 수 있었다. 비록 크고 작은 상처들로 인해 엉망이 된 얼굴이었지만, 이목구비가 반듯했다. 그의 숨결이 뺨에 스쳐 지날 때마다 찌릿한 뭔가가 숙희의 심장에 파고들었다. 처음 느껴 보는 감정이었다. 그렇게 시간이 흘러 통행금지 해제를 알리는 사이렌이 울렸다. 요란한 사이렌 소리에 달수는 입가를 닦으며 기지개를 켰다.

"지는 그만 가보겠심더. 고맙심더."

달수는 바닥에 놓여 있던 지게를 짊어졌다. 그렇게 앞으로 한 걸음 떼던 그가 다시 되돌아섰다.

"저… 저, 저거… 신세 진 것두 있고 헌데… 같, 가… 저, 저녁을…."

홍당무처럼 벌겋게 달아오른 얼굴로 달수가 말을 더듬었다. 그런 그를 향해 숙희는 대답 대신 미소를 지어 보였다. 그제야 달수는 활짝 웃으며 약속 장소와 시간을 말하고는 쑥스러움에 후다닥 가게를 뛰쳐나갔다.

다 큰 남녀가 함께 밤을 보낸다는 것은 무슨 일이 생기든 생기지 않든 그리 중요한 일이 아니다. 그만큼 둘 사이에는 보이지 않는 끈끈한 뭔가가 생긴 셈이었다. 숙희는 온종일 멍했다. 예기치 않았던 일을 겪은 탓도 있지만, 난생처음 느껴 보는 감정 아니 설렘 때문이었다.

"야야! 야가 와이카노?"

정자는 넋을 놓고 있는 숙희를 향해 목소리를 높였다. 이미 물이 넘치는데도 계속해서 물을 붓고 있었다.

"아… 미안해요. 언니!"

"니, 가슴팍이 또 아픈기가? 얼굴이 마이 푸석하데이. 뭔 일 있었나?"

정자는 잠잠해진 숙희의 결핵이 다시 재발이라도 했을까 싶어 조심스레 물었다. 숙희는 어젯밤 안 씨가 저지른 만행을 말하려다 이내 그만두었다. 이야기를 하다 보면 달수에 관한 일도 함께 꺼내야 하니, 잠시 미루기로 했다.

하루가 어떻게 지나갔는지 모를 정도로 금세 밤이 찾아왔다. 그렇게 약속한 시각이 다 되어 가자 숙희는 옷을 갈아입었다. 예전 봉제 공장에 있을 때, 옥순이와 함께 시장에서 고른 하늘색 치마와 하얀 블라우스였다. 입고 나갈 일이 없어 꺼내지도 않았던 옷이었다. 거울 속 자신의 모습이 어색해 몇 번이고 옷매무시를 새로 고쳤다.

비릿한 해초 냄새가 봄바람과 함께 먼바다에서 불어왔다. 저 멀리 간판 아래에 서성이는 달수의 모습이 보였다. 숙희를 먼저 알아본 그가 한달음에 뛰어왔다. 숙희는 흘러내린 앞머리를 쓸어 넘겼다.

"늦었죠? 미안해요."

"아입니다. 이리 와 주셔가 참말로 고맙심니더."

수줍은 숙희의 말에 달수는 손사래를 쳤다. 때맞춰 깜빡이는 간판을 빤히 쳐다보던 그녀가 조심스레 입을 열었다.

"저… 저, 저기… 칼국수 맛있는 집 아는데… 괜찮다면 우리 거기로 갈래요?"

달수의 시선도 숙희를 따라 간판으로 향했다. 뭔가 모를 씁쓸함이 잠시 그의 얼굴에 스쳤다. 두 사람은 걸음을 돌려 천천히 봄밤을 즐겼다. 시시콜콜한 이야기를 쉼 없이 토해내는 쪽은 오히려 달수였다.

"여거는… 일허시는 가게 아인교?"

의아한 표정을 짓는 달수와 다르게 숙희는 자물쇠를 열고 가게 안으로 들어갔다. 그녀는 가게를 나서기 전부터 나름대로 생각해 둔 것이 있었다. 서로 빤히 아는 처지에 비싼 돈을 들여 밥을 사 먹는 것이 왠지 아까웠다. 고급 요릿집만큼 대단한 요리는 아니지만, 칼국수 한 그릇 만들어 서로 나누면 되지 않을까 싶었다. 하여 미리 밀가루 반죽과 멸치로 국물을 끓여 놓고 나온 길이었다.

"들어오세요!"

먼저 안으로 들어간 숙희는 밖에 서 있던 달수를 불렀다. 그가 가게 안으로 들어서자 곤로 위에 올려놓은 냄비가 달그락댔다. 몽글몽글 피어오르는 김 서림에 뱃속이 꼬르륵대자 달수는 헛기침을 연신 내뱉었다. 얼마의 시간이 흘렀을까. 그녀는 맛깔스럽게 잘 퍼진 칼국수를 가져 나왔다. 달수는 재빨리 일어나 칼국수가 담긴 냄비를 받아 밥상 위에 내려놓았다. 함께 넣은 조갯살과 노란 호박이 배고픔을 더욱 자극했다. 그는 잘 삶긴 칼국수에 묵은김치를 얹어 한 그릇을 후딱 해치웠다. 그 모습을 물끄러미 바라보던 숙희는 자신의 그릇에서 칼국수를 반쯤 들어내어 달수의 그릇에 부었.

"괘안심니더."

달수는 괜찮다며 사양했으나, 곧 그릇을 깨끗이 비웠다. 빈 그릇을 치우기 위해 숙희가 자리에서 일어섰다. 그때였다. 그가 숙희의 손을 덥석 잡았다. 깜짝 놀란 그녀가 달수에게 잡힌 손을 빼내려 했다.

"고맙심니더. 참말로 고맙심니더. 태어나서 누가 챙겨 주는 뜨신 밥은 처음 묵어 봅니더."

달수의 목소리가 가냘프게 떨리는가 싶더니, 숙희의 손등 위로 눈물 한 방울이 똑 떨어졌다. 그의 외로움이 스며들자 심장 끝을 아렸다. 외로움을 느껴 본 사람만이 외로움을 아는 법. 그녀의 마음 가장 밑바닥에 있던 작은 새싹 하나가 곱게 피어났다. 그런 두 사람의 모습을 멀찍이서 지켜보는 이가 있었으니, 바로 정자였다.

#5. 숙희 이야기(4)

이른 아침 가게로 출근한 정자는 입이 근질근질해 미칠 지경이었다. 묻고 싶은 말은 많은데 어떻게 시작해야 할지 난감했다. 그러다 뭔가 결심이라도 선 듯, 그녀는 생선을 장만하던 칼을 대야에 집어 던졌다.

"아! 내 진짜 도저히 답답해가꼬 안 되겠다. 이카다 없던 화병도 나겠다카이! 안캐도 이야기는 들었다. 안 씨 그 노무 새끼가… 지서서 조사받고 나오믄 내 가만이 안둘끼다. 얼매나 무서벘을꼬!"

정자의 분노는 극에 달했다. 노여움이 차츰 가라앉자 그녀가 다시 말을 이었다.

"니, 내인데 솔직히 답해야 된데이. 김 군캉 뭔 사이고? 어이! 언제부터고?"

"그러니깐… 그게…."

정자의 다그침에 숙희가 머뭇거렸다. 실망한 그녀의 눈동자를 보고 있노라니 자연스레 뒷말이 나오지 않았다. 생각보다 숙희의 침묵이 길어지자 정자는 대야에 던져 두었던 칼을 다시 집어 들었다. 그 모습을 멀거니 바라보던 숙희가 천천히 입술을 떼었다.

"언니! 그 사람… 나만큼이나 외로운 사람이야. 그래서 마음이 쓰여. 자꾸만 마음이…."

숙희의 진심에 빠르게 움직이던 정자의 손놀림이 멈췄다. 정자는 저도 모르게 옅은 탄식을 터트렸다. 그 누구보다도 숙희가 좋은 배필을 만나 더는 외롭지 않길 바라고 바랐다. 그런데 하필이면 집도 절도 없는 사내에게 마음을 주다니, 정자는 괜스레 속이 상했다. 사람이 사람을 좋아하는 일이 어찌 마음대로 된단 말인가. 결국, 숙희의 등짝을 후려치는 것으로 그녀는 안타깝고 속상한 마음을 대신했다.

함께 칼국수를 나눠 먹은 그날부터 숙희와 달수는 눈에 띄게 가까워졌다. 두 사람 사이에는 불타오르는 남녀 간의 사랑은 없었으나, 하늘을 서서히 물들이는 노을처럼 서로가 서로에게 찬찬히 스며들었다.

"이따가 저녁에 내캉 어데 좀 같이 가자. 니, 일 끝나는 시간에 맞춰가 데릴러 오꾸마."

상자를 내리던 달수가 숙희에게 넌지시 눈짓을 보냈다. 언제부터인지 그는 숙희를 편하게 대했다. 서산 너머로 해가 기울자, 가게 안과 밖은 분주했다. 정자는 허리 병이 다시 도진 남편 심 씨 때문에 숙희에게 뒷정리를 맡기고 서둘러 먼저 퇴근했다. 번잡했던 시장통이 조용해지자 그제야 숙희도 편하게 숨을 내쉬었다. 종일 쪼그리고 앉아 생선을 다듬느라 허리 한 번 제대로 펴 보지도 못한 탓에 온몸이 쑤셨다. 그러다 갑자기 떠오른 달수와의 약속에 자리에서 벌떡 일어섰다. 가게 유리문에 비친 자신의 얼굴은 피곤하다 못해 푸석했으며, 짠물이 튄 머리카락은 파 뿌리처럼 뻣뻣했다. 게다가 옷에서는 생선 비린내가 심하게 풍겼다.

"오래 기다렸재. 미안테이. 뭐 좀 정리허고 오니라고."

달수가 가게 문을 열고 들어왔다.

"옷이라도 갈아입게 조금만 기다려 줘요!"

"괘안타. 니는 그냥 있어도 이쁘다 아이가. 그쪽이랑 약속을 잡아놔서 리 퍼득 가봐야 된다. 여서 얼마 안 걸린다."

달수가 숙희의 손을 잡아당겼다. 대체 어디 가느냐고 몇 번이나 물어봐도 딱히 대답하지 않았다. 그렇게 얼마를 걸었을까. 한 사람이 겨우 지나갈 수 있을 정도의 좁은 골목을 두어 개 지나 언덕 위 외딴집 앞에 멈췄다. 쉬지 않고 오르느라 숨이 턱까지 차오른 그녀는 들숨과 날숨을 연달아 뱉어냈다.

"여긴 대체… 왜?"

숙희가 의아한 표정을 짓던 그때. 노파가 다가와 반갑게 인사를 건넸다. 노파는 자신을 집주인이라 말함과 동시에 그녀의 손을 덥석 잡았다.

"새댁도 함께 왔구먼! 참으로 곱네, 고와!"

그때부터 노파는 쉼 없이 떠들어 댔다. 적은 돈으로 이만한 집을 구하기 어렵다는 말은 유독 몇 번이고 강조했다. 숙희는 달수에게 미리 전해 들은 이야기가 없어, 이 모든 상황이 그저 어리둥절할 뿐이었다. 이상한 낌새를 눈치챈 노파는 천천히 둘러보라며 자리를 떠났다.

"달수 씨! 이게 어떻게 된 일인지, 설명 좀 해 줄래요?"

숙희는 달수를 쳐다보았다. 그때까지도 그는 집안 이곳저곳을 살피느라 여념이 없었다. 오래된 슬레이트 지붕은 군데군데 깨져 바람이 넘나들었다. 방문이며 마루며 집의 형태는 갖추고 있었지만, 손봐야 할 곳이 한두 군데가 아니었다. 게다가 상수도나 우물이 없어 급경사인 언덕을 한참 내려가 골목 입구 공동 우물에서 물을 길어 날라야만 했다. 사정이 이렇다 보니, 이곳에 살던 이들 모두 언덕 아래로 이사를 한 탓에 죄다 빈집들이었다. 달수의 대답이 생각보다 늦어지자 숙희는 슬슬 짜증이 밀려왔다.

"왜 말이 없어요!"

"내캉 살자고! 내, 니캉 같이 여서 살고 싶다…."

말끝을 흐리는 달수의 두 눈동자가 반짝였다. 마침 언덕을 타고 올라오는 바닷바람에 숙희는 한동안 정신이 몽롱했다. 결혼에 대해 생각해 보지 않았던 것은 아니다. 그러나 이렇게 느닷없이 찾아올지는 몰랐다. 달수는 머뭇거리는 그녀의 약지에 옥가락지를 조심스레 밀어 넣었다.

"내 참말로 니 인데 잘 할끼다. 열심히 일해가 여거보담, 몇 배 더 좋은 집… 사줄끼다. 참말이다. 나, 김달수는 정숙희가 아이믄 안된다. 우째 내 좀 받아 주믄 안 되겠나?"

숙희는 애걸복걸하며 매달리는 달수의 모습에 웃음이 터졌다. 잔뜩 긴장하고 있던 그 역시도 시원스레 웃음을 터트렸다. 그렇게 두 사람은 손을 맞잡고 멀리 보이는 바다를 물끄러미 바라보았다. 옹기종기 이마를 맞댄 지붕 사이로 보이는 밤바다는 잔잔하고 고즈넉했다. 바다를 응시하고 있던 두 사람의 시선은 곧 서로를 향했다. 누가 먼저라 할 것도 없이 그들은 길고 긴 입맞춤을 했다.

여름이 시작된다는 입하(立夏), 숙희와 달수는 물 한 대접을 사이에 두고 부부의 연을 맺었다. 외로움은 또 다른 외로움을 감싸며 사랑했다. 애초부터 달수를 탐탁지 않게 생각했던 정자도 열심히 사는 그들을 위해 두 팔 걷고 도왔다.

"야야! 뭐 하노? 손님 기다리시는데."

멍하니 서 있는 숙희의 어깨를 정자가 가볍게 쳤다. 그제야 들고 있던 신문 대신 다른 신문지를 꺼내 마른 생선을 둘둘 말아 손님에게 건넸다. 손님을 보낸 후에 그녀는 조금 전 내려놓았던 신문을 다시 집어 들었다. 기사를 찬찬히 훑어내리던 눈동자에 눈물이 그윽하게 맺혔다. 대문짝만하게 실린 사진은 숙희에게 너무나 익숙한 곳이었다. 그곳은 바로 봉제공장이 있는 청계천이었다.

신문 기사에 따르면, 전태일이라는 재단사가 열악한 봉제 공장의 환경과 근로 조건에 마음이 아파 〈*바보회*〉를 만들어 백방으로 호소했으나 받아들여지지 않았다. 결국, 평화시장 남쪽에 자리한 〈*동화시장*〉 계단에서 전태일은 자신의 몸에 휘발유를 끼얹고 불을 붙였다는 안타까운 소식이었다. 그 기사와 함께 실린 사진에는 경찰에 연행되는 재단사와 여공들의 모습이 찍혀 있었다. 그곳에 순애와 옥순도 보였다. 그녀들을 잊고 살았던 것은 아니다. 오히려 가슴 사무치도록 그리웠다. 떠나온 길에 제대로 된 작별 인사라도 건넸더라면 이리도 마음이 아프지 않았을 텐데, 숨이 제대로 쉬어지지 않았다.

"니, 뭔 일 있나?"

"언니! 잠시만 어디 좀 갔다 올게. 금방 올게. 미안해!"

정자가 말릴 새도 없이 숙희는 앞치마와 고무장갑을 벗어 던졌다. 그녀는 숙희를 불러 세우려 했지만, 이미 시야에서 사라지고 난 뒤였다. 뒤늦게 이런 사정을 알게 된 달수는 놀란 마음에 어찌할 바를 몰랐다. 무슨 일인지 도통 알 길이 없으니, 애간장은 탈 대로 타들어 갔다. 시간이 흐르면 흐를수록 걱정은 또 다른 걱정을 불러들여 점차 불길함으로 바뀌었다. 그렇게 애타는 시간이 하루하고 반나절이 지났다. 주변이 어슴푸레해지자 시장 끄트머리에 긴 그림자가 하나 보였다. 정자가 두 눈을 게슴츠레 떴다.

"자! 숙희 아이가?"

정자의 말에 옆에 있던 달수가 자리에서 벌떡 일어섰다. 심상치 않은 분위기를 감지한 정자가 앞서 달려 숙희의 곁으로 갔다.

"무조건 잘못했다고 캐라. 알겠나?"

정자는 숙희에게 속삭였다. 그 사이 달수가 다가왔다. 애태웠던 마음과 무사히 돌아온 것에 대한 안도감이 뒤섞인 표정이었다. 뒤로 한 걸음 물러나 있던 정자는 때마침 어슬렁거리며 나타난 남편 심 씨에게 조용히 손짓을 보냈다. 그것은 어떻게든 어색한 공기를 몰아내라는 무언의 압박이었다.

"아이고. 이 사람아! 제수씨가 무사히 왔으믄 됐다카이. 드가자!"

심 씨는 달수의 등을 가볍게 두드리며 뒤돌아섰다. 그때였다.

"숙희야! 니 와이카노? 야가 참말로 와이카노!"

정자의 다급한 목소리에 되돌아섰던 달수가 몸을 돌렸다. 쓰러진 숙희를 겨우 붙잡고 서 있는 그녀의 모습이 눈에 들어왔다. 그 순간만큼은 빠르게 흐르던 시간도 천천히 아주 느릿하게 흘렀다.

꿈을 꾸었다. 어린 시절 식모살이를 했던 대저택이 보였다. 자신을 향해 따스한 미소를 짓고 있는 여인, 바로 큰 마님 윤 씨였다. 너무 반가운 마음에 그녀를 향해 내달렸다. 하지만 그것도 잠시뿐. 따뜻하고 아름다운 풍경은 순식간에 핏빛으로 바뀌었다. 윤 씨는 들고 있던 뭔가를 입속으로 틀어넣었다. 그것은 분명 청산가리였다. 숙희는 그녀를 말리기 위해 두 팔을 쭉 뻗었지만 애석하게도 닿지 않았다. 하얀 가루를 들이마신 윤 씨의 몸이 핏빛 구덩이 속으로 빨려들었다.

바둥대는 숙희의 팔을 달수가 꼭 움켜잡았다. 몇 차례의 들썩임과 긴 숨을 토해낸 뒤에야 그녀는 정신을 차렸다. 어렵사리 눈을 뜬 숙희는 그제야 자신을 걱정스레 바라보는 그를 알아보았다.

"달수 씨! 정말 미… 미안해요!"

"살아가믄서 처음으로 겁이 났데이. 내 혼자 여거 놔두고 니 어디로 사라질까 봐… 니 잘못될까 봐… 그케가, 그케가…."

달수는 말을 잇지 못했다. 뜨거운 불덩이 하나가 그의 목구멍을 꽉 틀어막았다. 겨우 자리에서 일어난 숙희가 달수를 껴안았다. 누군가의 진심 어린 걱정이 이토록 행복할 줄이야. 살아가면서 늘 외롭고 쓸쓸했다. 너무 외로워 그것이 외로움인지 모르고 살았던 숱한 세월이 그녀의 심장을 훑어내렸다.

"아이고. 내가 눈치 없그로 일찍 왔뿌랬네."

문을 열고 들어서던 정자가 잠시 고개를 돌렸다. 그제야 부둥켜안고 있던 두 사람이 떨어져 앉았다.

"축하헌데이. 의사 선상님이 제부 아빠 된다카네. 그것도 쌍둥이라 카데. 인자 더 열심히 일해가 돈 마이 벌어야 안 되겠나!"

정자는 밝은 표정으로 숙희의 등을 부드럽게 쓸어내렸다. 그 소식에 숙희는 조심스레 배를 감싸안았다. 멍하니 서 있는 달수의 얼굴은 기쁨보다는 겁을 먹은 듯했다. 그도 그럴 것이 그는 부모가 누군지도 모르고 평생을 고아로 살았다. 그런 달수에게 지켜야 할 가족이 늘었으니, 그 부담은 당연히 클 터. 자식이 생긴다는 것은 여러모로 무게감부터 달랐다.

〈열 식구 벌지 말고 한 입 덜라〉라는 말도 있는 마당에 하나도 아닌 둘이라니. 지금 당장 내야 할 진료비조차도 없는 처지였다. 밀려오는 걱정스러움에 달수는 현기증이 일었다. 밖으로 나온 그는 담벼락에 쪼그리고 앉아 윗주머니에 있던 담뱃갑을 꺼냈다. 찌그러진 담뱃갑 안에는 반쯤 피우다 도로 넣어 둔 꽁초 한 개비가 전부였다. 쓸쓸한 기분이 들자 꽁초를 꺼내 입에 물었다. 불을 붙이기 위해 성냥을 그었으나 쉬이 붙지 않았다. 달수는 하는 수 없이 꽁초를 담뱃갑에 도로 집어넣어 다시 주머니에 넣었다.

"달수 씨!"

"와? 벌써 나오노? 춥다, 드가자!"

"이제 괜찮아요. 통금 되기 전에 어서 집으로 가요!"

숙희의 말에 달수는 쓸쓸한 미소를 지었다. 그가 병원비를 계산하기 위해 안으로 들어서려는 그때, 정자가 밖으로 나왔다.

"저칸다. 오늘은 고마 내캉 울 집에 가문 얼매나 좋노! 고집도 얼매나 센동. 아이고. 내가 니 때매 못산다 카이!"

정자는 볼멘소리로 투덜댔다.

"참! 병원비는 내가 다 계산했데이. 제부는 고마… 자 데불고 퍼득 집에 가소!"

정자의 한마디에 달수와 숙희의 눈가가 촉촉이 젖어 들었다. 정자는 당분간 가게에 나올 생각 말고 몸을 추스르라는 당부도 잊지 않았다. 두 사람은 정자와 심 씨의 모습이 보이지 않을 때까지 오랫동안 그들을 배웅했다.

숙희의 배는 날이 갈수록 불룩해져만 갔다. 쌍둥이라 그런지 다른 임산부와 다르게 배가 많이 컸다. 막달을 서너 달 남겨 두고는 허리가 활처럼 휘어져 걷는 것조차도 버거웠다. 달수는 생선을 나르는 것만으로 생활이 되지 않자, 돈이 되는 일이라면 닥치는 대로 뭐든 했다. 하지만 살림살이는 나아지기는커녕 더욱 궁핍해져만 갔다.

"올 때가 지났는데… 곧 통금인데…."

통금시간이 다 되어 가도 달수가 오지 않자, 숙희는 걱정스러움에 골목 입구까지 내려갔다. 여름이라 그런지 늦은 시간까지 사람들이 오고 갔다. 너무 오래 서성인 탓에 다리가 퉁퉁 부어 급기야 허리에 통증이 밀려왔다. 하여 잠시 쉴 요량으로 그녀는 넓적한 돌 위에 조심스레 걸터앉았다. 한참을 기다린 끝에 눈에 익은 그림자 하나가 얼핏 보였다. 달수였다.

"달수… 씨!"

숙희가 일어나 막 한 걸음 떼려는 그때, 뭔가가 그녀를 치고 앞으로 나갔다. 모든 것이 순식간이었다. 넘어지는 그 순간에도 숙희는 배를 감쌌다. 그 끔찍한 광경에 달수는 고함을 내지르며 달렸다.

"숙희야! 숙희야!"

달수는 넘어진 숙희를 안았다. 손등이며 팔꿈치 그리고 다리까지 살갗이 벗겨져 성한 곳이 하나도 없었다. 그사이 만취한 사내는 도랑에 처박힌 자전거를 꺼내느라 안간힘을 쓰고 있었다. 분노한 달수는 달려가 그의 멱살 쥐어들었다. 사내는 숨이 쉬어지지 않는지 기침을 내뱉었다. 내뱉은 기침에는 삭힌 막걸리 냄새가 역겹게 풍겼다.

"달, 달, 달수 씨…."

숙희의 부름에 놀란 달수는 사내를 바닥으로 내동댕이쳤다.

"니 괜안나? 와이카노?"

달수는 숙희를 흔들어 깨웠으나 그녀는 정신을 차리지 못했다. 달빛 아래로 검붉게 흘러내리는 핏덩이가 눈에 들어오자 달수의 심장이 쿵 하고 내려앉았다. 마침 시끄러움에 밖으로 나왔던 노파가 기겁하며 급히 그의 곁으로 다가왔다. 누군가를 부르는 다급한 목소리와 사람들이 몰려오는 소리가 뒤엉켜 이명처럼 들렸다.

끝이 보이지 않을 만큼 아주 드넓은 들판에 숙희는 홀로 서 있었다. 들판에는 아름다운 꽃이 흐드러지게 피어 바람결을 따라 넘실댔다. 바람이 조금 잠잠해지자 어디선가 노란 나비 한 마리와 하얀 나비 한 마리가 그녀의 주변에 맴돌았다. 그 모습이 너무나 예뻐 손을 폈다. 손바닥에 사뿐히 앉은 노란 나비는 마치 춤을 추듯 날갯짓했다. 숙희는 남은 한 손도 마저 폈다. 그러자 흰 나비는 몇 번을 주저하더니, 손바닥 안으로 내려앉았다. 하지만 그것도 잠시뿐. 흰나비의 날개가 바람결에 찢겨 흩어졌다.

"안, 안… 안 돼! 아가야, 제, 제발….''

허공을 내젓는 숙희의 팔을 달수가 감싸안았다. 달수는 들고 있던 젖은 수건으로 그녀의 이마를 천천히 닦아냈다. 그 모습을 물끄러미 바라보던 정자의 입에서 옅은 숨이 터져 나왔다.

"그캐도 하나라도 무사해가 천만다행이다, 아이가. 제부 속상한 거 내 다 알고 있데이. 허이 너무 마음 아파허지 말고. 내 말 무슨 말인지 알지요? 아이고. 이 상황에 뭔들 위로가 되겠노. 참말로 하늘도 무심허재.''

착잡한 마음에 정자는 말을 내뱉긴 했으나, 속은 문드러졌다. 그녀는 곁에 있던 남편 심 씨를 팔꿈치로 가볍게 툭 쳤다.

"어데 가가 아직(아침)이라도 한 그릇 하고 오소. 내가 여 있을 테이께.''

정자의 말에 심 씨는 고개를 끄덕이고는 달수의 팔을 잡았다. 달수는 밥 생각이 없다며 한사코 거절했으나, 두 사람의 성화에 못 이겨 결국 끌려 나갔다. 그들이 나가자 그녀는 물에 적신 수건을 숙희의 이마에 올렸다.

"언니! 그 사람은….''

"괘안나? 에고 다행이다. 휴! 얼마나 걱정한 줄 아나?''

숙희가 깨어나자 정자의 표정이 한결 밝아졌다. 숙희는 무의식적으로 자신의 배를 더듬었다. 분명 산봉우리처럼 우뚝 솟아 있어야 할 배가 푹 꺼져 있었다.

"우, 우… 우, 아기들은?"

숙희의 물음에 잠시 밝았던 정자의 표정이 다시금 어두워졌다. 아직 두어 달 더 뱃속에 있어야 할 아이들이 날짜도 채우지 못하고 나왔으니, 더욱이 두 아이 중 하나를 잃어버렸다는 이야기를 어떻게 꺼내야 할지 그저 난감했다. 이런 사실을 직감적으로 눈치챈 숙희가 자리에서 일어나려고 애를 썼다.

"아직 일나믄 안된다. 말해 주께… 그카니깐, 좀 누버 봐라. 어이!"

정자는 일어나기 위해 애쓰는 숙희를 진정시켰다. 한참이나 숙희를 빤히 보던 그녀가 어렵사리 입술을 열었다. 두 아이 중에 먼저 나온 사내아이의 죽음을 조심스레 전했다. 참담한 소식에 숙희는 가슴을 쥐어뜯으며 오열했다.

"그캐도 뒤에 있는 얼라를 생각해가 니가 이카믄 안 된다."

정자는 숙희를 꼭 껴안고 토닥였다. 뒤이어 태어난 아이는 비록 조금 일찍 세상 밖으로 나왔으나, 비교적 건강하다고 했다. 자식을 잃은 어미의 마음은 그 어떤 말로도 표현할 길이 없다. 그만큼 세상에서 가장 큰 고통이며 슬픔이며 아픔이다. 그 고통을 오롯이 혼자 감내해야 할 숙희가 그저 가엽고 애처로웠다.

풀어놓으면 정신없이 흐르는 것이 시간이라고 했던가? 숙희는 새근새근 잠든 딸의 얼굴을 어루만졌다. 하지만 마음 한편은 지키지 못한 아들이 떠올라 괴로웠다. 그 누구의 잘못도 아니건만, 괜스레 모든 것이 자신의 탓인 것만 같았다.

그래서 그런 것일까. 숙희와 달수 사이에 보이지 않는 벽이 조금씩 생겨나기 시작했다. 시간이 갈수록 함께라서 더욱 외롭고 고독해졌다. 사정이 이렇다 보니, 좋지 않은 감정은 고스란히 갓난쟁이 딸에게 전해졌다. 견고했던 마음에 틈이 생기고 서서히 균열이 가자 두 사람은 눈에 띄게 자주 다투었다. 보다 못한 정자와 심 씨가 몇 차례나 그들을 중재하고 다독였지만, 그것도 그때뿐. 그런 시간이 점차 길어지자, 달수는 자연스레 술과 도박의 늪으로 빠져들었다.

"내가 니 인데 할 말이 있다카이!"

술에 만취한 달수가 방문을 벌컥 열어젖히며 고함을 내질렀다. 아들을 잃은 날부터 하루도 빠지지 않고 매일같이 술을 마셨다. 그러니 날이면 날마다 살림 깨지는 소리가 날 수밖에. 이런 날들이 거듭 반복되자 숙희도 점점 지쳐만 갔다. 안으로 들어서던 그가 자신의 곁으로 기어 온 아이를 발로 찼다.

"저리 안 가나! 지, 오라비 죽이고 나온 년, 독한 년!"

달수가 버럭 소리를 내지르자 아이가 울음을 터트렸다. 울음소리에 깜짝 놀란 숙희는 재빨리 딸을 끌어안고는 그를 쏘아보았다. 그간 참았던 분노가 치밀어 올랐다.

"그래서 지금껏 아이 이름도 지어 주지 않았어요? 당신 딸이야. 당신 딸! 불쌍한 우리 딸!"

숙희는 가슴을 치며 통곡했다. 뚝뚝 떨어진 그녀의 눈물은 곧 아이의 볼을 타고 흘러내렸다. 달수는 주먹을 말아쥐고 방바닥을 거칠게 두드리며 갖은 욕설을 내뱉었다. 그 역시도 분에 차지 않는지 급기야 방을 뛰쳐나갔다. 그리고 몇 날 며칠 보이지 않았다.

며칠이 지난 후, 심 씨로부터 사라진 달수의 소식을 들을 수 있었다. 그는 부산에서 원양어선을 타고 먼바다로 떠났다고 했다. 숙희는 그가 할 말이 있다고 했던 며칠 전 밤이 문득 떠올랐다. 조금만 더 참고 달수의 말에 귀를 기울였더라면, 뒤늦은 후회가 밀려왔다. 아이를 잃은 상처는 그에게도 큰 아픔이며 충격이었을 터. 제 상처가 너무나 큰 나머지 다른 이의 상처는 보이지 않았다. 차마 말 못 했을 달수의 아픔이 전해지자 숙희의 심장 끝이 아려왔다.

"니 괘안나?"

생선을 다듬다 만 정자가 숙희를 바라보았다. 갑자기 사라진 달수 때문에 그간 편히 잠들지 못했다. 그를 찾기 위해 딸을 업고 이리저리 안 가 본 곳이 없었다. 애간장이 마를 대로 말라 오장육부가 새까맣게 타들어 갔다.

"그케도 인자 어데 갔는 줄 알았으니 그걸로 됐다, 아이가. 참말로… 얼라 이름은 지어 주고 가지. 못났다, 참 못났다."

보다 못한 정자가 속상한 마음을 비쳤다. 그때까지도 칭얼대던 아이는 언제 그랬냐는 듯 방실방실 웃었다. 곁에서 잠자코 있던 심 씨가 두꺼운 한자 사전을 꺼내 찬찬히 훑어내렸다. 그렇게 한참을 이리저리 뒤지던 그가 자리를 박차고 일어났다.

"제수씨! 복미… 얼라 이름 복미 어떤교? 복 '복' 자에 아름다울 '미'. 김복미!"

심 씨의 말에 정자는 품에 안고 있는 아이를 물끄러미 바라보았다.

"복미야! 니도 좋재. 어이?"

정자는 거친 자신의 뺨을 아이의 얼굴에 가져다 댔다. 이제 이름도 생겼으니, 이참에 출생신고도 빨리하라며 잊지 않고 재촉했다. 숙희는 고마움에 눈가가 촉촉이 젖어 들었다. 정자는 그런 그녀를 짠하게 쳐다보았다.

"제부 말이다. 쌀집으로 전화할 끼다. 그카께 너무 걱정 허덜 말고 쬐매만 더 기둘려 보자! 알았재?"

정자는 숙희의 등을 부드럽게 쓸어내렸다. 전화가 귀하던 그때, 다행히도 배달이 잦은 옆 가게인 쌀집에는 전화기가 있었다. 하여 시장 상인들 대다수가 쌀집으로 찾아와 약간의 돈을 주고 전화를 걸기도 하고 또 전화를 받기도 했다.

세월이라는 것이 참으로 무심하기 짝이 없다. 딸 복미는 무럭무럭 자라 어느새 국민(초등)학교에 입학했다. 숙희는 틈틈이 쌀집에 들러 걸려 온 전화를 확인했다. 혹여 시장 끄트머리에 우체부의 모습이 보이기라도 하면 열 일을 제쳐 두고 달려갔다. 죽었는지 살았는지 생사조차 알려 주지 않는 달수가 참으로 야속하기만 했다.

"저어거… 오는 거, 복미 아이가?"

정자가 허리를 쫙 펴며 턱짓을 보냈다. 그녀의 시선을 따라 숙희도 눈길을 돌렸다. 엄마와 눈이 마주친 복미가 쪼르르 달려왔다. 한쪽 손으로 안을 수 있을 만큼 작았던 아이가 어느새 자라 학교에 들어가니, 참으로 대견할 따름이었다.

"핵교는 자알 갔다 왔나?"

정자가 묻자 복미는 부끄러움에 숙희의 품속으로 파고들었다.

"니, 배 안 고프나? 자 이거 묵어라!"

정자는 노릇노릇하게 잘 구워진 가래떡을 복미에게 내밀었다. 가래떡을 받아 든 복미가 배시시 웃음을 보였다. 거리를 따라 쭉 늘어선 단풍나무는 이미 만추였다. 색색이 물든 단풍은 정말이지 눈물이 날 만큼 아름다웠다.

"니, 노래 불러 봐라. 큰엄마가 울 복미 노래 함 듣고 잡네."

오물오물 떡을 씹던 복미가 자리에서 벌떡 일어섰다. 가수가 꿈이라, 모르는 노래가 없을 만큼 제법 잘 불렀다. 그중에서도 숙희의 애창곡인 이미자의 *〈동백 아가씨〉*는 당연히 독보적이었다.

"헤일 수 없이 수많은 밤을 내 가슴 도려내는 아픔에 겨워 얼마나 울었던가 동백 아가씨 그리움에 지쳐서 울다 지쳐서…."

복미가 한껏 목청을 높였다. 정자와 숙희는 손뼉을 치며 장단을 맞추었다. 붉게 물든 노을에 구슬픈 노래가 스며들자 숙희의 가슴이 더욱 시렸다.

"엄마! 왜 울어?"

노래를 부르다 만 복미가 숙희의 품에 안겼다.

"아니야. 우리 딸내미가 노래를 너무 잘해서. 그래서 감동해서 눈물이 난 거야."

눈가를 쓸어내리는 숙희의 모습에 정자의 콧날도 괜스레 시큰해졌다. 어찌 모르겠는가, 썩어 문드러지는 그 마음을. 저녁 밥때가 되어 갈 즈음, 심 씨가 가게로 들어왔다. 숙희를 바라보는 그의 표정이 심상치 않게 어두워졌다.

"제수씨! 그게 말이지…."

숙희를 부른 심 씨가 머리를 긁적이며 머뭇거렸다.

"뭔 이야기를 하다가 마는교? 참말로 답답거로."

정자가 몰아세우자 비로소 심 씨가 입을 열었다.

"그게… 달수가… 달수가 집에 와 있을 깁니더. 허이 퍼득 올라 가보소!"

달수가 왔다는 심 씨의 말에 숙희가 자리에서 벌떡 일어섰다. 그가 떠난지, 햇수로 여덟 해가 지났다. 실로 강산이 변했다 해도 과언이 아닐 만큼 긴 세월이었다. 이것저것 생각할 여유도 없이 숙희는 가게를 박차고 나갔다. 뒤이어 제 어미를 따라나서려는 복미를 심 씨가 겨우 막아섰다.

"숙희야! 거거 잠깐 서 봐래이. 이거 가져가라."

정신없이 내달리던 숙희가 정자의 부름에 멈췄다. 정자는 검은 비닐봉지를 내밀었다. 집까지 어떻게 뛰었는지 기억이 나질 않을 만큼 달리고 달렸다. 대문 앞에 다다라서야 그녀는 가쁜 숨을 몰아쉬었다.

댓돌 위에 낡은 검은 워커가 눈에 들어왔다. 심장이 쿵 하고 발끝으로 떨어졌다. 마음 같아서는 지금이라도 당장 뛰어들어 따지고 싶었으나, 일단 부엌으로 들어갔다. 먼 길 다녀온 사람에게 따뜻한 밥을 지어 주고 싶은 마음이 더 앞섰을지도. 미리 알았더라면 달수가 좋아하는 음식을 준비했을 텐데, 그제야 찬거리가 없다는 것을 알았다.

숙희는 찬거리가 될 만한 것을 찾기 위해 찬장을 살폈다. 그러다 선반 위에 놔두었던 밥그릇이 없어졌음을 알아챘다. 달수가 사라진 날부터 지금까지 아침밥을 지으면 한 그릇 가득 퍼 담아 선반 위에 놓아둔 것이었다. 그것은 그가 어디에 있든 무엇을 하든 굶지 않았으면 하는 그녀의 간절한 기도였다.

숙희는 그때까지도 들고 있던 비닐봉지를 비로소 내려다보았다. 봉지 안에는 뭉텅이 돼지고기 한 근이 들어 있는 것이 아닌가. 정자의 따뜻한 배려에 괜스레 코끝이 찡했다. 그렇게 얼마의 시간이 흘렀을까. 다 된 찌개와 밥을 소반 위에 올려 방 안으로 들어갔다. 안으로 들어서자 시큼한 막걸리 냄새가 코를 찔렀다. 달수는 술에 취해 바닥에 널브러져 일어날 기미조차 보이지 않았다. 숙희는 들고 있던 소반을 내려놓고 바닥에 있던 막걸리 주전자를 치웠다.

"아이씨! 참말로다, 잠도 못 자게로 시끄럽게 허네!"

달수가 일어나 앉았다. 무수한 세월이 흐른 만큼 그의 얼굴도 많이 달라져 있었다. 깊게 팬 주름에는 바다의 짠내가 짙게 배어나 문신처럼 새겨져 있으며, 가지런했던 치아는 듬성듬성 빠져 도저히 사람의 몰골이라 할 수가 없었다. 대체 집을 떠나 무슨 일이 있었던 건지, 숙희는 덜컥 겁이 났다.

"니는 남편이 죽다 살아왔는데. 무슨 헐 말이 그처리도 없나. 어이? 이런 니미랄!"

물끄러미 자신을 바라보는 숙희에게 달수가 버럭 소리를 내질렀다. 그리고는 그녀의 곁으로 바짝 다가가 와락 껴안고 강제로 입맞춤을 시도했다. 갑작스러운 상황에 놀란 숙희는 달수를 있는 힘껏 밀쳐냈다.

"시발! 니, 내 없는 동안 딴 놈허고 배꼽이라도 맞춘 기가?"

달수의 모욕적인 욕설에 숙희도 참지 않았다.

"그래! 죽다 살아왔다면서 고작 내뱉는 말이… 입에도 담기 더러운 그런 말밖에 없니? 고생했다, 미안하다는 말은 애초부터 바라지도 않아. 최소한 핏덩이 자식이 어찌 됐는지… 밤새 아픈 아이를 안고 내가 얼마나…."

숙희는 말을 잇지 못했다.

"아! 지 오라비 잡아묵은 가시나?"

"복미도 당신 딸이야! 막말로 내가 어디 가서 낳아서 왔냐고? 그… 그 어린 것이, 그 불쌍한 것이… 얼마나 당신을 보고 싶어 한 줄 알긴 알아? 당신 같은 망나니가 아비라는 것이…."

원망을 채 쏟아내기도 전에 숙희의 눈앞이 번뜩였다. 뒤이어 찾아드는 고통. 달수에게 맞은 뺨이 벌겋게 부풀어 올랐다. 이미 눈이 뒤집힌 그는 옆에 있던 소반을 냅다 걷어찼다. 양은냄비 속 돼지 찌개가 그녀의 머리 위로 쏟아져 내렸다.

"서방한테 뭐? 망나니! 이게 뒤질라꼬 환장했나."

달수는 다시 주먹을 치켜들었다.

"엄마! 엄마!"

방 안으로 뛰어든 복미가 숙희를 감싸안았다. 마침 마당에 들어서던 정자와 심 씨가 복미의 비명에 놀라 방 안으로 뛰어들었다.

"달수야! 니 와이카노? 이기 대체 뭐 하는 짓이고? 어이!"

놀란 심 씨는 달수의 멱살을 쥐어틀고 마당으로 끌어냈다. 참혹한 광경에 억장이 무너진 정자는 내리 한숨만 내쉴 뿐. 숙희는 그제야 꽉 껴안고 있던 복미를 떼어 놓았다.

"우리 딸 많이 놀랐지? 울지 말고. 엄마가 정말 미안해!"

퉁퉁 부은 복미의 눈가를 숙희가 부드럽게 쓸어내렸다. 자식의 눈가에 맺힌 눈물을 마주하자 명치끝이 아렸다. 세상에서 가장 사랑하는 딸에게 좋은 것만 보여 주고 싶었다. 힘들고 가난하고 외롭기만 했던 자신의 삶을 물려주고 싶지 않았다. 하여 그 누구보다 최선을 다해 지금껏 열심히 살았다. 그 숱한 노력이 이렇게 허무하게 무너져 내릴 줄이야.

"복미야! 니 점빵 가가 아이스께끼 하나 사묵고 온나! 알았재?"

정자가 바지 주머니에서 동전을 꺼내 복미에게 내밀었다.

"갔다 와! 엄마 이제 괜찮아!"

복미를 향해 숙희는 가볍게 고개를 끄덕였다. 대문을 나서던 아이의 뒷모습에 그제야 정자가 바닥에 앉았다.

"니 괘안나? 이기 다 뭔 일이고? 안캐도 걱정이 돼서 왔다 아이가!"

정자의 한탄에 숙희가 어금니를 꽉 깨물었다. 그녀가 별말이 없자 정자는 입술을 뗐다.

"머리를 죄매 다쳤다고… 그것 때문에 배에서 쫓겨났다고 그카던데… 그칸께 저기 어데 지 정신이겠나. 아이고. 참말로다. 미치겠다, 미치겠어. 살다 살다가 우째 이런 일이 다 있단 말이고!"

"머리를 다쳤다고? 어디를 어떻게 다쳤대? 저 사람 병원은 가 봤대? 나 어떡해, 언니! 저 사람 불쌍해서 어떡해."

"그케, 뭐… 이런 경우가 다 있노 말이다."

정자는 답답함에 가슴팍을 연이어 내리쳤다. 여자 팔자 뒤웅박 팔자라더니 이게 다 무슨 일이란 말인가. 부부의 연이 이리도 모질고 질긴 것이었다면, 차라리 서로에게 다가가지 말 것을. 많은 생각이 숙희의 머릿속을 헤집고 다녔다.

숙희는 여러 차례 달수와 함께 병원에 가려 했으나, 그때마다 그는 난동을 피웠다. 뭔가 숨기고 싶은 것이 있는지 그것도 아니면 겁이 나서 그러는 것인지 도통 알 길이 없어, 그녀의 마음도 덩달아 타들어 갔다.

달수의 병세는 해가 넘어가는 시간이 되면 더욱 심해졌다. 마치 누군가와 대화하듯 혼잣말을 하다가 때론 살려 달라 울부짖었다. 그럴 때면 어김없이 막걸리를 들이부었다. 그렇게 살짝 취기가 돌면 귀신에 쒼 듯 이내 살림살이를 때려 부쉈다.

"야! 너, 가서 술 받아 와!"

달수가 복미를 향해 주전자를 집어 던졌다. 주전자를 집다 만 복미는 주먹을 꽉 말아쥐었다. 아버지라는 인간이 집으로 돌아오고부터 단 하루도 조용한 날이 없었다. 정말이지 어디 가서 콱 죽어 버렸으면 좋겠다는 생각이 들었다.

"저, 가시나가 어디메 애비한테 눈까리를 저래 치켜뜨노? 니 애미가 그리 갈키더나. 어이? 퍼득 안 갔다 오나!"

달수가 몸을 일으켰다. 그 모습에 복미는 바닥에 있던 주전자를 들어서 있는 힘껏 집어 던졌다. 주전자는 몇 차례 나뒹굴다가 그의 앞에 멈췄다.

"이기 뭐 이런 게 다 있노? 지금 니, 내캉 해보자는 기가?"

달수가 복미의 머리통을 주먹으로 내리쳤다. 어찌나 세게 맞았는지 복미가 털썩 주저앉았다. 그래도 분이 풀리지 않자, 그는 마당으로 달려나가 빨랫방망이를 집어 들었다.

이런 사실을 알 리 없는 숙희는 뭔가 모를 불안에 서둘러 뒷정리를 했다. 추석 대목이라 복미를 먼저 집으로 보낸 것이 내내 마음에 걸렸다. 시간이 자꾸만 지체되자 그녀의 손놀림도 덩달아 빨라졌다.

"니 먼저 드가봐라. 나머지는 내가 알아서 하꾸마! 아가 혼자 있다 아이가."

"매번 미안해. 언니 볼 낯이 없어."

"야가! 뭐라카노? 씨잘데기 없는 소리를 다 허고 있다. 퍼득 가봐라!"

정자의 다그침에 숙희는 내달리다시피 걸었다. 해질 대로 해진 파란 슬리퍼 때문에 걷다가 몇 번이나 바닥에 걸려 휘청였다. 위태로운 그녀의 뒷모습을 정자는 안타까운 눈빛으로 오랫동안 바라보았다.

뭔가 모를 불길함이 숙희의 등을 다급히 떠미는 통에 정신없이 집까지 왔다. 그제야 벌어진 슬리퍼 사이로 삐져나온 발가락에 핏방울이 맺혀 있음이 보였다. 그때였다. 안에서 비명이 터져 나왔다. 복미의 비명에 놀란 그녀는 들고 있던 시장바구니를 내팽개치고 방 안으로 뛰어들었다. 그때까지도 달수는 빨랫방망이로 복미를 사정없이 두들겨 패고 있었다. 숙희는 맞고 있는 복미를 꼭 감싸안았다.

"당신이 뭔데 내 딸한테 손을 대? 당신이 뭔데 감히 내 딸을… 이러고도 당신이 아비라고 할 수 있냐고!"

숙희는 달수를 죽일 듯이 노려보았다.

"이것들이 미쳐도 단단히 미쳤구만! 딸년 교육을 저따구로 시키놓고 뭐? 뭐시라! 집구석 한번 잘 돌아간다."

거친 욕설과 함께 달수가 방문 손잡이를 낚아챘다. 그러자 숙희는 죽을 힘을 다해 그의 바짓가랑이를 붙잡고 늘어졌다. 화가 치밀 대로 치민 달수는 있는 힘껏 그녀의 옆구리를 걷어찼다. 그것도 모자라 정신을 잃고 꼬꾸라진 숙희를 짓밟았다.

"잘못했어요! 아버지 제가 잘못했어요!"

꿇어앉은 복미는 손이 발이 되도록 빌고 또 빌었다. 그제야 달수는 방문을 박차고 나갔다. 그가 나가고 복미는 쓰러진 숙희의 곁으로 다가가 목놓아 울었다.

"엄, 엄… 엄마 괜, 괜… 괜찮아! 우리 딸… 배 많이 고프겠…."

숙희는 결국 정신을 잃고 까무러쳤다. 얼마의 시간이 흘렀을까. 잠결에 달그락거리는 그릇 소리와 정자의 격한 목소리가 뒤섞여 들렸다. 숙희는 일어나기 위해 애를 썼으나, 몸이 움직이지 않았다. 그사이 방으로 들어온 정자는 청심환을 물에 으깨어 숙희의 입속으로 흘려보냈다.

그때부터였다. 이유 없는 달수의 손찌검이 본격적으로 시작된 것이. 술에 취하면 으레 가게에 나타나 돈을 뜯어 갔다. 뜯어 간 돈은 대부분 술과 노름에 썼다. 심지어 의처증까지 걸려 숙희가 낯선 사내와 눈길이라도 마주치는 날이면 장소 불문하고 주먹부터 날아왔다. 사정이 이러하니 알 만한 사람들은 모두 알 만큼 시장바닥에 소문이 자자했다.

모진 세월은 숙희를 담금질하여 더욱더 강인한 엄마로 만들어 놓았다. 반면 달수는 점점 더 나락으로 떨어졌다. 사정이 이렇다 보니, 살림살이가 나아지기는커녕 그의 노름빚으로 날이면 날마다 찾아오는 빚쟁이들 때문에 힘든 날들이 이어졌다. 딸 복미가 곁에 없었더라면 숙희는 진즉에 세상의 끈을 놓아 버렸을지도.
"니 또 얼굴이 와 글노? 미친놈! 아휴. 징글징글하다. 귀신은 뭐 하노? 저런 놈 안 잡아가고."
정자가 소리를 버럭 질렀다. 한두 번 겪는 일도 아닌데, 볼 때마다 울화통이 터졌다. 정자와 숙희 사이에 잠시 정적이 흘렀다. 공기가 무거워질 무렵, 정자가 조심스레 입술을 떼었다.
"내… 니 인데 할 말이 있다. 닌도 어느 정도 눈치를 채겠지만도. 아무래도 가게 내놓아야 헐 것 같다. 니도 알다시피 내 몸도 예전 겉지 않고. 니 형부도 글코. 그캐서… 여거 다 정리허고 섬에 들어갈라꼬. 니 힘들낀데, 이런 말 해서 미안테이. 큰놈이 사업 망했다고 지랄을 허는 통에… 맘 겉어서는 숙희, 니가 인수허믄 제일루 좋은데. 우째 어렵겠재? 아무튼 니 볼 낯이 없데이. 참말로 내가 미안테이."
정자는 몇 번이나 숨을 나눠 쉬었다. 숙희도 이미 예상했던 일이었다. 정자의 큰아들인 범태는 서울서 무역업을 하다 얼마 전 부도가 났다. 하여 급한 대로 화옥도에 있는 문성댁 집을 제외하고는 가지고 있던 재산을 모두 정리했다. 그러나 그것도 턱없이 모자랐다. 이미 예상하던 일임에도 막상 닥치고 보니, 그저 앞이 깜깜하기만 했다. 아니 깜깜하다 못해 끝도 알 수 없는 절벽 위에 위태롭게 서 있는 기분이었다. 그때였다.

"저기… 말씀 좀….."

말끔히 정장을 빼입은 남자가 그녀들의 곁으로 다가섰다.

"찾으시는 거라도 있으세요?"

숙희가 벌떡 일어섰다. 더운 날씨 탓에 남자는 들고 있던 손수건으로 이마에 흐르는 땀을 연신 닦아 냈다. 그 모습에 정자는 뒤에 있던 선풍기를 틀었다.

"혹시 정숙희 씨 되십니까?"

낯선 남자에게서 자신의 이름이 불리자, 숙희는 선뜻 대답하지 못했다. 뒤에서 잠자코 있던 정자가 그제야 앞으로 나섰다.

"뭐 땜에, 그라시는데요?"

정자의 묻자 남자는 명함을 꺼내 숙희에게 건넸다. 명함에는 〈㈜자연 물산 비서실장 권대복〉이라 적혀 있었다. 〈자연 물산〉이라면 텔레비전에서 광고로 자주 보던 큰 회사였다.

"저기, 혹시 윤…."

남자가 말을 꺼내려는 순간, 바람을 가르는 소리가 들렸다.

"니 뭐꼬? 니 뭔데, 말끔하이 채려입고 남의 마누라허고 벙실벙실 웃고 자빠졌노? 어이!"

술에 만취한 달수가 남자의 멱살을 단단히 쥐어틀었다. 남자는 갑자기 당한 일이라 놀랄 법도 한데, 두 손을 들고 가만히 서 있었다. 그 모습에 기겁한 숙희가 그를 떼어내기 위해 안간힘을 썼다. 그러자 달수는 멱살을 쥐고 있던 손을 풀어 숙희의 얼굴을 거칠게 후려쳤다. 얻어맞은 그녀의 뺨이 퉁퉁 부어올랐다.

때아닌 큰 소리에 지나가던 사람들마저도 걸음을 멈추던 그때. 귀티가 자르르 흐르는 여인 하나가 인파들을 비집고 천천히 걸어 나왔다. 나이가 꽤 많아 보임에도 그녀의 몸가짐에는 전혀 흐트러짐이 없었다. 그때까지도 어정쩡하게 서 있던 남자는 비로소 자세를 바로잡아 여인을 향해 예를 갖추었다. 뒤늦게 달려온 경찰들도 그녀에게 정중하게 인사를 건네고는 달수를 끌고 시장통을 빠져나갔다. 모든 것이 여인의 등장과 함께 일순간 정리가 되었다. 주변이 어느 정도 조용해지자 그녀는 쓰러져 있던 숙희의 곁으로 다가갔다.

"숙희야! 괜찮은 것이냐?"

잔잔한 여인의 목소리에 숙희의 두 눈동자에 눈물이 차올랐다. 고개를 들어 바라보지 않아도 목소리 하나만으로 그녀가 누구인지 대번에 알아챘다. 아무리 억겁(億劫)의 세월이 흘렀을지라도 그 목소리만큼은 기억해 낼 수 있었다.

"큰 마님! 큰 마님께옵서 여기 어떻게…."

그녀는 바로 큰 마님 윤 씨였다. 윤 씨의 이름이 〈자연〉이었음을 기억해 낸 숙희는 곧 자세를 바로잡아 절을 올리고자 했으나, 그녀는 숙희를 꼭 껴안았다. 어린 시절 맡았던 아련하고 그리웠던 엄마의 냄새였다. 뜨거운 뭔가가 왈칵하고 목구멍 위로 치받아 올랐다. 눈물과 콧물로 범벅이 된 숙희의 얼굴을 그녀가 고이 어루만졌다.

"내가 너를 얼마나 찾아다녔는지 아느냐? 그 어여쁘던 얼굴이 이리도 상해서 어쩌누?"

물기 가득한 윤 씨의 음성에 숙희는 밑도 끝도 없이 무너져 내렸다.

"저… 어르신! 죄매 누추허지만 안으로 드가시소. 드가셔가 편코로 말씸들 나누시소."

정자는 윤 씨를 향해 인사를 건네는 동시에 숙희를 바라보았다.

"뭐 하노? 어서 모시지 않고서."

"그럼, 죄송하지만 조금만 신세를 지겠습니다."

윤 씨가 정자를 향해 가볍게 목례를 보냈다. 그러자 정자는 시원한 단물이라도 사 오겠다며 자리를 비켰다. 가게 안으로 들어간 숙희는 분주히 움직였다.

"나는 되었으니, 여기 좀 앉아 보거라."

윤 씨의 부름에 숙희는 쟁반에다 물 한 컵을 가져 나왔다. 망가질 대로 망가져 버린 얼굴이라 숙희는 쉽게 고개를 들지 못했다. 윤 씨는 그런 그녀가 가엽고 애처로웠다.

"어디 얼굴 좀 보자꾸나!"

윤 씨가 숙희의 두 손을 꼭 잡고 괜찮다며 다독였다. 살아가면서 우연히라도 좋으니 간절히 만나고 싶었다. 그런 사람이 바로 눈앞에 있는데 똑바로 바라보지도 못하는 자신이 참으로 한심스러웠다. 잘 사는 모습을 보이기는커녕 이런 험한 꼴을 보이고 말았으니, 평범하게 사는 것이 왜 이토록 힘들기만 한지. 그저 나오는 것이라곤 한숨과 눈물뿐이었다.

"너와 이리 마주하고 있으니 그저 꿈만 같구나. 이제 죽어도 여한이 없다. 숙희 너를 만나면 고맙다는 말을 꼭 하고 싶었단다. 네가 아니었다면 지금의 나는 아마 이곳에 없었을 게야. 바보 같기만 했던 나를 이리도 잘 살게 해 주어 고맙고 또 고맙구나."

"아, 아… 아닙니다. 마님! 마님께서 아니 계셨더라면 저, 저도… 감사합…."

 목이 메어 오자 숙희는 끝끝내 말을 마저 잇지 못했다. 윤 씨는 들썩이는 그녀의 어깨를 찬찬히 토닥이며 어루만졌다.
 "너는 내게 있어 친딸이나 진배없느니라. 되레 너무 늦게 너를 찾은 것 같아 그것이 미안하구나!"
 윤 씨의 눈시울도 붉게 물들었다. 두 사람은 시공을 뛰어넘어 이미 예전 그 시절로 돌아가 있었다. 무너진 시댁과 운명을 함께하기로 한 날, 찬장에서 꺼내어 입속에 털어 넣었던 것은 청산가리가 아닌 달달한 사카린이었다. 자신이 떠나던 날, 지프 꽁무니를 쫓던 어린 숙희의 모습이 아직도 머릿속에 선명했다.
 친정으로 내려가 얼마 있지 않아 새로운 사람을 만나 재가를 했다. 그리고 아이를 낳아 키우다 보니, 세월이 정신없이 흘렀다. 그러다 문득 죽기 전에 한 번은 꼭 만나야겠다는 생각으로 이리저리 숙희를 찾아다녔다. 그렇게 물어물어 간, 봉제 공장에서 폐결핵이 걸려 그만두었다는 소식을 전해 듣고 마음이 아주 아팠다며, 결국 윤 씨는 눈물을 보였다. 서로를 그리워했던 긴 시간에 비해 재회의 시간은 짧디짧았다. 하늘이 붉게 물들자 비서실장인 권 씨가 다가왔다.
 "회장님! 이제, 그만 가셔야 합니다."
 권 씨의 재촉에 윤 씨는 고개를 끄덕였다.
 "내가 아는 숙희는 어떤 힘든 일이 있어도 거뜬히 이겨 내는 강인한 여인이다. 허니 더는 울지 말거라. 내 비록…"
 윤 씨는 잠시 말을 멈추었다가 다시 천천히 입술을 떼었다.
 "…비록 멀리 있더라도 내 딸인 숙희… 너를 위해 천지신명께 빌고 또 빌 것이다."

힘겹게 말을 모두 마친 윤 씨는 숙희를 꼭 껴안고 부드럽게 등을 쓰다듬었다. 그녀들의 이별은 그 어느 때보다 슬프고 애틋했다. 숙희는 멀어져 가는 그녀의 손을 다시 꼭 붙들었다.

"식사라도 하시고 가셔요."

"다음에는 꼭 그리하마. 그때는 함께 밤을 지새우며 못다 한 이야기… 마저 나누자꾸나."

윤 씨의 눈동자에 잔잔한 파문이 일었다. 그녀의 말에 숙희는 몸가짐을 바로 하여 절을 올렸다. 눈물이 차오른 윤 씨는 잠시 먼 곳을 응시했다. 그렇게 그녀를 태운 차는 조금씩 멀어져만 갔다. 더는 차가 보이지 않음에도 숙희는 오랫동안 서 있었다.

"정숙희 씨?"

서류 가방을 든 중년의 사내가 숙희를 향해 인사를 건넸다. 마침 곁에 서 있던 정자도 그를 바라보았다. 사내는 자신에게 쏠리는 의심의 눈초리가 부담스러운지 헛기침을 내뱉었다.

"저는 구천포 은행 지점장 한갑수라고 합니다."

지점장 한 씨는 명함을 꺼내 숙희에게 내밀었다. 그리고는 가까운 다방으로 그녀들을 데려갔다. 그는 가방에서 한 뭉치의 서류와 인주를 꺼내 테이블 위에 가지런히 놓았다.

"우선은 이것부터 읽어 보시고… 다음을 진행토록 하겠습니다."

지점장 한 씨는 서류 뭉치 중 편지 한 통을 꺼내 숙희에게 건넸다. 숙희는 떨리는 손으로 편지를 꺼냈다. 정갈한 글씨체는 분명 윤 씨의 것이었다. 〈*내 딸 숙희는 보아라!*〉라고 시작된 편지에는 걱정과 바람 그리고

유산(遺産)에 관해 적혀 있었다. 그때까지도 울음을 참고 있던 그녀가 아이처럼 엉엉 울었다.

"회장님께서 아주 많이 편찮으셔서… 미국으로 수술을 받으러 가시는 건 알고 계시죠?"

지점장 한 씨의 말에 놀란 숙희는 두 눈을 동그랗게 치켜떴다.

"어디가? 어떻게, 얼마나 아프신 거예요? 미국에 아들을 보러 가신다고…."

"아! 모르셨구나…."

숙희가 따지듯 물어 대자 지점장 한 씨는 입술을 말아 넣었다. 숙희가 자리에서 벌떡 일어서자 정자가 그녀의 팔을 낚아챘다.

"니 걸어갈끼가? 서울꺼즉 우예 갈라꼬? 지금 갈라캐도 차편이 없다 아이가! 그카고 미국 비행기 타는 데는 어덴지 알고 나설라 카노? 복미는 또 우짤라고? 잽혀간 달수는…."

정자의 말에 숙희가 힘없이 다시 자리에 앉았다. 갈 수 있는 이유보다 갈 수 없는 이유가 더 많은 자신의 삶이 비참했다. 좋은 모습이 아닌 구질구질하게 사는 모습까지 보였으니, 뒤돌아서는 윤 씨의 마음이 얼마나 슬프고 아팠을까. 생각이 이쯤에 이르자 숙희의 심장이 천 갈래 만 갈래 찢겨 나갔다.

윤 씨를 그렇게 떠나보내고 숙희는 멍하니 바다를 바라보는 날이 많았다. 윤 씨로부터 받은 돈은 노름빚을 갚는 데 일부 사용하고, 달수 모르게 생선가게를 인수했다. 그리고도 남는 돈은 복미의 미래를 위해 이불장 아래 깊숙이 숨겨 두었다. 경찰서에서 풀려나온 날, 달수는 어디서 어떤 말을 전해 들었는지 돈을 내놓으라며 집안을 쑥대밭으로 만들었다. 그러다 용케도 이불 아래에 감춰 두었던 돈을 찾아낸 그는 그날 이후 집에 들어오지 않았다.

"뭔 놈의 생각을 그리도 하노? 그 인간은 안즉도 집에 안 들어왔나?"

넋을 놓고 있던 숙희에게 정자가 시원한 물 한 컵을 내밀었다. 숙희는 집 나간 달수를 걱정하는 것이 아니다. 요즘 들어 그가 어디서 조용히 죽어 버렸으면 하는 무서운 생각도 들 만큼, 남아 있던 정마저 떨어진 지 오래였다.

진짜로 걱정되는 것은 이제 갓 중학생이 된 딸, 복미였다. 엄마라고 하는 사람이 늘 폭력에 시달려 얼굴에 멍이 사라질 날이 없으니. 무엇보다 복미를 향한 달수의 폭언은 날이 갈수록 심해져만 갔다. 더욱이 죽은 아들을 들먹이며 내뱉는 폭언은 그야말로 날이 선 비수보다 더욱더 날카로웠다. 생살을 도려내는 그 고통을 이제 겨우 중학생이 된 아이가 혼자 감당하기에는 버겁고도 무서울 터.

늦은 밤, 집으로 돌아가는 발걸음이 그 어느 때보다 무겁게 느껴졌다. 방으로 들어서자 복미가 곤히 잠들어 있었다. 숙희는 잠든 복미의 머릿결을 부드럽게 쓰다듬었다. 그러다 머리맡에 놓아둔 책가방이 그녀의 손에 부딪혀 넘어졌다. 넘어진 책가방을 세우려다 숙희는 그만 가슴이 미어졌다. 아니 무너졌다. 가방 안에는 교과서가 아닌 운동화, 속옷 그리고 칫솔이 들어 있었다. 언제든 자다가 뛰쳐나갈 수 있게 챙겨 놓은 것들이었다. 그녀는 복미의 운동화를 가슴에 품고 숨죽여 흐느꼈다. 딸이 이렇게 힘들어하는 동안 그 어떤 것도 해 주지 못한 자신을 도저히 용서할 수가 없었다. 뭔가 결단이 필요했다. 이렇게 지내다 복미마저 잃을 수는 없는 일. 사랑하는 딸을 지키기 위해서라면 그 어떤 것도 감내할 참이었다.

"형수님요! 형수님 안에 계신교?"

누군가의 다급한 목소리가 방문을 비집고 들어왔다. 낯선 남자의 목소리에 놀란 복미가 벌떡 일어났다. 숙희는 그런 복미의 머릿결을 부드럽게 쓸어 넘기며 토닥였다. 그러자 복미는 곧 잠이 들었다. 잠든 딸을 뒤로하고 조심스레 방문을 열었다.

"무슨 일인가요?"

숙희는 매서운 눈빛으로 남자를 쏘아보았다. 남자는 초조함에 손바닥을 연신 비벼 댔다. 그는 달수와 함께 노름하는 영팔이라는 자였다. 그의 어두운 낯빛을 보니, 분명 달수에게 무슨 일이 생겨도 생긴 모양이었다.

"달수 행님이… 행님이 맞아 죽게 생겼구먼유. 언릉 가 보셔야…."

영팔의 말에 숙희는 주먹을 꽉 말아쥐었다. 죽게 놔두라는 말이 목구멍까지 차올랐지만, 생각과 다르게 몸은 이미 그의 뒤를 따르고 있었다. 시장통을 벗어나자 웅성웅성대는 소리가 바닷바람을 타고 들려왔.

그곳은 뱃사람들을 상대하는 술집들이 있는 곳이었다. 간판이라도 달린 것들 모두 물 건너온 외래어뿐이었다. 그중 가장 최근에 생긴 〈에로스〉라는 술집 앞에 영팔은 멈췄다. 달수는 팬티만 입은 채, 가게 앞에 널브러져 고래고래 소리를 내질렀다. 심지어 얼마나 맞았는지 그의 얼굴은 이미 사람의 몰골이 아니었다. 그때였다. 젊은 여자의 앙칼진 목소리가 밤공기를 갈라놓았다.

"이 인간이 돌았나? 시발, 야! 내가 니 마누라냐? 빙시 같은 새끼! 좆도 없는 찌질한 새끼가 어디에다가 발을 들여놓고 지랄이야!"

젊은 여자가 거친 욕설과 함께 달수의 뺨을 찰싹찰싹 올려붙였다.

"김 사장님! 돈 가져오세요. 돈! 돈! 예?"

그간 제 식구에게 보였던 그 폭력과 폭행은 모두 다 어디로 갔는지. 젊은 술집 여자에게 멸시를 당하는 달수가 참으로 한심해 보였다. 여자는 입속에 있던 껌을 뱉어 시멘트 바닥에 눌러 붙이고는 일어섰다. 그 순간, 반쯤 몸을 일으키던 그녀가 비명을 내질렀다.

"아야! 시발 놓으라구! 놔!"

달수가 일어서는 여자의 뒤통수를 낚아채어 있는 힘껏 당겼다. 졸지에 뒷머리가 잡힌 그녀는 빠져나오기 위해 안간힘을 썼다. 그는 이때다 싶어 여자의 머리카락을 한 차례 더 휘감고는 욕설을 내뱉었다.

"내… 내, 내 돈 도가! 이 시발년아! 내 돈… 돈 내놔라 카이."

달수가 더욱 거세게 여자를 몰아가자 어디선가 덩치들이 나타나 그의 배를 사정없이 걷어찼다. 그들은 아예 끝장을 내 버리겠다는 작정으로 달수를 짓밟았다. 그 모습에 겁먹은 영팔은 나서기는커녕 되레 뒷걸음질 쳤다. 그제야 보다 못한 숙희가 달려가 날아드는 덩치들의 발길질을 막았다.

"그만, 제발 그만… 그만 하…세요. 제발!"

숙희의 울부짖음에 발길질을 하던 덩치들이 일단 뒤로 물러났다. 그들이 물러서자 뒤에서 재미있는 표정으로 상황을 지켜보던 젊은 여자가 천천히 앞으로 걸어 나왔다.

"하! 마누라? 꼴에 여편네라고… 지랄들 한다. 참, 지랄들을 해요."

여자의 비꼬는 소리에 달수는 숙희를 노려보았다.

"니, 여거 뭐할라꼬 왔노? 놔라! 놓으라꼬. 쪽팔리게!"

달수는 숙희를 밀쳐냈다. 그 모습에 젊은 여자는 깔깔대며 천박한 웃음을 터트렸다. 어수선한 틈을 타 예닐곱쯤 되어 보이는 여자아이가 술집 문을 열고 나왔다. 한참을 웃어 대던 그녀는 아이와 눈이 마주치자 미간 사이가 심하게 일그러졌다. 함께 웃어 대던 이들의 눈길은 갑작스레 등장한 아이에게로 쏠렸다. 그러자 여자는 신경질적으로 아이의 팔을 낚아챘다. 손아귀에 잡혀 질질 끌려가면서도 아이는 숙희를 물끄러미 바라보았다. 숙희 또한 아이의 눈을 애써 피하지 않았다. 비록 짧은 마주침이었지만, 강렬한 뭔가가 서로를 끌어당기는 느낌마저 들었다.

덩치 중 하나가 달수의 옷가지들을 가져 나와 바닥으로 던졌다. 그는 낡은 셔츠와 바지를 주섬주섬 챙겼다. 숙희가 다가가 부축하려 했으나, 달수는 그녀의 손길을 뿌리치고는 앞서 걸었다. 집으로 향하는 내내 두 사람은 말이 없었다. 숙희는 더는 이렇게 살고 싶지 않았다. 그동안 딸 하나만 보고 겨우 버텨 온 세월이었다. 갑작스레 화가 치밀어 오르자 그녀는 걸음을 멈췄다.

"더는 이리 못 살아요. 더… 더는 이런 식으로 당신이랑 못 산다고!"

숙희의 고함에 앞서가던 달수가 멈췄다. 그러나 그것도 잠시뿐. 그는 다시 앞으로 한 걸음 뗐다. 달수의 뒷모습에 숙희는 어금니를 꽉 깨물고 모래사장으로 뛰어들었다. 웅성거리는 소리에 이상함을 느낀 달수가 비로소 돌아보았다. 검은 바닷물에 희뿌연 물체가 눈에 들어왔다. 희뿌연 물체는 점점 더 바다 깊은 곳으로 향했다. 그는 희뿌연 물체를 자세히 보기 위해 눈을 찡그렸다. 숙희였다. 화들짝 놀란 달수가 온 힘을 다해 내달렸다. 그러나 모래에 발이 푹푹 빠지는 바람에 달리는 속도는 한없이 더디기만 하였다. 바닷물은 차례대로 그녀의 두 발과 다리, 허리, 가슴, 결국 머리까지 집어삼켰다. 조금 전까지도 보였던 숙희의 정수리가 넘실대는 파도 속으로 사라지자, 달수는 소스라치게 놀라 바닷물에 뛰어들었다. 이리저리 살펴보아도 그녀의 모습이 보이지 않았다. 그는 고함을 내지르며 수십 번도 더 물속으로 곤두박질쳤다.

물 밖으로 나올 때마다, 큰 파도가 밀려와 달수의 몸을 매몰차게 밖으로 밀쳐냈다. 모래사장으로 올라간 파도는 하얀 포말을 일으키며 이내 사그라졌다. 점점 기력이 빠진 그는 온 힘을 다해 겨우 버티고 서있었다. 그때 뭔가가 물 위로 둥둥 떠올랐다. 그것은 바로 파란색 슬리퍼 한 짝이었다. 달수는 물살을 헤치며 슬리퍼를 건져 올렸다.

"미안테이… 참말로 내가 잘못했데이… 숙희야! 숙희야!"

목이 터져라 간절히 불러 대는 달수의 애탐에 마치 대답이라도 하려는 듯, 바다는 숙희를 수면 위로 올렸다. 떠오른 그녀의 몸은 파도에 실려 출렁였다. 의식이 없는 몸은 축 늘어지고 가냘픈 숨소리마저 들리지 않았다. 달수는 젖 먹던 힘까지 끌어모아 숙희를 모래사장 위로 끌어냈다. 그리고는 그녀의 입속으로 자신의 뜨거운 숨을 불어넣었다.

달수는 할 수 있는 모든 것을 다 동원했다. 어느새 그의 이마에는 굵은 땀방울이 송골송골 맺혔다. 쉬지 않고 같은 동작을 수십 번도 더 하고 또 했다. 얼마의 시간이 흘렀을까. 숨통 트이는 소리와 함께 숙희는 삼켰던 바닷물을 토해냈다. 시퍼렇기만 하던 그녀의 입술에 차차 붉은 기운이 감돌자, 차갑게 굳어 있던 몸에도 따뜻한 온기가 찾아들었다. 그제야 달수는 모래사장 위로 쓰러져 뻗었다. 쌀쌀한 초가을 날씨임에도 큰일을 겪은 터라 그런지 춥지 않았다.

숙희가 내뱉는 거친 숨소리가 달수의 심장에 아프게 다가와 박혔다. 그 거친 숨은 살고자 했던 그녀의 비명이라는 것을. 생각이 끝없이 깊어지자 그는 감고 있던 두 눈을 떴다. 어두운 밤하늘 북두칠성이 유난히도 반짝였다. 북두칠성을 향해 정화수 한 그릇 떠 놓고 남편의 무사함을 내내 빌었을 숙희, 그 모습이 떠오르자 달수의 심장이 옥죄여 왔다.

다음 날 달수의 이야기로 시장은 한바탕 들썩였다. 시장이라는 곳이 어떤 곳인가? 없는 물건이 없듯, 소문 역시도 진위에 상관없이 퍼져 나가는 것이 이곳의 습성이다. 그렇지 않아도 뒷담화를 좋아하는 사람들에게 이만한 이야깃거리가 또 어디 있겠는가.

"학교는? 엄마는 괜찮으니깐, 어서 준비해서 학교 가!"

숙희는 울먹이는 복미를 향해 재촉했다. 두 눈이 퉁퉁 부어 있는 것으로 보아 밤새 울었던 모양이었다. 자리에서 일어나 앉은 그녀는 들썩이는 복미의 어깨를 토닥였다.

"엄마가… 엄마가 미안해!"

숙희의 음성이 가냘프게 떨렸다. 올라오는 울음을 삼키기라도 하려는 듯, 복미 또한 어금니를 꽉 깨물었다. 못난 부모를 만나 어린 나이에 겪지 않아도 될 일을 겪는 딸이 그저 안타깝고 애처로웠다. 잠시나마 죽으려고 했던 자신이 얼마나 어리석었는지 깨달았다.

복미가 학교로 가고 숙희는 자리를 털고 일어났다. 하지만 몸이 제 것이 아닌 것마냥 무겁고 버거웠다. 비틀거리는 몸을 겨우 추슬러 집 안 이곳저곳을 살폈다. 달수는 그 어디에도 없었다. 하긴 오랜 세월 밖으로 나돌기만 했던 사람인데 집에 있을 리가 만무했다. 어느 정도 예상한 일이었음에도 그녀는 저도 모르게 헛웃음이 터졌다. 뭔가 바뀌기를 기대했던 자조 섞인 웃음이었다.

숙희는 늦은 오후가 다 되어서야 가게로 나갔다. 가게로 들어서는 그녀의 팔목을 정자가 낚아챘다. 어디서 들었는지 간밤의 일을 꼬치꼬치 캐물었다. 물론 가족보다 더 가까운 사이지만, 가끔은 모른 척해 주었으면 할 때도 있는 법. 말이 없는 숙희를 대신해 정자는 분노를 터트렸다.

"니가 뭘 잘못을 했다고… 니가 와 죽노 말이다. 죽을라 카믄 저 노무 웬수가 죽어야지! 두 번 다시는 그카지 마라. 알았나?"

속이 상한 정자는 자신의 가슴팍을 내리쳤다.

"에로스, 그 여시 겉은 년이… 서울서 왔다고 헐 때부터 내사 알아봤다 카이. 온 동네 사내란 사내놈들은 모조리 거거 못 가서 지랄들 헌다 카더만은. 그 여시 겉은 년은 서울서 뭘 허다가 이런 촌구석에 내려와 술을 파는 동. 반반허게 생기가꼬… 참말로 말세다! 말세!"

정자는 쌓였던 울분을 모두 끌어모아 신문 쪼가리에 거칠게 내뱉었다. 함께 욕을 하면 속이 좀 시원해지려나 싶다가도, 입에 올리는 것조차 수치스러워 숙희는 꾹 삼켰다. 이름은 조윤희. 서울서 고급 술집 마담을 했다는 풍문과 지역 유지들부터 시작해 주먹들까지 모르는 이가 없다고 했다. 그곳에서는 술만 파는 것이 아니라 노름판까지 열린다며 정자는 분개했다. 그리고 보니, 어젯밤 달수가 조 마담을 향해 돈을 내놓으라며 발악을 하던 모습이 떠올랐다. 그간 소문으로만 듣던 일을 직접 마주하게 되니 마음은 그 어느 때보다 착잡했다.

학교에서 일찍 돌아올 복미가 걱정이 되어 숙희는 가게 일을 잠시 맡겨 놓고 집으로 걸음을 했다. 아니나 다를까? 복미는 열린 대문 안을 빼꼼히 바라볼 뿐, 쉽사리 발을 들여놓지 못했다.

"들어가지 않고 뭐 하고 있어?"

숙희는 복미의 어깨에 살포시 손을 가져다 댔다.

"엄마!"

"어서 들어가자!"

그렇게 두 사람은 집안으로 들어섰다. 마당 한쪽에서 달수는 뭔가를 만드는지 망치질이 한창이었다. 뒤따라 들어서던 복미는 그와 눈이 마주치자 방으로 쏙 들어가 버렸다. 그런 딸의 모습이 눈에 거슬렸는지 달수의 미간 사이가 짜증스레 구겨졌다.

부엌으로 들어간 숙희는 저녁 준비를 했다. 올려놓은 솥에 국이 끓을 때쯤, 마당으로 나가 보니 달수는 없었다. 그가 있었던 자리는 리어카만 덩그러니 놓여 있을 뿐. 낡고 오래된 리어카에 생선 상자를 분리해 단단히 덧대어 놓은 것으로 보아 온종일 고친 모양이었다. 그것뿐만이 아니었다. 물통에는 언제 길어 놓았는지 식수가 가득 차 있었다. 저 정도 양이면 마을 입구 공동 우물에서 물을 길어 몇 번이나 언덕길을 올랐을 터. 어쩌면 달수는 이렇게 해서라도 그간의 미안한 마음을 조금이라도 전하고 싶었던 것은 아닐까.

하지만 사람은 쉽게 변하지 않는다는 말처럼, 한동안 잠잠하게 지내던 달수는 또 술을 먹고 난동을 부렸다. 그러는 사이, 이제 막 고등학생이 된 복미는 사춘기가 왔는지, 어느 순간부터 아예 입을 닫아 버렸다. 툭하면 짜증과 화를 내기 일쑤였다. 더욱이 달수가 집에 들어오는 날에는 짐을 싸서 나가 버렸다. 숙희가 그런 복미를 수십 번도 더 찾아 집으로 데려왔지만, 데려다 놓기 무섭게 다시 나가 버렸다. 어젯밤 집에 들어오지 않은 복미로 인해 숙희는 뜬눈으로 밤을 지새웠다. 그녀는 아침이 되자마자 학교로 찾아갔다. 얼마나 교문 앞을 서성였을까. 교문 쪽으로 걸어오는 복미의 모습이 보였다.

"미야! 복미야!"

숙희와 눈이 마주친 복미의 얼굴이 험상궂게 변했다.

"뭐 하러 왔냐구! 쪽팔리니깐, 제발 학교에 좀 오지 마! 에이씨."

복미는 숙희를 매섭게 째려보았다. 마치 다른 아이처럼 느껴질 만큼 복미의 눈빛은 달라져 있었다. 더욱이 딸의 외투에서 풍기는 쾌쾌한 담배 냄새가 그녀의 마음을 자꾸만 불안하게 만들었다. 차갑게 뒤돌아선 복미의 뒷모습에 숙희는 하교 후 꼭 가게로 오라며 당부를 했다. 늦은 오후가 되어 가자 그녀는 마음이 초조해졌다. 시간이 자꾸만 늦어지자 숙희가 자리에서 일어섰다. 그때였다. 시장 모퉁이를 도는 복미의 모습에 그녀가 뛰어가 손을 덥석 잡았다.

"춥지? 손이 얼음장이네."

복미는 자신을 잡은 숙희의 손길을 차갑게 뿌리쳤다.

"그때 준비해 두라고 한 돈은 어떻게 됐어?"

"가수 꼭 해야겠니? 고등학교 졸업하고 대학 가면…."

숙희의 말이 채 끝나기도 전에 복미가 고함을 버럭 내질렀다.

"그거 하나도 못 해 줘! 하고 싶은 거, 다 해 준다며… 엄마가 지금까지 나한테 해 준 게, 대체 뭐냐구! 이 지긋지긋한 집구석? 그 집구석, 나한테는 지옥이야. 아니 지옥보다 더한 곳이라고! 그 인간은 술만 처먹으면 눈깔이 돌아서 마누라고 자식새끼고… 막말로 내가 죽였어? 맨날 나보고 아들 죽인 년이래. 저주받을 년이래. 이게 아버지라는 작자가 딸년한테 할 말이냐구? 차라리 고아였더라면, 지금보다는 더 행복하게…."

복미는 아주 잠깐 눈앞에 작은 별들이 쏟아져 내리는 것이 보였다. 따귀를 맞은 복미의 오른쪽 뺨이 벌겋게 부풀어 올랐다. 숙희의 손이 덜덜 떨렸다. 뒷걸음질하던 복미가 모퉁이를 향해 내달렸다.

"미, 미, 미야!"

숙희가 따라 뛰었다. 하지만 몇 발자국 못 가 결국 바닥에 주저앉았다. 언제부터인가 복미는 가수가 된다며 줄기차게 돈을 요구했다. 심지어 학교도 그만두고 서울로 갈 것이라는 말도 종종 했다. 그녀가 어르고 달래도 보았지만, 소용이 없었다.

한참을 멍하니 앉아 있던 숙희는 온 힘을 다해 자리에서 일어섰다. 복미가 갈 만한 곳과 친구들을 찾아다녔지만, 복미는 어디에도 없었다. 더군다나 통행금지가 본격적으로 해제된 몇 년 사이에 탈선하는 청소년들이 많아졌다는 뉴스를 접한 터라, 걱정을 넘어 두려움이 들었다. 그녀는 정신 나간 사람처럼 밤거리를 무작정 헤매고 다녔다. 고만한 또래의 여자아이들은 모두 복미 같아 보였다. 자정이 거의 다 되어 갈 무렵, 지친 몸을 이끌고 숙희는 가게로 돌아왔다. 그녀의 인기척에 쌀집 여주인 경주댁이 밖으로 나왔다.

"화옥댁! 무슨 일 있나? 종일 가게 비워 놓고 어데 갔더노? 가격을 몰라서 내가 대충 팔긴 했는데. 그나저나 얼굴이 와 그렇노? 어데 아프기가?"

숙희는 목이 메어 묻는 말에 대답을 할 수가 없었다. 뭔가 심상치 않음을 느낀 경주댁은 따뜻한 물 한 잔을 건네고 더는 물어보지 않았다. 숙희는 한참을 우두커니 가게에 앉아 있었다. 이미 주변은 조용하다 못해 무서우리만큼 고요했다. 이 깊은 밤, 어느 처마 밑에서 밤이슬을 피하고 있을 딸의 생각에 가슴이 무너져 내렸다.

혹시나 하는 마음에 이튿날 숙희는 아침 일찍 학교로 찾아갔지만, 복미는 등교조차 하지 않았다. 그때부터였다. 구천포 구석구석 복미를 찾아다닌 것이. 그러다 어두운 밤이 다 되어서야 그녀는 지친 몸을 이끌고 집으로 돌아왔다.

"야! 이노무 여편네야. 밥 안 묵나? 불도 안 켜고 뭣 허는 짓이고? 니, 서방이 올만에 집구석에 들어왔건만. 이런 시부렁!"

만취가 된 달수가 방으로 들어와 누워 있던 숙희의 옆구리를 툭툭 찼다.

"집구석이 우째 된 게 하늘 겉은 가장이 들어왔음, 퍼득 일나야 되는기 아이가? 니 말이다. 내 개차반으로 산다꼬 인자는 대놓고 무시하나! 어이?"

바닥에 털썩 주저앉은 달수는 숙희의 등을 주먹으로 내리쳤다. 자리에서 벌떡 일어난 숙희는 그를 죽일 듯이 노려보았다. 비록 어두운 방 안이었지만, 노려보는 그녀의 눈빛에서 살기마저 느껴졌다. 평소와 다른 모습에 당황한 달수가 곧 주먹을 높이 치켜들었다.

"왜? 또 때리려고? 이제 겁도 안 나!"

숙희는 얼굴을 들어 달수에게 바짝 들이밀었다. 내뿜는 그의 거친 숨에서 술 냄새가 고약하게 올라왔다.

"당분간 복미랑 가게에서 지낼 테니깐, 그리 알아요!"

"니, 말 잘 하네. 말 다 했나?"

자리를 박차고 일어선 달수는 그때부터 숙희를 향해 주먹질을 시작했다. 방 안의 집기들이 부서지고 그녀의 비명이 터졌다. 숙희는 달수의 다리를 잡고 늘어졌지만, 여자가 남자 힘을 이기기에는 역부족이었다. 머리는 헝클어지고 입술에는 피가 고였다. 분노에 눈이 뒤집힌 그는 광기에 휩싸여 급기야 과도를 집어 들었다. 숙희는 죽을 수도 있다는 생각에 밖으로 뛰쳐나갔다. 달수는 고함을 내지르며 그녀의 뒤를 쫓았지만, 술기운에 얼마 못 가 바닥에 나뒹굴었다. 더는 그의 목소리가 들리지 않자 비로소 자신이 신발도 신지 못한 채 도망 나온 것임을 알았다. 부슬부슬 내리던 빗방울은 점점 굵어져만 갔다. 급히 나오느라 가게 열쇠도 챙기지 못했다. 우선은 달수가 곯아떨어질 때까지 밖에 있을 참이었다.

한곳에 있기가 싫어 골목이란 골목을 정처 없이 떠돌았다. 발걸음이 닿는 대로 가다 보니, 어느새 아랫동네에 있는 골목까지 오게 되었다. 〈에로스〉를 비롯한 주점이 즐비한 곳에 있는 골목이라 그런지 간혹 술에 취한 사내들이 드나들며 곁눈질을 했다. 하지만 그것도 잠시뿐. 퍼부어 대는 장대비로 인해 나다니는 인적마저도 일찍 끊겼다. 힘없이 걷던 숙희의 눈에 파란 대문 옆, 낡은 나무 의자가 보였다. 의자는 조금 전까지 누가 앉아 있었던 것처럼 따뜻했다. 잠시 찾아온 평화로움에 그녀는 폐에 고여 있던 숨을 연거푸 몰아쉬었다. 옅은 숨은 곧 수증기가 되어 하늘로 날아올랐다.

"저, 저거… 아지매… 괘, 괘안은…."

갑작스러운 목소리에 숙희는 감고 있던 눈을 떴다. 여자아이였다. 이 깊은 밤 뜬금없이 자신의 앞에 서 있는 아이. 슬픈 눈매를 가지고 있는 아이, 어딘가 낯이 익었다. 그녀는 가볍게 고개를 끄덕였다. 아이는 잠시 환한 웃음을 보이는가 싶더니, 곧 대문 안으로 들어갔다. 그 사이 숙희는 집으로 돌아가기 위해 의자에서 일어났다.

"이거라도 신고 가이소!"

수줍은 웃음과 함께 아이가 내민 것은 바로 털이 촘촘하게 박힌 신발 한 켤레.

"괜찮아. 괜찮으니깐. 어서 집에 들어가 봐! 엄마 걱정하신다. 그리고 고마워!"

숙희의 말에 아이는 잠시 의기소침한 모습을 보였다. 그리고는 주변을 연신 살피는가 싶더니, 신발을 던지듯 숙희에게 건네고는 안으로 쏙 들어가 버렸다. 숙희는 신발을 다시 돌려주기 위해 대문 안을 엿보았다. 방문 사이로 희미하게 보이는 아이의 뒷모습. 그리고 뒤이어 터져 나오는 젊은 여자의 거친 욕설. 숙희는 그때 알았다. 왜 어린아이가 아이답지 않게 그토록 슬픈 눈매를 가졌는지. 아이의 모습에 자꾸만 복미의 얼굴이 겹치자 숙희의 두 눈동자에도 어느새 눈물이 차올랐다.

#6. 숙희 딸 연실이

손수레를 끄는 요란스러운 소리에 연실은 기억 저편에서 빠져나왔다. 탁이 엄마는 숙희를 보자 잠시 걸음을 멈췄다.
"추분데 만데 나왔노? 어이!"
한없이 초라해진 숙희의 모습에 탁이 엄마는 그만 눈시울을 붉혔다. 연실은 난로 위에 따뜻하게 데워진 보리차를 그녀에게 건넸다. 그 사이 앞만 뚫어지게 쳐다보던 숙희가 잠시 허공으로 시선을 돌렸다. 그것은 또 하나의 기억이 지워지고 있다는 신호였다. 숙희에게 남은 시간이 그리 많지 않았다. 하여 하루라도 빨리 친딸인 복미를 찾아야만 했다.
그날 그 시각 사고를 피할 수만 있었더라면, 기억을 잃어버리는 일은 절대 일어나지 않았을 것이다. 무려 열 시간이 넘는 수술을 받아야 할 만큼 숙희의 상태는 매우 위중했다. 무엇보다 뇌를 많이 다쳐 회생 가능성이 없으니, 마음의 준비를 하라고 할 만큼. 중환자실로 옮겨진 그녀는 한 달 하고도 보름 동안 꼬박 의식을 찾지 못했다. 담당 의사는 만에 하나 숙희가 깨어난다 해도 심각한 장애를 앓을 것이라고 말했다. 하지만 연실은 최선을 다해 그녀를 정성껏 돌보았다.

주변이 조용해지자, 연실은 잠시 빠져나왔던 과거로 다시 돌아갔다.
친모의 가게인 술집 〈에로스〉에서 복미를 처음 본 날, 달수가 바다에 빠져 목숨을 잃었다. 술에 만취한 그는 어두운 방파제 위를 걷다 발을 헛

디더 물에 빠졌다. 다음 날 새벽, 그물에 거꾸로 매달려 죽어 있던 달수를 뱃사람들이 발견하고 신고했다. 오랜 시간 동안 거꾸로 매달려 바닷물에 잠겨있었던 탓에 얼굴이 퉁퉁 붓고 허물어져 내려 그야말로 참혹했다. 마흔, 젊다면 젊은 나이에 그는 그렇게 비명횡사했다. 하루가 멀다 하고 사고를 쳤던 달수의 죽음을 두고 이런저런 말들이 많았다. 숙희의 팔자를 운운하는 이들도 있고, 이제 더는 힘든 일이 없을 거라며 위로를 건네는 사람들도 있었다. 그러나 제아무리 개차반이라 하여도 그의 갑작스러운 죽음이 믿어지지 않았다. 엎친 데 덮친 격이라는 속담도 있듯, 장례식을 치르고 얼마 되지 않아 복미가 감쪽같이 사라졌다. 그것도 서랍 속에 있던 현금 뭉치와 부조로 받은 돈까지 몽땅 들고 자취를 감춰 버렸다.

같은 날, 연실의 친모인 조 마담도 어린 딸을 버리고 젊은 동거남과 야반도주를 했다. 그들은 며칠 며칠 큰 사기 노름판을 벌여서 딴 어마어마한 판돈을 들고 사라졌다. 그 일로 인해 구천포 바닥은 한바탕 난리가 났었다. 조윤희라고 불리는 조 마담의 진짜 이름은 조봉달로, 사기 전과만 해도 어마어마했다. 이미 서울에서 사기로 여러 건의 수배가 내려져 있는 상태였다.

소문을 듣고 온 사람들은 앞다투어 〈에로스〉로 쳐들어왔다. 혼자 남아 있던 어린 연실의 멱살을 잡고 도망간 친모의 행방을 물었다. 모인 이들은 하나같이 어린 딸까지 버리고 야반도주한 조 마담을 향해 거친 욕설을 쏟아냈다. 그때 연실의 나이가 고작 열 살이었다.

연실은 친모를 이모라 부르며 지냈다. 머리가 굵어질수록 평범한 엄마와는 다른 친모가 미웠다. 그러나 한편으로 언제 버림받을지 모른다는 불안함에 그녀가 시키는 일이면 무엇이든 다 했다. 학교는커녕 매일 밤 엉망이 되어 버린 〈에로스〉의 홀을 닦고 치웠다. 노름판 옆 작은 의자에서 새우잠을 자며 담배 심부름과 술 심부름을 했다. 아침이면 어김없이 친모인 조 마담의 속옷을 빨았다. 세탁한 속옷이 조금이라도 마음에 들지 않는 날이면, 그녀는 어린 연실에게 찬물을 끼얹었다. 다른 아가씨들조차도 혀를 내두를 만큼 악독하기 그지없었다. 조 마담은 걸핏하면 '너만 아니었다면, 내 인생이 이렇게까지 꼬이지 않았다!'라는 말을 수시로 내뱉었다. 그 아픈 말 한마디가 어린 연실의 심장에 낙인이 되어 찍혔다. 빚쟁이들이 돌아가고 혼자 남은 아이는 가게 안을 쭉 둘러보았다. 병이란 병은 모조리 깨져 바닥에 널브러졌고, 탁자는 나뒹굴었다. 개중 사용할 만한 집기들과 생필품 그리고 남은 쌀까지, 가져갈 수 있는 모든 것은 빚쟁이들이 가져가 버렸다. 그렇게나 화려하고 반짝이던 〈에로스〉는 한순간에 폐허가 됐다. 덜컥 겁이 났던 연실은 저도 모르게 그만 바닥에 주저앉았다.

"아!"

밀려오는 통증에 연실은 손바닥을 바라보았다. 깨진 유리 조각 하나가 손바닥에 박혀 있었다. 올라오는 서러움에 울컥 울음이 터졌다. 그러나 연실은 소리를 입 밖으로 내지 않았다. 의자를 짚고 일어나려는 그때, 누군가가 가게 안으로 들어왔다.

"복미야! 미야! 어디 있는 거니? 미야!"

숙희였다. 물기 가득 배어난 슬픈 목소리가 어둠 속에 찬찬히 퍼져 나갔다. 가게 안으로 들어선 그녀가 이리저리 둘러보았다. 갑작스러운 누군가의 등장에 겁이 난 연실은 뒤로 물러나다가 그만 의자를 넘어뜨렸다.

"거기 누가 있어요?"

숙희는 연실이가 있는 곳으로 다가갔다. 연실은 주먹을 꽉 말아 쥐었다. 그러자 유리 조각에 베인 상처에서 피가 뚝뚝 떨어졌다. 두려운 마음에 연실은 최대한 몸을 웅크렸다.

"너… 너는….".

어린 연실은 숙희를 냅다 밀치고 뛰었다. 하지만 연실을 먼저 알아본 그녀가 목소리를 높였다.

"너, 예전에 골목에서… 내게 신발 준 아이 맞지?"

문을 열던 연실이 멈춰 서서 뒤로 돌아보았다. 숙희는 아이가 자신을 알아볼 수 있게 좀 더 환한 곳으로 나왔다. 숙희와 두 눈이 마주친 연실은 미간을 찡그렸다.

"아! 아지매?"

숙희를 알아본 연실의 얼굴에 옅은 미소가 걸렸다.

"어쩌다 이렇게 다친 거니?"

"괘안심니더."

연실은 다친 손을 뒤로 감추었다. 온통 피범벅임에도 아프다는 비명은 커녕 괜찮다며 오히려 숙희를 안심시켰다. 그렇게 얼마의 시간이 흘렀을까. 가게 밖에서 웅성거리는 소리가 들렸다. 아이라도 데려가서 팔아 버리자는 이야기가 오고 갔다. 소리가 점차 가까이 들리자 숙희는 연실의 손을 꼭 잡았다.

뒷문을 통해 가게를 몰래 빠져나온 두 사람은 밤거리를 뛰다시피 걸었다. 집으로 돌아온 숙희는 일단 깨끗한 흰 천과 〈*아까징끼*〉라고 불리는 소독약, 일명 빨간약을 꺼내 베인 상처에 골고루 펴 발랐다. 상처에 소독약이 스며들자 그제야 연실은 옅은 신음을 내뱉었다. 그녀는 그런 아이가 너무나 가엽고 애처로웠다. 어린 나이라고 볼 수 없는 손등. 까칠하고 허옇게 트고 갈라진 두 손은 마치 어린 시절 자신을 보는 것 같아 애잔했다. 뚫어지게 바라보는 숙희의 눈길에 연실은 슬그머니 손을 빼내어 감추었다. 잠시 두 사람 사이에는 정적이 흘렀다. 숨소리마저도 조심스러운 이때, 염치없게도 연실의 배에서 꼬르륵 소리가 났다. 아이는 부끄러움에 두 손으로 배를 감쌌다.

"배가 고픈 모양이구나. 배가 고플 만도 하지. 잠시만 기다려!"

서둘러 부엌으로 나간 숙희가 밥상을 차렸다. 며칠 복미를 찾아다니느라 신경을 쓰지 않은 탓에 보리밥 한 공기와 깻잎 장아찌가 전부였다. 차려진 소반을 들고 방 안에 들어서자 연실은 피곤했던지 벽에 기댄 채 잠들어 있었다. 그녀는 조심스레 아이를 눕히고 이불을 덮어 주었다. 그리고는 곯아떨어진 연실의 얼굴을 뚫어지게 바라보았다. 그러고 보니, 연실의 얼굴에서 조 마담의 얼굴이 보였다. 대체 어떤 여자이길래, 자신과 똑같이 닮은 딸아이를 버리고 떠날 수 있단 말인가. 어떤 강심장을 가졌기에 자식을 버릴 수 있단 말인가. 생각이 이쯤에 미치자 숙희는 화를 넘어 분노가 치밀어 올랐다.

어린 연실이와 골목에서 마주친 다음 날, 아이가 건넨 신발을 되돌려주기 위해 골목으로 갔었다. 때마침 조 마담이 연실을 향해 엄마라고 부르지 말라며 고래고래 악을 쓰는 것이 아닌가.

조 마담과의 악연은 생각보다 깊었다. 달수가 죽기 전 그와 조 마담 사이에서 돈 때문에 큰 소란이 났다고 했다. 그리고 그날 새벽에 달수는 목숨을 잃었다. 당시 목격자들의 말에 의하면 죽기 직전, 방파제에 달수만 있었던 것이 아니라고 했다. 그 후 지서에서 조사차 몇 번이나 조 마담과 마주했다. 그녀는 수사망이 자신을 향해 좁혀지자 그간 알아 둔 인맥과 돈을 동원해 달수를 의문사가 아닌 실족사로 만들었다.

그 후, 숙희는 두 번 다시 조 마담과 엮일 일이 없길 바라고 바랐다. 하지만 그 바람은 얼마 가지 않아 무참히도 무너졌다. 복미가 이불장 속에 있던 현금 뭉치와 부조를 들고 사라지기 전 마지막으로 찾아간 사람이 바로 조 마담이었다. 이와 같은 사실은 복미와 가장 친한 친구인 춘희에게서 전해 들었다. 춘희 엄마 지동댁은 복미가 가출한 사실을 알고 자신의 딸을 쥐 잡듯 잡았던 모양이었다. 춘희는 오래전부터 조 마담이 복미에게 서울에 있는 유명한 작곡가를 소개해 줄 테니, 돈을 가져오라 부추기는 것을 여러 차례 보았다고 했다.

그간 있었던 일들이 떠오르자 숙희는 머리가 아팠다. 그렇게 그녀는 뜬눈으로 밤을 지새웠다. 그사이 붉은 기운이 창문 틈에 비집고 들어왔다. 그러자 그때까지도 곤히 잠들어 있던 연실이 자리에서 벌떡 일어났다.

"고맙심더. 신세 많았심더."

"어디… 갈 데는 있는 거니?"

숙희의 말에 방을 나서려던 연실이 우두커니 서서 문고리만 만지작댔다. 이미 가게고 집이고 빚쟁이들이 진을 치고 있을 터. 그들은 돈을 위해서라면 어린아이를 데려가 무슨 일을 저지를지도 모른다. 숙희는 연실의 두 눈동자를 빤히 바라보았다. 잠이 덕지덕지 붙어 있는 눈동자에 옅은 눈물이 맺혔다. 힘들어도 아파도 비명조차 내지를 수 없는 아이를 마주하니 그녀의 마음도 쓰라렸다.

"이름이 뭐니?"

"연실이… 이연실입니더."

연실의 곁으로 다가간 숙희는 아이를 꼭 껴안고 등을 토닥였다. 오래전 큰 마님 윤 씨가 그리했던 것처럼. 그러자 누군가에게 안겨 본 일이 없던 연실은 그저 이 모든 상황이 어색하고 낯설기만 했다. 하지만 그것도 잠시, 그녀에게서 풍기는 생선 비린내가 좋았다. 진짜 엄마 같았다. 아니 진짜 엄마였으면 좋겠다고 생각했다. 단 한 번도 친모에게서는 맡아 본 적 없는 좋은 냄새였다. 싸구려 향수에 찌든 담배 그리고 삭힌 술 냄새와는 전혀 다른 엄마의 냄새였다.

숙희는 연실을 혼자 집에 두고 선착장으로 갔다. 화옥도에서 나오는 정자를 마중하기 위함이었다. 큰일을 겪다 보니, 홀로 감당이 되지 않아 전날 섬으로 들어가는 인편에다 부탁해 놓았다. 그 어떤 초조함에 그녀는 쉴 새 없이 손바닥을 비벼 댔다. 서걱거림은 되레 오감을 더욱 긴장시켰다. 그 시각, 나가는 고깃배와 들어오는 고깃배들이 질서 정연하게 움직였다. 그 뒤로 일찍 먹이를 찾아 나온 갈매기들이 배 뒤꽁무니를 따라 낮게 비행했다. 평소 같았다면 지금쯤 판매할 생선을 낙찰받아 리어카에 옮기느라 정신없었을 터. 무탈하게 시작하는 하루가 얼마나 큰 행복인지 숙희는 다시금 깨달았다.

해가 빨간 등대와 흰 등대 사이까지 떠오르자, 마치 차례를 기다렸다는 듯 기나긴 뱃고동 소리가 두어 차례 길게 울렸다. 정처 없이 떠돌던 숙희의 발걸음은 뱃고동 소리와 함께 멈춰 섰다. 멀찍이 여객선 하나가 안개를 헤치고 모습을 드러냈다. 무엇인가를 기다려 본 사람만이 안다. 기다림이라는 것이 사람을 얼마나 지치게 만드는 일이라는 것을. 무사히 닻을 내리고 정박한 여객선에서 사람들이 줄지어 내렸다. 뭍에 나와 볼일을 보고 다시 섬으로 되돌아가는 섬 주민들이 대부분이었다. 그녀는 고개를 빼

내어 사람들 사이를 부지런히 훑었다. 그새 배에서 내린 정자가 숙희를 안쓰럽게 바라보았다.

"하마 나왔더나? 춘분이 지났다 캐도 안즉 추분데 만데 나와 있노. 내가 가믄 되는데. 니도 참말로."

정자의 퉁명스러운 한마디에 숙희는 그만 눈물을 터쳐 나왔다. 썩어 문드러지는 그 마음이 오죽하겠는가. 두 사람은 함께 걸으며 이런저런 이야기를 나누었다. 남편 복이 없으면 자식 복도 없다는 옛말이 딱 들어맞는 것만 같아 더욱 안타까웠다.

가게에 도착한 정자는 들고 온 봇짐을 내렸다. 봇짐 속에는 말린 미역부터 시작해 조개며 생선이며 농사지은 깨 그리고 콩 등등 농작물까지 바리바리 싸 온 것들이었다. 어찌 보면 시장에 모두 있는 것이지만, 하나에서 열까지 챙겨 와 준 그녀의 따뜻함에 한없이 감사했다. 정자는 마지막으로 보따리를 풀어 냄비 하나를 꺼내 상 위에 내려놓았다.

"이거 묵어 봐라. 전복죽이다. 니 암껏도 못 묵었재? 묵어야 힘을 내서 미야 가시내 찾을꺼 아이가! 가시내 지랄헌다, 지랄헌다 했더만 우째 지어매를 이래도 미치게 맨드노. 아이고 참말로… 아나! 새벽에 만든기다. 식기 전에 퍼득 묵거라!"

그릇에 죽을 퍼담던 정자가 들고 있던 숟가락을 내밀었다. 숙희는 전복죽을 한 숟가락 떠서 입에 넣었다. 부드러운 전복죽임에도 마치 모래알을 씹는 것처럼 깔끄러웠다. 정자는 잠시 갈 곳이 있다며 밖으로 나갔다. 그리고는 서너 시간 뒤에 가게로 다시 돌아왔다.

"내가 이리저리 말들 해 놨으니깐, 내일쯤 되믄 뭐라도 나올끼다. 그칸께 좀 쉬라. 얼굴이 거기 뭐고? 앞으로 더 어려운 일들이 많을끼다. 단디 정신 체려야 된데이. 알겠나?"

정자는 주먹을 불끈 쥐어 보였다. 두 사람은 가게를 서둘러 정리하고는 일찍 문을 닫았다. 며칠 정자가 가게를 봐주면 숙희는 본격적으로 복미를 찾아 나설 작정이었다. 말없이 골목길을 따라 오르던 숙희가 정자의 손을 슬그머니 잡았다.

"언니가 있어 주어 참 다행이야. 난 언니한테 해 준 것도 없는데… 고마워. 정말 고마워! 그리고 미안해…."

"참말로다, 별노무 소리를 다 한다카이! 어서 가자!"

울컥 올라오는 감정을 숨기기라도 하려는 듯, 정자는 숙희의 등을 떠밀었다. 집이 가까워지자 정자는 잠시 숨을 고르기 위해 멈춰 섰다.

"야야! 정지(부엌)에 불 안 끄고 나온기라? 저저 굴뚝에 연기 올라온다 아이가. 누가 있나?"

정자는 부엌을 넌지시 쳐다보며 말했다. 숙희도 그녀의 시선을 따라 굴뚝을 올려다보았다. 때마침 연기 한 줄기가 굴뚝 위로 몽글몽글 피어올랐다. 그제야 숙희는 연실이가 떠올랐다.

"아지매, 인자 오시는교!"

급히 부엌으로 들어서는 숙희를 향해 연실은 고개를 숙였다. 부엌 안은 이미 열기로 훈훈했다. 아궁이에 불을 피워 방을 데워 놓은 것은 물론 곤로 위 양은냄비에서는 김 서림이 올라왔다. 김 서림에서 구수한 냄새가 나는 것을 보니 밥을 지은 모양이었다. 정신없이 나가는 통에 쌓아 두었던 설거지 하며 부엌까지 싹 다 정리해 놓은 것이 아닌가. 물은 또 언제 내려가 길어 왔는지, 텅텅 비어 있던 물통에 물이 가득했다. 저 어린 것이 물을 길어 나르기 위해 얼마나 애를 썼을까 싶어 애처로웠다.

"이걸 다, 너 혼자 한 거야? 상처도 아직 아물지 않았는데…."

숙희는 연실을 빤히 내려다보았다.

"이런 거 안 해도 되는데… 고마워."

뒤이어 마당으로 들어선 정자가 부엌으로 얼굴을 빼꼼히 내밀었다.

"이 얼라는 누고? 낯이 익는데. 어데서 봤는동?"

정자의 매서운 눈초리에 연실은 저도 모르게 어깨를 움츠렸다. 숙희는 그런 그녀의 등을 떠밀었다.

"언니. 일단은 안으로 들어가서 이야기해."

정자에게 연실에 관해 이야기한다면 분명 난리가 나도 난리가 날 터였다. 부엌을 나서기 전 숙희가 뒤돌아보았다.

"괜찮으니까, 너도 그만하고 방으로 들어와! 나머지는 내가 할 테니깐. 알았지?"

혹시라도 아이가 겁을 먹지 않게 숙희는 최대한 미소를 지었다. 모두가 나가자 연실은 참고 있던 숨을 한꺼번에 내뱉었다. 언제부터인가 어른들 앞에만 서면 늘 긴장부터 하게 되었다. 지금껏 만나 본 어른들은 다들 무섭고 거칠었다. 하나같이 술에 취해 있거나 아니면 노름에 미쳐 제정신이 아닌 사람들이었다. 하여 말 한마디 잘못했다가는 그에 상응하는 체벌과 욕설이 날아왔다. 그저 시키는 일을 잘하면 약간의 용돈을 주는 것으로 그들은 칭찬을 대신했다. 그러나 숙희는 지금껏 자신이 봐 왔던 나쁜 어른들과 달랐다. 처음으로 세상에도 좋은 어른이 있구나 싶었다.

"쟈는 눈데 여거 있는 기고? 어이? 퍼득 이바구 좀 해 봐라."

숙희가 방문을 열고 들어서자 기다렸다는 듯 정자는 질문을 퍼부어 댔다. 자리에 앉은 숙희가 난감한 표정으로 아랫입술을 지그시 깨물었다.

"언니! 화내지 말고 들어 주었으면 해."

화내지 말라는 숙희의 당부에 정자는 더욱 조바심이 났다.

"조 마담 딸…."

"뭐라꼬… 그카믄 쟈가 에로스, 그 미친년… 조 뭐시기 딸래미라꼬? 니 참말로 머리가 우에 됐나? 와카는데, 어이?"

예상했던 것보다 정자는 더욱 펄쩍 뛰었다.

"복미 애비 죽을 때, 방파제에 같이 있었던 인간이 조 마담 기둥서방이라는 놈이데이. 그노마가 죽었다 카는 건, 여기 구천포항에서 모리는 사람이 없데이. 그 여시가 뭔 짓을 시켰는 동 알게 뭐고. 어디 이뿐이가? 미야는 또 그 여시년헌테 홀려 가꼬 가수 헌다고 가출해가 죽었는동 살았는동도 모리는데… 인자는 그 딸년까즉 니가 거둔다꼬? 아이고 내가 참말로 미치겠데이. 왠수도 그런 철천지 왠수가 어데 있단 말이고… 원통허다, 우째 이리도 원통할꼬."

정자는 쉼 없이 분노를 토해냈다. 숙희는 잠자코 정자의 마음이 진정될 때까지 기다렸다. 밖에 밥상을 들고 있던 연실은 그만 마루에 주저앉았다. 매일같이 맞아도 시도 때도 없이 욕설을 퍼부어 대도 심지어 엄마를 엄마라 부르지 못하게 해도, 그런 엄마라도 이해하고 싶었다. 좀 더 심부름을 잘하면, 밥을 적게 먹으면, 가게 청소를 잘하면 엄마에게 버림받지 않을 것이라 믿었다. 그간 자신의 노력이 모두 물거품으로 사라져 버린 현실 앞에서 연실은 무너졌다. 이제야 비로소 철저히 친모로부터 버림받았다는 것이 피부로 느껴졌다. 눈물이 솟구쳐 올랐다. 연실은 올라오는 눈물을 삼키기 위해 어금니를 꽉 깨물었다.

"용서하지 않을끼다. 절대로 그 여자 용서하지 않을끼다."

연실은 혼잣말로 몇 번이고 중얼거렸다. 그때였다. 방 안에서 정자의 단호한 목소리가 터져 나왔다.

"퍼득 쫓아내지 않고 뭐하는 기고?"

정자의 노여움에 숙희는 긴 한숨과 함께 차분하게 이야기를 이어 나갔다. 이야기 도중 큰 마님 윤 씨를 떠올리자 그녀의 가슴이 먹먹해졌다. 그때 참으로 몸서리치게 죽을 만큼 외로웠다고. 그래서 도저히 혼자 남은 아이를 외면할 수가 없었다고 숙희는 눈물로 호소했다.

"어른들의 잘못으로 어린아이가 그 죄를 떠안고 산다는 것이 얼마나 모질고 잔인한 일이겠어… 그러니 언니…."

"참말로 가시내 저리 마음이 약해 빠져서리. 아이고 검은 머리 짐승은 함부로 거두는 것이 아인기라… 니 알아서 해라. 나사 인자 몰따!"

애절한 숙희의 호소에 정자는 결국 두 손을 들고 말았다. 아이를 받아들임으로써 힘든 일이 생길 것이 뻔하니, 정자는 그것이 그저 답답할 뿐이었다. 숙희는 눈가에 맺힌 눈물을 닦으며 밖으로 나갔다. 마루에 우두커니 앉아 있던 연실이가 놀라 자리에서 벌떡 일어섰다. 그녀는 멀뚱히 자신을 바라보고 있는 아이의 손을 잡았다. 두 사람은 다시 마루에 앉아 밤하늘을 올려다보았다. 제자리를 지키며 빛을 내는 별들이 유난히도 반짝였다.

이튿날부터 숙희는 복미를 찾기 위해 동분서주로 뛰어다녔다. 그러나 이미 서울로 내뺀 딸을 무슨 수로 찾는단 말인가. 무작정 찾아 나서는 것도 마냥 기다리는 것도 숙희를 미치게 만들었다. 시간이 생각보다 많이 걸리자 정자는 다시 섬으로 돌아갔다. 숙희도 더는 가게 문을 닫을 수 없는 형편이었다. 그렇다고 믿고 맡길 사람을 찾는 일 또한 쉬운 일이 아니었다. 어린 연실은 매일 밤 걱정으로 지새우는 그녀에게 가게로 나가 뭐든 돕겠다고 했다. 숙희는 그런 아이가 가여우면서도 한편으로 대견했다.

붉은 기운이 돌면 어김없이 먼저 일어난 연실은 숙희를 따라 위판장에 나갔다. 고사리 같은 손으로 자기 몫을 척척 해내는 연실이 기특하기보다는 안쓰러웠다. 시장통 사람들은 그런 두 사람을 곱지 않은 시선으로 바라보았다. 시간이 지남에 따라 억지스러운 소문도 나돌았다. 개중에는 연실이가 달수와 조 마담 사이에 생긴 딸이라는 풍문까지 나돌았다. 사정이 이렇다 보니, 이런 소문만을 믿고 온 빚쟁이도 있었다. 그들은 가게로 찾아와 빚을 대신 갚으라며 행패 아닌 행패를 부렸다. 이쯤 되면 제아무리 득도한 보살이라 하여도 아이를 내쫓을 만도 한데 숙희는 오히려 사랑으로 더욱 품었다.

그렇게 몇 해가 지났다. 어리고 작은 아이였던 연실은 제법 어른티가 났다. 학교에 가는 대신 가게 일을 도우며 검정고시를 통과해 어엿한 고등학생이 되었다. 새벽이 되자 연실은 여느 날처럼 위판장에 나갈 채비를 했다. 복미의 행방을 들은 숙희는 서울로 올라가 며칠째 돌아오지 않았다. 연실은 비어 있는 옆자리를 쓸어내렸다. 숨조차 쉬어지지 못할 만큼 그리워해 본 사람은 안다. 그리움이라는 것이 그 사람이 아니면 절대로 채워지지 않는다는 것을.

밖으로 나온 연실은 마당 한편에 세워 둔 자전거를 타고 내리막을 내달렸다. 빛이 어둠을 밀어내는 찰나 바다에서 올라오는 초여름의 냄새가 심장 속으로 파고들었다. 가게에 도착한 그녀는 자전거를 세워 두고 옆에 있던 리아카를 끌고 서둘러 위판장으로 갔다.

"연실아! 여다! 여거. 이쪽으로 오니라."

연실의 모습이 보이자 누군가가 고함을 내질렀다. 탁이 엄마였다. 탁이 엄마의 현란한 손놀림을 보아하니 아마도 괜찮은 가격을 찾은 모양이었다. 싼 가격에 싱싱한 생선을 받는 날이면 연실은 괜스레 기분이 좋았다. 가게로 돌아오자마자 그녀는 팔아야 할 생선을 좌판에 가지런히 내놓는 것부터 시작해 쉬지 않고 일을 했다.

"야! 이건 얼마야?"

"어서 오이소! 뭐 드릴까에?"

앞을 바라보던 연실의 두 눈동자가 점점 커졌다. 자신의 앞에 서 있는 노랑머리 여자는 바로 〈에로스〉의 유일한 종업원이었던, 미스 홍이었다. 순간 많은 생각이 스쳤다. 그녀는 세월이 지나도 여전히 화려한 복장에 짙은 화장 하며 노란 머리까지 변한 것이 없었다. 굳이 변한 것을 찾는다면 얼굴에 드러난 약간의 주름살 정도라고 할까.

"너… 너, 너… 혹시 연실이 아니니?"

연실이가 머뭇거리는 사이 미스 홍이 먼저 알은체를 했다. 그사이 마음의 평온을 되찾은 연실은 고등어 서너 마리를 집어 들어 검은 비닐에 담았다.

"구워 먹을 건교? 안카믄 찌개로 먹을 건교?"

"야! 너, 정 없게 왜? 그래! 너 모르지? 니네 엄마가 내 돈도 떼먹었어. 너 말이야. 나한테 멱살 안 잡힌 것만 해도 다행이야. 그리고 내가 너 어렸을 때 얼마나 예뻐했는데… 왜 이래!"

낭창하게 말을 내뱉는 미스 홍을 뒤로 하고 연실은 갈치 두 마리를 집어 들었다. 얼음에 묻혀 있던 은빛 갈치가 유난히도 더욱 시리게 보였다. 갈치 대가리를 떼어내고 내장 끄트머리를 칼끝으로 누르고 몸통을 잡아당기자, 내장이 쭉 따라 나왔다. 그리고는 뱃살에 붙어 있던 얇은 막을 조심스레 잘라냈다. 갈치의 비늘이 햇볕을 받아 더욱 반짝였다. 깔끔하게 장만한 갈치는 일정한 크기로 토막을 내어 깨끗한 물에 한 번 더 씻어 냈다. 이 모든 과정을 정신없이 바라보던 미스 홍이 천천히 입술을 떼었다.

"그나저나 너 많이 컸다! 니네 엄마는 그러고 가서 한 번도 연락이 없었니?"

미스 홍의 물음에 연실은 갈치를 담은 봉지를 내밀었다.

"갈치 구운 거 좋아했다, 아인교. 이거 가지고 가소. 그카고 다시는 여거 오지 마소!"

차갑게 대답하는 연실에게 미스 홍은 내심 서운한 표정을 내비쳤다.

"알았다. 아! 그러고 보니, 여기 언니 딸이 그때… 그 학생 아니니? 가수 한다고 니네 엄마 찾아왔던… 죽은 달수 오라버니…."

도마를 씻어 내던 연실이 미스 홍의 말에 자리에서 벌떡 일어섰다.

"혹시 그때 그 학생… 그칸께 복미 언니 어데 있는 줄 아시는교? 아는 대로 말씸 좀 해 주이소."

연실의 다그침에 미스 홍의 입꼬리가 살짝 올라갔다. 뭔가 알고 있는 듯한 표정인데 뜸을 들였다. 연실은 좌판에 있던 고등어 몇 마리를 더 비닐에 넣어 건넸다.

"내가 뭘 아니? 근데 니네 엄마가 걔한테 가수 시켜 준다고 해놓고… 요정인가 주점인가? 아무튼, 그 애를 팔았잖니. 어리다고 돈도 제법 받았을 걸. 그러고 보면, 조 마담도 참 대단해. 그치? 돈이라면 뭐든 다 하잖니. 그러니 별을 그렇게나 많이 달았지. 으이구!"

연실의 두 다리가 휘청였다. 미스 홍은 생선이 든 비닐을 높이 들어 보였다.

"이건 잘 먹을게. 내가 아는 건 여기까지!"

'요정'이라는 말을 끝으로 연실의 귓가에는 벌떼들의 날갯짓 소리만이 웅웅댈 뿐이었다. 몇 걸음 걷던 미스 홍이 다시 돌아서서 미처 건네지 못했던 말을 마저 던졌다.

"그리고 니네 엄마 혹시 만나게 되면 내 돈 꼭 갚으라고 해! 사기로 고소해 놨다고 전해 주고. 그럼 이만!"

미스 홍은 서너 차례 손을 흔드는가 싶더니, 이내 모퉁이를 돌아 사라졌다. 아무리 사람이 악독하다 해도 인두겁을 쓰고는 어찌 이럴 수 있단 말인가. 한 마디로 친모라는 인간은 사람의 탈을 쓴 악마였다. 무엇보다 곧 돌아올 숙희의 얼굴을 어떻게 본단 말인가. 아무리 부정한다 해도 한 가정을 무너뜨린 장본인의 딸이 자신임을. 생각이 이쯤에 미치자 그 어떤 일도 손에 잡히지 않았다. 저녁 무렵이 되어 가자 하늘은 제시간보다 빨리 어두워졌다.

"연실아! 니 뭐 하는 기고. 어이? 비 온다. 비 와! 생선, 비 다 맞힐끼가."

넋을 놓고 있는 연실을 향해 쌀집 주인인 경주댁이 소리를 지르며 물건들을 안으로 들였다. 그제야 정신을 차려 하늘을 올려다보니, 시커먼 먹구름이 몰려오고 있었다. 연실은 서둘러 발 위에 널려 있던 생선을 가게 안으로 거둬들였다.

그새 거리를 오고 가던 사람들도 갑작스레 만난 소나기에 이리 뛰고 저리 뛰었다. 한 방울 한 방울씩 뚝 뚝 떨어지던 빗방울은 어느새 거친 비가 되어 퍼부어 댔다. 번개가 내리꽂히는가 싶더니, 천둥소리가 먹구름 사이로 터져 나왔다.

연실은 퍼부어 대는 빗속으로 들어가 두 눈을 꼭 감았다. 제발 번개가 자신의 정수리에 내리꽂히길 바랐다. 친모가 지은 죄를 이렇게라도 대신 갚고 싶었다. 빗물인지 눈물인지 모를 방울이 두 볼을 타고 흘러내렸다. 그렇게 내리는 비를 피할 생각도 없이 우두커니 서 있던 그때, 숙희가 다가섰다.

"무슨 일이… 있니? 어서 들어가자. 이러다 감기 걸리면 어쩌려고…."

숙희의 목소리에 연실은 감고 있던 눈을 떴다.

"아지매. 아지매… 참, 참말로… 참말로 죄, 죄, 죄송, 죄송하니…데이… 죄송하니…."

말을 더듬던 연실은 두 손을 가지런히 모으고 무릎을 꿇었다. 무슨 일인지 알 길이 없는 숙희는 일단 그녀를 일으켜 세웠다.

"어서 안으로 들어가자."

가게로 들어간 숙희는 마른 수건을 가져와 떨리는 연실의 어깨를 덮어 주었다. 그러는 사이 곤로 위에 얹어 두었던 주전자에 물이 끓었다. 숙희는 끓은 물을 컵에 부어 들고 나왔다.

"이거라도 좀 마셔봐! 몸이 금방 따뜻해질 거야."

숙희에게 건네받은 컵에서는 도라지의 알싸한 냄새가 올라왔다. 폐와 기관지가 좋지 않은 숙희를 위해 정자가 만들어 준 것이었다. 음식이라는 것이 정성을 얼마나 들이냐에 따라 약이 되기도 하고 때론 독이 되기도 하는 법. 하여 정자의 음식은 누가 뭐라고 해도 세상에서 가장 좋은 보약이다. 연실은 컵을 이리저리 만지작댔다. 미스 홍을 만난 이야기를 해야 하나 아니면 하지 말아야 하나 머릿속이 복잡했다. 쫓겨나는 일이 무서워 머뭇거리는 것이 아니다. 아프고 고통스러워할 숙희의 마음을 생각하니 쉽게 입이 떨어지지 않을 뿐이었다.

"오늘은 일찍 들어가서 쉬자. 그간 나 없이 고생 많았지?"

"언니는… 우째 찾아 보셨는….'

연실의 말이 끝나기도 무섭게 숙희는 옅은 미소를 지어 보이며 고개를 내저었다. 그 순간, 연실은 자리에서 벌떡 일어섰다.

"저… 지가 꼭 가볼 때가 있심니더. 갔다와서 상세히 말씸드릴 낍니더. 그칸께… 지금은 지발 아무것도 묻지 않으셨으면 헙니더. 먼저 나가 보겠심더."

연실은 가게 밖으로 뛰쳐나갔다. 워낙 순식간에 일어난 일이라 붙잡을 새도 없었다. 뒤따라 나온 숙희가 목이 터지라 불러 댔지만, 연실은 앞만 보고 내달렸다. 거센 비바람을 뚫고 사력을 다해 도착한 곳은 바로 〈에로스〉였다. 가게 앞 유리에는 입에 담을 수 없는 욕설들이 덕지덕지 씌어 있었다.

〈에로스〉는 시에서 소유한 땅에 지어진 불법 건축물로 허락 없이는 철거도 하지 못한다. 하여 몇 년째 그대로 방치되어 있어 폐가나 다름없었다. 어린 시절 이곳에서 도망치듯 나와 그간 단 한 번도 찾지 않았다. 한때 화려했던 술집은 세월의 흔적에 퇴색되어 을씨년스럽기까지 하였다.

연실은 두 번 다시는 오고 싶지 않았던 〈에로스〉 앞에 섰다. 가게 입구에는 부랑자들이 드나드는 것을 방지하기 위해 굵은 쇠사슬로 감겨 있었다. 그녀는 하는 수 없이 가게 뒤쪽으로 돌아갔다. 그러자 부엌으로 넘어갈 수 있는 창문이 보였다. 주저할 틈도 없이 숨을 크게 들이마시고는 창문을 있는 힘껏 밀었다. 그러나 오랫동안 사용치 않은 탓에 쉽게 열리지 않았다. 창문을 흔들고 밀고 두드리기를 여러 차례. 창문이 뻑뻑한 소리와 함께 떨어져 나갔다.

그렇게 창문을 넘어 들어간 가게 안은 그야말로 난장판이었다. 곰팡이와 죽은 쥐들의 사체 냄새가 뒤엉켜 지독하다 못해 역겨웠다. 심지어 바닥은 온통 깨진 유리와 가재도구들이 널브러져 있어 한 발자국 떼는 것조차도 여간 힘든 일이 아니었다. 연실은 최대한 조심스레 걸음을 내디뎠다. 어느 정도 어둠에 익숙해지자 예전 카운터가 자리하고 있던 곳으로 갔다. 눈에 익은 수납장이 보였다. 연실은 수납장 서랍을 열어 안에 있는 물건을 죄다 바닥에 쏟아부었다. 우르르 쏟아져 내린 것은 대부분 명함과 오래된 영수증이었다. 그중에서 술집이나 주점 간판명이 적혀 있는 것은 모조리 다 골라냈다.

얼마의 시간이 흘렀을까. 서너 시간이 훌쩍 흐르고 난 뒤에야 연실은 밖으로 나왔다. 거세게 내리던 비는 이미 그친 지 오래였다. 그녀는 한차례 하늘을 올려다보고는 곧장 집으로 향해 달렸다. 숨이 턱까지 차올랐지만, 멈추지 않았다. 집에 도착하자마자 서둘러 짐부터 꾸렸다. 숙희가 집으로 돌아오기 전에 떠나야만 했다. 며칠 아니 몇 달이 걸릴지 모르겠지만, 복미를 찾아 구천포로 돌아오리라 굳게 마음을 먹었다.

갑작스레 사라져 버린 연실을 두고 시장 안에는 말들이 많았다. 친모를 찾아갔다는 둥, 제 어미처럼 남자와 함께 야반도주했다는 소문까지 나돌았다. 날이 가면 갈수록 소문은 잦아들 생각을 하지 않고 더욱 억척스러워졌다. 그럴 때마다 숙희는 입을 꾹 다물었다. 소문처럼 연실이가 저를 낳아 준 친모에게 갔다면 더할 나위 없이 축하할 일이다. 그저 바람이 있다면 더는 상처를 받거나 나쁜 일이 생기지 않았으면 하는 간절한 마음뿐.

어영부영 닷새가 지났다. 분명 연락을 할 아이인데, 연락이 없자 숙희는 걱정되었다. 정자는 연실이가 사라진 것을 어디선가 전해 듣고 하루가 멀다고 쌀집으로 전화를 했다. 본디 연실을 고깝게 여긴 터라 통화 끝에는 항상 〈배은망덕〉이라는 말을 잊지 않았다.

"저기?"

손님이 왔음을 알아차린 정자가 목청을 높였다.

"야야! 손님 왔는갑따. 어서 끊고 가 봐라."

정자의 목소리가 어찌나 큰지 수화기 너머로 새어 나왔다. 숙희는 서둘러 전화를 끊고 밖으로 나갔다.

"어서 오세요! 뭐 좀 드릴까요?"

숙희는 손님에게 인사를 건넸다. 흰 블라우스에 무질서하게 찍힌 빨간 장미꽃 문양에 괜스레 현기증이 일었다.

"지난번 갈치가 너무 맛나서 내가 다시 왔잖아. 호호호."

노란 머리의 여자가 천박하게 웃어 댔다.

"근데, 오늘은 어째 연실이가 안 보이네?"

갈치를 손질하던 숙희가 고개를 들어 여자를 바라보았다.

"어머! 언니! 나, 몰라? 나… 에로스 미스 홍!"

미스 홍이 입술을 쭉 내밀었다. 그러고 보니, 낯익은 얼굴이었다. 그녀는 떨떠름한 숙희의 반응에 어이없는 표정을 지었다.

"아오! 연실이 고년이 기어코 찾아 나섰나 봐! 아무튼, 대단해."

"연실이 지금 어디 있어요?"

자리에서 벌떡 일어난 숙희는 미스 홍에게 바짝 다가섰다. 놀란 미스 홍이 저도 모르게 뒤로 한 발짝 물러났다.

"아! 이… 이, 이 언니가. 내가 데려간 게 아니고. 언니 친딸… 왜? 그 가출한 딸… 걔 찾으러 서울 갔잖아. 쯧! 연실이가! 아휴 참! 한국말은 끝까지 들어 봐야 한다니깐. 그건 그렇고… 그 칼 좀 치워요. 아이참!"

이건 또 무슨 소리인가? 복미를 찾으러 연실이가 서울에 갔다니. 숙희는 미스 홍을 붙잡고 사정을 했다. 너무나 간절한 숙희의 부탁에 미스 홍은 하는 수 없이 그날 있었던 일을 낱낱이 이야기해 주었다. 그제야 숙희는 퍼부어 대는 빗속에 멍하니 서 있던 연실의 모습이 떠올랐다. 그 어린 것이 마음이 얼마나 아팠을까, 하는 생각에 억장이 무너져 내렸다. 그녀는 미스 홍에게 약간의 돈을 건네며 아는 주점과 술집들을 모두 말해 달라고 했다.

"내가 돈 때문에 가르쳐 주는 게 아니야. 연실이 고년이 너무 안타까워 말해 주는 거니깐. 오해하지 말아요! 요건 주신 거니깐, 요긴하게 잘 쓸게…요."

미스 홍은 받은 돈을 핸드백에 집어넣고 명함 서너 개를 찾아 숙희에게 내밀었다. 명함을 건네받은 숙희의 심장이 요동쳤다. 숨조차 쉴 수 없을 만큼 가슴이 뻐근했다. 이번에야말로 친딸을 만날 수 있을 것만 같은 직감이 들었다. 그토록 애타게 보고 싶고 그리워한 딸, 복미를.

같은 시각, 연실은 고급 요정인 〈청월향〉 대문 앞에 서 있었다. 서울에 온 날부터 쉬지 않고 주점과 술집 그리고 요정이라는 곳은 다 돌아다녔다. 쫓겨나기도 수십 차례. 대부분 영업상 본명보다 가명을 주로 사용하기 때문에 복미를 찾기가 여간 어려운 일이 아니었다. 그도 그럴 것이 자신의 친모인 조 마담 역시도 조봉달이라는 진짜 이름보다 조윤희 혹은 비비안이라 불렀다. 아무튼, 사정이 이렇다 보니 숙희가 딸을 찾는 일은 거의 불가능에 가까웠을 터.

연실은 가져온 복미의 사진을 들고 일일이 발품을 팔았다. 그러다 천만다행히 친모 조 마담을 아는 이를 만났다. 그는 삼청동 〈*청월향*〉 주방에서 일하는 향자라는 여자를 찾아가 보라고 했다.

그렇게 연실은 향자라는 여자를 찾아가 자신이 에로스 조 마담의 친딸이라고 밝히자, 그녀가 펑펑 울음을 터트렸다. 아마도 연실이 제 어미를 찾아온 길이라 여겼던 모양이었다.

"네 엄마랑 나는….".

향자가 친모에 대해 말을 꺼내려고 하자 연실은 들고 있던 사진을 불쑥 내밀었다.

"그 여자 찾으러 온 거 아입니더. 혹시 이 아가씨 여서 일헙니꺼?"

난데없이 들이미는 사진에 향자는 젖은 눈가를 쓸어내렸다.

"글쎄… 워낙 일하는 애들이 많아서… 근데 넌 엄마 찾으러 온 거 아니니?"

"아입니더!"

자리에서 일어난 연실은 향자에게 가볍게 인사를 했다. 그때였다. 뒤에서서 과일을 주워 먹고 있던 아가씨 하나가 향자의 손에 들려 있던 사진을 빼앗았다.

"얘! 걔 아니니? 얼마 전 르네로 간… 맞는 거 같은데. 노래 부른다고 지랄하다가 쫓겨난 애!"

"이 사람을 아십니꺼? 지금 어디 가야 만날 수 있습니꺼?"

아가씨 곁으로 바짝 다가선 연실이 다그치듯 물어대자, 그녀는 곧 입을 닫았다. 보다 못한 향자가 버럭 소리를 내질렀다.

"야! 너! 지금이라도 당장 박 실장한테 가서 꼰지르까? 안줏값 떼먹은 거… 박 실장이 알면 아마도 쫓겨나지… 그지?"

향자가 협박 아닌 협박을 하자 아가씨는 결국 복미에 대해 아는 것을 모두 다 불었다. 아가씨의 말에 따르면 복미는 노래를 부르겠다고 떼를 쓰다, 압구정동 룸살롱으로 팔려 갔다고 했다. 그리고 복미가 아닌 예지라는 이름으로 활동한다는 말도 잊지 않았다.

연실은 주저하지 않고 곧장 〈르네 살롱〉으로 갔다. 그러나 예상했던 것처럼 복미에 대해 말해 주지 않았다. 그날부터 낮이든 밤이든 계속 룸살롱 앞에 서성였다. 혹시라도 복미를 마주치지 않을까 하는 마음에 연실은 무작정 기다리고 또 기다렸다.

"어머머! 쟤 또 왔네. 도대체 며칠째야!"

장사 준비를 하기 위해 가게 문을 열던 아가씨 서넛이 연실을 알은체했다.

"예지 언니 좀 불러 주이소! 꼭 만나야 됩니더."

연실은 그녀들에게 간절히 부탁했다. 며칠 연실이와 자주 마주친 아가씨들의 마음이 조금 흔들린 듯 보였다. 그도 그럴 것이 서울에 온 이후부터 잘 곳이 마땅치 않아 거의 노숙하다시피 하여 그녀의 몰골은 말이 아니었다. 가져온 약간의 돈은 복미의 행방을 알기 위해 대부분 사용했다. 술집이라는 특수한 직업을 가진 이들은 평범한 사람들보다 비밀이 더욱 많은 법. 뭔가를 알아내기 위해서는 수고료가 꼭 필요했다. 연실은 주머니를 뒤져 가지고 있던 돈을 모조리 다 꺼냈다.

"지가 가진 거라꼬 이기 전부입니더."

아가씨들은 연실의 손에 들려 있는 푼돈을 바라보며 어이없는 웃음을 터트렸다.

"누굴 찾는다고?"

"김예지를 찾아왔심니더."

"예지라… 워낙 아가씨들 중에 그런 이름은 흔해서 말이야…."

팔짱을 낀 아가씨의 콧잔등이 살짝 구겨졌다. 그때였다. 걸걸한 목소리가 차가운 공기를 더욱 차갑게 갈라놓았다.

"이년들이 나가면 아예 들어올 생각을 안 하지? 너희들 장사 안 할 거니!"

붉은 원피스를 입은 중년의 여자가 아가씨들을 쏘아보았다. 언뜻 보아도 쉰 중반 정도 되어 보였다. 그녀의 말 한마디에 아가씨들은 너나 할 것 없이 안으로 쪼르르 들어갔다. 앞에 서 있는 중년 여자에게서 친모의 모습이 겹쳐지자 연실은 괜스레 주눅이 들었다. 그녀는 한차례 연실을 쨰려보는가 싶더니 들고 있던 담배를 물었다.

"거기 너, 뭐야? 뭐냐구? 뭔데 몇 날 며칠 여기서 기웃거리니? 그 모양을 해서. 얘 얘, 누구 장사 말아먹게 하려고 그러는 거니? 좋은 말 할 때 가라구! 가! 무서운 아저씨들 부르기 전에 말이야."

여자는 연실에게 손을 내저으며 입속에 머금고 있던 담배 연기를 내뿜었다. 하는 행동으로 보아 분명 마담 아니면 포주일 것 같은 느낌이 들었다. 만약 포주라면 분명 복미에 대해 잘 알고 있을 것이다. 연실은 두 주먹을 불끈 말아쥐었다.

"김예지입니더. 본명은 김복미입니더. 만나게 해 준다 카믄 시키시는 일은 뭐든 다 하겠심니더."

연실의 배짱에 여자의 표정이 사뭇 진지하게 바뀌었다. 이 정도까지 말했으면 도망까지는 아니더라도 되돌아서는 것이 마땅하거늘.

"호기인지 객기인지 그것도 아니면 무식한 건지. 아무튼, 그 용기만은 가상하네."

 계단을 마저 내려온 여자는 연실의 얼굴에 자신의 얼굴을 바짝 들이밀었다. 눈싸움을 하듯 두 사람은 서로의 눈동자를 뚫어지게 쳐다보았다. 그렇게 한참을 쏘아보던 여자가 뒤로 몸을 젖혔다.

 "가까이서 보니깐, 너 인물이 제법 반반하다. 말투가 좀 그렇긴 한데… 하긴 여긴 말보다 몸을 쓰는 곳이니깐, 그건 됐고. 여기서 일해 볼 생각은 없니? 그럼 네 언니도 금방 찾을 텐데. 아니다. 언니 대신에 네가 여기서 일할래? 그럼 불러 주고."

 "장난치지 마이소. 참는 데도 한계라는 게 있심더!"

 "시키는 일은 다 한다며! 아니었니?"

 실실 쪼개며 웃던 여자는 내려왔던 계단을 다시 올랐다. 그러자 뒤에서 대기하고 있던 덩치 서너 명이 계단을 내려왔다. 그 모습에 연실은 계단을 뛰어올라 그녀의 원피스를 잡기 위해 팔을 쭉 뻗었다. 그러나 여자의 치맛자락이 손끝에 스치기도 전에 덩치의 손에 붙잡혀 계단 아래로 내동댕이쳐졌다.

 "복미 언니 만나게 해 주이소. 지발… 만, 만… 만나게만…."

 겨우 자리에서 일어난 연실은 포기하지 않고 또 계단을 올랐다. 그렇게 바닥에 내동댕이쳐지길 몇 차례. 덩치들은 급기야 그녀에게 무차별적인 폭력을 일삼았다. 그러자 술집 앞으로 하나, 둘 사람들이 몰려들었다. 하지만 누구 하나 선뜻 나서서 말리는 이가 없었다. 연실은 조금씩 정신을 잃어 갔다. 그 순간 희미해지는 의식 사이로 낯익은 얼굴 하나가 보였다. 숙희였다.

 "연실아! 연실아! 괜찮니? 괜찮아? 내 새끼…."

숙희의 목소리에 연실은 가까스로 눈을 떴다.

"엄, 엄…니."

하지만 그것도 잠시뿐. 연실은 곧 정신을 잃었다. 숙희는 피투성이가 된 그녀의 얼굴을 쓰다듬으며 울부짖었다. 그것은 사람의 목소리가 아닌 새끼를 잃은 짐승의 울음이었다.

"사람이 사람을 어떻게 이렇게까지… 이 여린 아이를."

숙희의 울부짖음에 그제야 모여 있던 사람들이 덩치들을 향해 너나 할 것 없이 손가락질을 해댔다. 난처해진 그들은 입에 고여 있던 가래침을 내뱉으며 뒤로 한 걸음 물러섰다. 상황이 심상치 않게 돌아가자 여자가 다시 계단을 따라 내려왔다.

"어디, 구경들 났어?"

여자의 앙칼진 말 한마디에 모여 있던 이들이 뿔뿔이 흩어졌다. 주변이 어느 정도 정리가 되자 그녀가 지폐 몇 장을 꺼내 숙희에게 던졌다.

"저기 우리 애들이 좀 심했네. 치료비 하라고 주는 거야! 험한 꼴 보지 말고 가라고 했을 때 조용히 갔으면 이런 일이 없잖아! 몇 날 며칠 남의 영업장에 와서는 버티고 있는 통에… 암튼 쟤 때문에 우리도 장사 못 한 것도 있으니깐. 여기서 퉁 치자구!"

여자가 턱을 높게 치켜들었다. 여자의 행동에 분노가 치민 숙희가 그녀를 죽일 듯이 노려보았다. 자신을 노려보는 매서운 숙희의 눈빛에 여자는 다시 계단을 올랐다. 때마침 들려오는 연실의 신음에 놀란 숙희가 도로 바닥에 앉았다. 그 사이 계단을 오르던 여자가 불현듯 뭔가가 떠오르자, 다시 숙희를 유심히 쳐다보았다.

"너… 혹시, 숙희 아니니? 숙희 맞지?"

여자가 계단을 도로 뛰어 내려왔다. 숙희는 자신의 앞에 서 있는 여자가 누구인지 쉽게 떠오르지 않았다. 정겹게 이름을 부르는 사이라면 분명 기억 어딘가 있을 터인데. 두 사람 사이에는 잠시 침묵이 흘렀다. 무거운 침묵을 먼저 깬 쪽은 여자였다.

"예전이나 지금이나 곤란해지면 입 닫아 버리는 건, 여전하네. 에휴! 이 답답아."

여자의 말에 숙희의 눈동자가 점점 커졌다. 〈답답이〉라고 부르던 유일한 사람.

"애자 언니?"

"그래! 나다!"

여자는 바로 숙희가 어린 시절 식모살이를 할 때 만났던 신애자였다. 처음 만났을 때의 모습은 온데간데없었다. 번들거리는 애자의 얼굴 위로 화려한 네온사인 불빛이 차례대로 스며들었다.

"네 딸인 줄 모르고… 미안하게 됐다. 그나저나 어떻게 이렇게 다 만난다니!"

숙희를 바라보던 애자가 시선을 돌려, 대기하고 있던 덩치들에게 눈짓을 보냈다. 덩치들은 그녀의 눈짓에 일사불란하게 움직였다.

"우리 애들이 알아서 할 거니깐! 숙희 넌, 나 좀 보자."

그때까지도 연실에게서 좀체 눈을 떼지 못하는 숙희에게 애자가 재촉했다.

"너, 딸 하나 더 있다며. 지금 안 만나면 걔 영영 숨어 버릴지도 몰라! 나머지는 우리 애들에게 맡겨 놓고, 일단은 들어와서 이야기 좀 하지. 응?"

재촉에 못 이긴 숙희는 애자를 따라 계단을 올랐다. 가게 안은 생각보다 넓었다. 입구 옆 카운터를 지나자 큰 홀이 나왔다. 붉은색 카펫을 깔아 놓은 바닥 덕분에 걸을 때마다 푹신했다. 홀을 비추는 조명은 노란 불빛이 많아 대체로 어두웠다. 그러나 중앙 천장에 달린 대형 샹들리에 조명 덕분에 홀은 화려하고 고급스러웠다.

낯선 풍경에 숙희는 한동안 멍하니 서 있었다. 허름한 옷차림을 한 숙희를 두고 아가씨들이 수군덕댔다. 그녀들은 하나같이 등과 가슴골이 훤히 보이는 야한 옷에 짙은 화장을 하고 있었다. 그 모습에 숙희는 괜스레 간담이 서늘해졌다.

"안 들어오고 뭐 하는 거니?"

넋을 놓고 있는 숙희를 향해 애자가 목소리를 높였다.

"뭐 좀 마실래?"

애자는 탁자 위에 있던 맥주 한 병을 집어 들었다.

"예지라고 하던데… 여긴 본명을 사용하지 않는 곳이라… 아무튼 걔가 맞는지는 모르지만, 일단은 불러 놓았으니 잠깐 기다려 봐!"

애자의 말에 숙희는 마른침을 꿀꺽 삼켰다. 듣도 보도 못한 이름으로 철저히 자신을 숨기고 살아온 복미에게 화가 났다. 그런 숙희의 마음을 눈치채기라도 했을까. 그녀가 잠시 끊어졌던 말을 이어 갔다.

"그동안 어떻게 지냈어? 네 몰골을 보아하니, 딱히 잘 지낸 건 아닌 것 같고. 나도 처음부터 이쪽으로 발을 들였던 건… 아니고. 너도 알다시피 내가 배우길 많이 배웠니. 그것도 아니면 돈이 있길 하니. 더욱이 신경 써 줄 가족이 있는 것도 아니고. 믿을 거라곤 이 잘난 몸뚱이 하나밖에 없던 터라… 할 수 있는 일이 이것밖에 없더라구. 너한테는 변명처럼 들리겠지만 말이야. 돈 벌면 그만둬야지 했던 게, 결국은 가게까지 인수하게 되었지 뭐야! 나 참!"

푸념과 넋두리를 해대는 애자에게 숙희는 침묵으로 답했다. 아니 솔직히 그녀의 말이 들리지 않았다. 가타부타 말이 없자 애자는 들고 있던 맥주를 들이켰다.

"한번 발 들이면, 쉽게 빠져나갈 수 없는 곳이 바로 이곳이야. 네 딸이라고 예외일 수는 없겠지. 집으로 데려다 놔도 결국은 또 여기로 올 거야. 이 세계가 원래 그래, 들어오기는 쉬워도 나가는 것은 불가능한 곳이지. 그래서 무서운 곳이기도 하고, 그래서 말이야…."

노크 소리에 애자의 말이 끊겼다. 문이 열리자 숙희는 자리에서 벌떡 일어섰다. 이곳에 오기까지 얼마나 긴 세월이 흘렀단 말인가. 그간의 그리움과 애탐이 한꺼번에 숙희의 목구멍을 타고 솟구쳐 올랐다.

"부르셨어요? 마담 언…."

복미와 눈이 마주친 애자는 곧장 눈길을 돌려 숙희를 바라보았다. 아무리 세월이 흘러 모습을 수천 번도 더 바꾼다 하여도 제 자식은 단박에 알아볼 수 있는 법. 그녀의 두 눈동자에 눈물이 차올랐다.

"미, 미… 미야!"

숙희의 부름에 복미의 얼굴은 금세 싸늘하게 바뀌었다. 숙희는 두 팔을 벌려 딸의 곁으로 한 걸음 다가섰다. 그간의 원망과 그리움 모두 잊고 그저 따뜻하게 안아 주고 싶었다. 그러나 그녀의 마음과는 다르게 복미는 매몰차게 고개를 돌렸다.

"가! 가라구!"

감동적인 재회는 꿈도 꾸지 않았다. 하지만 앙칼지게 내뱉는 복미의 한마디가 비수가 되어 숙희의 심장을 관통했다.

"집에 가자! 미야, 엄마랑 같이 집에 가자. 응? 엄마는 너 없이 못 살아!"

"거지같이 왜 이래, 왜 이러냐고! 나 좀 가만히 내버려 두란 말이야. 막말로 나한테 해 준 게 뭐가 있어? 뭐가 있냐고! 시발, 그러니까 제발 내 눈앞에서 좀 꺼지라고…."

말이 끝나기도 무섭게 복미의 눈앞에 수십 개의 별이 후두두 쏟아졌다. 참다못한 애자가 그녀의 뺨을 한 번 더 걸어 올렸다.

"참, 말본새하고는… 얘 말이야, 네 딸 맞니? 내가 네 엄마하고 좀 인연이 있어서, 그냥 두고만 볼 수 없네. 무슨 사연인지는 모르겠지만, 오랜만에 만난 엄마한테 그러면 못쓴다. 알았어? 서너 시간 빼 줄 테니 차분하게 이야기 좀 나눠 봐!"

애자는 숙희의 어깨를 토닥이는 것으로 미안함을 대신 전했다. 그간 숙희가 견뎌 왔을 세월이 순탄치 못했음이 느껴지자 안쓰러웠다. 애자가 밖으로 나가고 한동안 두 사람 사이에는 말이 없었다.

"가! 제발 가라구."

"미야… 엄마가 미안해! 정말 미안해!"

숙희는 자리에서 일어나는 복미를 잡을 수가 없었다. 할 수만 있다면 꼭 안고 놓아주고 싶지 않았다. 어렵사리 재회한 딸에게 해 줄 수 있는 말이 고작 미안하다는 말밖에는. 룸을 나간 복미는 복도에 서서 조용히 흐느꼈다. 혼자가 된 숙희 역시도 참고 참았던 울음을 비로소 터트렸다. 가슴을 쥐어뜯어도 내리쳐 보아도 꽉 막힌 불덩어리가 도저히 내려갈 생각을 하지 않았다. 다시 돌아온 애자와 눈이 마주친 복미는 가게 밖으로 뛰쳐나갔다. 애자는 혼자 남아 있을 숙희가 걱정되어 안으로 들어갔다.

"너, 괜찮니? 하긴 괜찮을 리가 있겠니. 일단 따라나서! 마음 같아선 내일 다시 찾아오라고 하고 싶지만, 쟤들 일만 생기면 어디로 숨어 버리는 게 특기인 애들이야."

애자는 의자에 걸쳐져 있던 겉옷을 챙겼다. 가게를 나서기 전, 그녀는 잊지 않고 덩치 하나를 대동했다. 그렇게 가게 뒤쪽으로 나 있는 골목을 따라 하염없이 걸었다. 얼마를 걸었을까. 검은 대문 앞에 멈춰 섰다. 녹이 슨 구멍마다 옅은 빛이 새어 나왔다. 대문 안으로 들어서자 통로 하나에 여러 개의 방이 다닥다닥 붙어 있었다. 대부분 주점에서 일하는 아가씨들의 숙소였다. 애자는 대문을 발로 거세게 찼다. 요란한 소리에 방을 나온 아가씨들의 눈길이 한데 모였다.

"야! 예지 들어왔니?"

화난 애자의 목소리에 아가씨들은 고개를 저었다. 그 순간, 통로 가장 안쪽 방에서 뭔가 부서지는 소리가 들렸다. 합판으로 대충 엮어 만들어 놓은 방들인지라 소리가 고스란히 밖으로 새어 나왔다. 뒤이어 들리는 사내의 욕설까지. 놀란 숙희가 애자를 쳐다보았다.

"숙희 년, 일단 나가 있어!"

애자의 시선은 곧 뒤에 있던 덩치에게 향했다. 그는 가볍게 눈짓을 보내고는 한걸음 나섰다. 통로가 시끄러워지자 방에 있던 사람들은 죄다 밖으로 나왔다. 그 사이 덩치가 방문을 벌컥 열어젖혔다. 이어 들리는 애자의 고함이 통로를 쩌렁쩌렁 울렸다.

"내가 내 물건에 함부로 손대지 말라고 경고했지? 지난번처럼 어디 하나 부러져야, 말귀를 쳐 알아듣겠냐구!"

분노에 찬 애자의 목소리에 덩치가 사내의 멱살을 쥐어들었다. 사내는 바로 포주 천태만이라는 자였다. 모든 상황을 지켜본 숙희는 온몸이 바들

바닥에 떨렸다. 방문 사이로 바닥에 널브러져 있는 복미의 모습이 보이자, 숙희는 말릴 새도 없이 방으로 뛰어들었다. 그 모습에 애자가 뒤로 돌아 소리를 버럭 내질렀다.

"야! 야! 어디 구경들 났어? 안 들어가!"

애자의 말 한마디에 너나 할 것 없이 다들 방으로 들어가 문을 닫았다.

"미야! 괜찮아? 괜찮니? 엄마가 미안하다. 미안해! 내가 죄인이다. 내가 죄인이…."

숙희의 손길을 복미는 끝끝내 피했다. 서로 마주 보고 이야기를 나누기에는 너무 멀리 와 버린 것일까. 때마침 방으로 들어온 애자는 두 사람을 물끄러미 내려다보았다.

"예지 너… 아니 복미! 엄마 모시고 당장 내려가. 저 밖에 있는 개차반은 내가 알아서 할 테니깐. 너 때문에 오늘 장사도 못 하고 이게 뭐니? 그러니깐 더는 소란 일으키지 말고 곱게 내려가! 그리고 다시는 이쪽으로 발 들일 생각하지 말고. 너 받지 말라고 다른 업소에도 내가 소문 쫙 내 버릴 거니깐."

독설을 퍼붓는 애자의 눈가에도 어느새 애잔함이 묻어났다. 밖으로 나서는 애자의 뒤를 숙희가 따라나섰다.

"언니! 고마워요. 갚아야 할 돈이 얼마인지 모르나, 제가 반드시 갚을게요. 정말 미안해요."

숙희의 미안함에 애자가 대문을 보며 툭 하고 말을 던졌다.

"때맞춰 저기 오네."

애자의 눈길을 따라 숙희도 시선을 돌렸다. 연실이 대문 안으로 들어섰다.

"죄송합니더. 별로 다친 것도 아인데, 기절을 해가꼬. 걱정만 시키 드리 가꼬, 면목이 없심니더."

숙희와 두 눈이 마주친 연실은 허리를 굽혔다. 숙희는 그런 연실을 꼭 껴안았다. 그 어떤 것으로도 고마움을 표현할 길이 없었기에. 그들을 한동안 물끄러미 바라보던 애자가 뭔가를 불쑥 내밀었다.

"이거 받아! 예전에 숙희 네가 작은 마님께 봉변당할 때, 선뜻 나서서 말려 주지 못한 거… 그 빚 이제야 갚는 거야. 그러니 미안하다거나 고맙다는 말 따위는 하지 마! 내일 새벽 기차표니깐, 여기서 쉬었다가 조심해서 내려가! 내가 해 줄 수 있는 것은 여기까지야. 그리고 다시는 이런 일로 서로 마주치지 않았으면 좋겠어!"

애자는 숙희의 어깨를 가볍게 두드리는 것을 마지막으로 가게로 돌아갔다. 애자가 돌아가고 시끄러웠던 밤공기가 다시 차분해지자, 숙희는 연실의 머리를 부드럽게 쓸어 넘겼다.

"다친 곳은 괜찮니? 내가 미안하구나! 그리고 고마워…."

"지가, 헌 일이 뭐가 있다고예. 헌데 복미 언니는 괘안심니꺼? 지는 복미 언니가 더 걱정이라예."

연실이의 물음에 숙희는 옅은 미소를 지었다.

"어서 안으로 들어가자!"

"아, 아입니더. 간만에 언니캉 주무시소. 지는 여기 어데서 대충…."

연실은 숙희를 향해 환하게 웃어 보였다. 숙희는 그런 그녀를 지그시 바라보았다.

"연실이 너도 내 딸이다. 단 한 번도 네가 내 딸이 아니라고 생각해 본 적이 없어. 네 친모가 저지른 일은 친모의 몫이지, 너의 몫이 아니란다.

그 무거운 짐까지 모두 짊어지려 하지 않았으면 해. 내 말 무슨 뜻인지 알지?"

숙희의 따뜻한 위로에 연실의 두 눈동자에 뜨거운 눈물이 차올랐다. 아무리 내려놓으리라 마음을 먹는다 하여도 내려놓을 수 없는 짐이라는 것을. 하여 그 어느 때보다 연실의 마음이 더욱 아프고 시리고 미안했다. 마당에서 시간을 좀 더 보낸 두 사람은 조심스레 방 안으로 들어갔다. 돌아누운 복미는 미동조차 없었다. 일정하게 내뱉는 숨소리만이 어두운 방 안을 가득 메울 뿐. 뒤따라 들어온 연실은 최대한 소리를 죽여 조용히 바닥에 누웠다. 그 사이 복미의 곁에 앉은 숙희는 이불을 매만지며 눈물을 삼켰다. 꿈에서 마저 그리워했던 딸이 같은 공간에 있다는 것만으로도 꿈만 같았다. 참았던 울음이 복받쳐 오르자 그녀는 입을 꽉 틀어막았다. 딸은 어미의 팔자를 닮는다는 말이 사실이 아니길 바랐다. 저를 아껴 주는 사내를 만나 평범한 가정을 이루고 있었다면, 마음이 이토록 무너지지는 않았을 것이다. 변해 버린 복미의 모습에 숙희는 말을 잃었다. 어디서부터 잘못된 건지, 이 모든 것이 자신의 원죄로부터 나온 것만 같아 괴로웠다.

"아가! 엄마가 너무 늦게 찾아왔지? 미, 미… 미안하다. 너 혼자 얼마나 힘들고 외로웠을까….'

말을 겨우 이어 가는 숙희의 목소리가 가늘게 떨렸다. 젖은 제 어미의 음성에 복미가 천천히 눈을 떴다. 그녀 또한 눈언저리가 촉촉이 젖어 들었다. 자랑스러운 딸은 아니지만 적어도 부끄럽지 않은 딸이 되고 싶었다. 가수를 시켜 주겠다는 조 마담의 달콤한 말만 믿고 도망치듯 서울로 상경했다. 그러나 어리고 여린 시골 소녀가 감당하기에는 서울은 너무나 무섭고 두려운 곳이었다.

복미는 삼청동 고급 요정에서 노래는커녕 사내들의 유희거리로 지냈다. 노래를 부르겠다는 그녀를 사장은 지금의 〈르네 살롱〉으로 팔아넘겼다. 어느 순간부터 가수라는 꿈은 멀리 가 버리고, 술집을 찾는 이들에게 웃음을 팔며 하루하루를 버텼다. 버거울 만큼 힘이 들 때면 엄마의 품이 못내 그리웠다. 하지만 날이 갈수록 빚은 늘어만 가고, 막상 돌아가려니 돌아가는 법도 잊어버렸다.

걷잡을 수 없을 만큼 외로움이 커지던 어느 날, 무역업을 한다는 남자를 만났다. 돈을 벌게 해 주겠다는 그의 달콤한 말에 속아 사랑과 인생 모든 것을 내던졌다. 그때부터 복미는 밑도 끝도 알 수 없는 파멸과 나락으로 추락하기 시작했다. 남자의 실체는 무역업을 하는 사업가가 아닌 아가씨 장사를 하는 포악한 포주에다 전과자였다. 폭력을 일삼던 아버지와 무기력하게 두들겨 맞던 엄마를 그토록 저주했건만, 자신마저 똑같은 삶을 살게 되리라 상상조차 못 했다. 복미는 그동안 겪은 세월이 떠오르자 분노가 치밭아 올랐다. 그러나 그것을 알 리가 없는 숙희는 미처 끝내지 못했던 말을 이어 갔다.

"지금껏 살면서 너에게 준 기억들이 모두 아픈 기억들뿐이구나. 미야… 딸인 네가 나에게 해 준 것은 많은데. 엄마가 너에게 해 준 것은 없네. 미안하다, 내 딸, 엄마가 정말 미안하다."

숙희는 가슴을 쥐어뜯으며 다시 흐느꼈다. 그녀의 애끓은 모정에 연실은 소리 죽여 울었다. 단 한 번도 느껴 보지 못한 엄마의 사랑이 느껴지자 마냥 부러웠다. 그런 모녀의 모습을 보고 있으니, 친모인 조 마담이 더욱 증오스러웠다. 할 수만 있다면 더러운 친모의 피를 단 한 방울도 남기지 않고 모조리 다 뽑아 버리고 싶은 마음뿐이었다.

날이 밝자, 세 사람은 구천포로 향했다. 기차를 타고 버스를 갈아타고도, 하루하고 반나절이 꼬박 걸리는 긴 여정이었다. 딸과 함께 돌아가는 길이라 그런지 숙희의 표정이 한결 가벼워 보였다.

#7. 숙희 딸 복미

 너무 오랜 시간이 흘렀을까. 복미는 집이 낯설기만 했다. 하긴 고향 집이라 하여 행복했거나 즐거웠던 추억이 없으니 안락함이나 편안함은 애초부터 없었다. 그저 술에 취한 아비가 어미를 두들겨 패는 잔상들만 보일 뿐.
 "배고프지? 금방 저녁 내어 올 테니, 좀 쉬고 있어."
 숙희는 들고 있던 가방을 내려놓기 무섭게 부엌으로 갔다. 우두커니 서 있던 연실은 복미와 눈이 마주치자 서둘러 방문 고리를 잡았다.
 "너 대체 뭐야? 대체 너 뭐냐구?"
 복미의 물음에 연실이 천천히 뒤돌아섰다. 온몸에 털이란 털이 모두 곤두서는 것만 같았다. 뭐라고 어떻게 대답을 해야 할지 머릿속은 하얀 백지장으로 바뀌어 갔다. 연실을 노려보던 복미가 빨간 손가방을 낚아채어 담배를 꺼냈다.
 "시발… 야! 니네 엄마, 그 미친년 때문에 내 인생이 이렇게 걸레가 됐다고. 근데 그 딸년은 또 울 엄마 등골을 빼먹네. 니네 모녀 참 대단하다. 그치?"
 복미는 거친 욕설과 함께 담배 연기를 길게 내뿜었다. 방 안은 곧 연기로 가득 차올랐다.
 "네까짓 게 뭔데 감히 내 인생에 끼어드냐고. 어디 감히… 감히…."
 높아지는 복미의 목소리에 연실은 두 눈을 질끈 감았다. 대접을 꽉 틀어쥐고 있던 복미가 치밀어 오르는 화를 이기지 못하고 결국 연실을 향해 던졌다. 대접과 함께 날아간 담뱃재가 그녀의 정수리 위로 쏟아져 내렸다.

"죄송합니다. 참말로 입이 백 개고 천 개라 캐도 지가 헐 말이 없심니더."

두 손 모아 비는 연실을 복미는 죽일 듯 노려보았다. 한번 터져 버린 복미의 분노는 쉽사리 가라앉지 않았다. 급기야 그녀는 팔을 뻗어 연실의 머리채를 낚아챘다. 연실은 이렇게라도 가슴 깊이 맺힌 게 조금이라도 풀린다면 기꺼이 더한 것도 내어 주리라 마음먹었다. 마침 밥상을 들고 방으로 들어서던 숙희가 소스라치게 놀랐다.

"미야! 복미야!"

숙희는 복미를 연실에게서 떼어내기 위해 애를 썼다. 그러나 복미는 더욱 거세게 몰아세웠다. 숙희는 하는 수 없이 맞고 있는 연실을 감싸 안았다.

"하! 이제 아예 대놓고 저년을 감싸고 도네! 엄마 미쳤어? 정말로 미친 거야?"

실소를 터트리던 복미는 밥상을 냅다 걷어차고는 밖으로 나가버렸다.

"연실아! 괜찮니?"

"지는 괘안심더. 퍼득 언니 따라가 보이소. 여는 지가 알아서 치우겠심더."

연실은 숙희의 등을 떠밀었다. 숙희는 그런 연실을 안쓰럽게 바라보며 고개를 끄덕였다. 모두가 나가고 나자 한동안 방안은 적막만이 가득 들어찼다. 마치 드넓은 들판 한가운데 홀로 서 있는 것만 같은 쓸쓸함이 들었다. 두 번 다시는 울지 않으리라 굳게 마음을 다잡았건만, 바보같이 또 눈물이 났다.

숙희는 서둘러 복미를 따라나섰지만, 딸의 모습은 어디에도 보이지 않았다. 골목 아래로 또 아래로 하염없이 내려갔다. 그 걸음은 결국 달수가 빠져 죽은 방파제 앞에서야 멈춰 섰다. 한참을 두리번거리던 숙희의 눈에 등대 아래 그림자 하나가 들어왔다. 심장이 쿵 하고 떨어졌다. 아비의 뒷모습을 쏙 빼닮은 딸은 마치 저승을 건너온 달수의 환영(幻影, 헛것)처럼 보였다.

"밤바다가 많이 차다. 춥지 않아?"

몇 번이나 고심한 끝에 건넨 숙희의 한마디였건만, 복미는 말이 없었다. 숱한 세월이 만들어 놓은 틈이 이리도 크단 말인가. 떨어져 있어도 엄마와 딸은 보이지 않는 끈으로 단단히 이어져 있다고 여겼다. 설사 피치 못할 사정으로 끊어졌다 하여도 말이다.

"못난 애미가 딸에게 좋은 것 귀한 것을 물려주지 못할망정, 더러운 팔자를 물려준 것만 같아서… 참으로 부끄럽고 미안해."

촉촉하게 젖은 숙희의 음성이 어둠 속으로 찬찬히 스며들었다.

"미야, 네가 처음 태어난 날, 나는 참으로 좋았다. 비록 품고 있던 한 아이를 내 실수로 인해 잃어버리는 아픔은 있었지만. 너라도 건강하게 태어나 주어 그것만으로 감사했다. 손가락 열 개 발가락 열 개가 꼬물꼬물하며, 내 볼에 닿을 때마다 나는 너무 행복해서 눈물이 났어. 지금도 널 낳은 계절이 다가오면 몸 구석구석이 짠해지곤 해. 네가 내 딸이라 나는… 나는…."

울음을 애써 삼키는 숙희를 향해 복미가 버럭 소리를 내질렀다.

"그만 쫌! 구질구질한 그런 케케묵은 말들! 나는 말이야. 숙희라는 여자의 딸로 태어난 내가 정말 싫어, 싫다구! 지금 이런 말 하는 것도 짜증이나! 그러니깐 제발 나 좀 가만히 놔두라고!"

복미의 말은 날카로운 화살촉이 되어 숙희의 심장에 그대로 박혔다. 어디서부터 어떻게 잘못된 건지. 그토록 그리워하고 보고 싶었던 딸. 항상 지켜 주고 싶었던 딸. 힘들 때마다 자신을 다시 일어서게 해 준 딸. 그녀는 그것만 생각하기로 했다. 한편 숙희가 걱정된 연실은 골목 어귀에서 서성였다.

"언니, 방금 집으로 올라갔심니더."

"근데 넌, 왜? 내려와 있어? 그 가방은 또 뭐고?"

숙희의 물음에 연실은 들고 있던 짐가방을 뒤로 숨겼다.

"음… 인자부터 지는 가게서 지내면서, 일찍 문 열라꼬예. 요즘 새벽에도 생선을 살라 카는 손님들이 제법 마이 오신다 아입니꺼. 이참에 새벽장사 함 해볼라꼬예. 말릴 생각은 절대로 하지 마이소. 안캐도 그동안 마이 생각했는 기라예."

환하게 웃는 연실의 모습에 숙희는 그만 울컥했다. 기억을 더듬어 보니, 아이였을 때 데려와 지금까지 그녀에게 해 준 게 아무것도 없었다.

"내가 널 볼 면목이 없구나. 미안하다."

"아입니더. 지인데 뭐가 미안심니꺼. 오히려 지가 죄송하고 감사하지예. 참말로 괘안심니더. 허이 퍼득 올라가 보이소. 언니 기다리겠심더."

연실은 고개를 푹 숙여 인사를 하고는 길을 따라 내려갔다. 점점 멀어져 가는 연실의 뒷모습에 차마 붙잡지 못하는 자신이 무기력하게 느껴졌다. 숙희는 문득 밤하늘을 올려다보았다. 그리고 간절히 빌었다. 그 누구도 더는 상처받지 않기를.

이튿날, 늦은 오후가 다 되어서야 복미는 잠자리에서 일어났다. 옆을 내다보니 밥상이 차려져 있었다. 겨우 엉덩이를 밀어 밀어 밥상 앞으로 갔다. 알록달록한 밥상보를 들추자 쪽지 하나가 바닥에 떨어졌다. 밥을 꼭 챙겨 먹으라는 숙희의 메모였다. 양철 밥상 위에는 잘 구워진 전어 한 마리와 김치 그리고 콩자반과 콩나물국이 놓여 있었다.

"에이씨. 해 먹는 것하고는. 도대체 뭘 먹으라는 거야? 쯧!"

복미는 혀를 내차며 밥상을 밀어내고는 담배를 찾기 위해 손가방을 뒤졌다. 꺼낸 담뱃갑이 텅 비어 있자 신경질이 났다. 괜스레 올라오는 짜증스러움에 그녀는 바닥에 벌러덩 누웠다. 그렇게 한동안 가만히 누운 채, 천장을 바라보던 복미가 벌떡 일어나 손가방에서 루주를 꺼내 입술에 발랐다.

구멍가게에서 담배 한 갑을 사서 나오던 복미가 가게 벽면에 달린 공중전화에 눈길을 두었다. 빨강 공중전화는 숱한 사람들의 손때가 묻어나 빛이 바래 있었다. 그녀는 십 원짜리 동전 서너 개를 넣고 다이얼을 돌렸다. 서너 번의 신호음 끝에 수화기 건너편에서 누군가가 전화를 받았다.

"누구니? 아! 됐고. 나 예지인데. 사장님 좀 바꿔 줘! 빨리!"

시외 통화라 그런지 동전이 철컹철컹 내려가자 복미의 마음도 급해졌다. 조급한 마음에 손끝으로 전화기를 톡 톡 톡 쉴 새 없이 두드렸다.

"여보세요!"

복미는 수화기를 꽉 붙들고 목소리를 최대한 높였다. 수화기 너머 애자의 목소리가 들리자, 다시 받아 달라며 애걸복걸 매달렸다. 그러나 애자는 거친 욕설과 함께 일방적으로 전화를 끊어 버렸다. 화가 풀리지 않은 그녀는 이미 끊겨 버린 전화기에 대고 욕설을 퍼부어 댔다. 그때였다.

"아따, 참말로 어데 전화기 전세 냈는교! 여거 줄 선 사람들 안 비는교?"

걸걸한 여자의 음성이 복미의 뒤통수를 냅다 후려쳤다. 그렇지 않아도 화가 풀리지 않던 참에 잘 되었다 싶었다.

"야! 어따 대놓고 지랄이야!"

뒤로 돌아선 복미는 여자를 향해 삿대질했다. 여자 또한 지지 않겠다며 소매를 걷어 올렸다. 한바탕 피바람이 몰아칠 듯, 두 여자의 기세는 장난이 아니었다. 서로가 서로의 눈을 쏘아보던 그 순간.

"어라? 니… 복미 아이가? 복미 맞재?"

죽일 듯이 복미를 노려보던 여자의 눈가에 잔잔한 웃음이 번졌다. 그녀는 멍하니 자신을 뚫어지게 바라보는 복미의 손을 잡고 흔들었다.

"내다. 춘희! 아, 진짜 반갑데이. 이기 몇 년 만이고?"

"너? 진짜 춘희 맞어?"

그제야 복미의 얼굴에도 반가움이 번졌다. 춘희, 중학교 시절 가장 친했던 유일한 친구였다. 어린 시절 술에 만취한 아버지를 피해 도망갔던 곳은 항상 춘희네 집 옥상이었다. 춘희 역시도 가수가 꿈이었다. 서로 통하는 것이 많았던 그녀는 복미에게 있어 가족보다 더 살가운 존재였다.

"가시나, 참말로 더 이뻐졌데이. 근데 내는 살이 많이 쪘재? 호호호. 그나저나 여서 우째 이래 복미, 니를 다 본단 말이고!"

그러고 보니, 춘희는 예전보다 살이 많이 쪄 있었다. 그래도 어렸을 때 장난기가 넘쳤던 그 눈빛만큼은 그대로였다. 두 사람은 근처 다방으로 향했다. 복미는 구천포로 내려온 후로 마음 놓고 웃어 보기는 처음이었다. 사실 그간 고향이든 친구든 까맣게 잊고 살았다. 그러나 갑작스러운 춘희와의 만남으로 인해 잠시나마 예전의 모습으로 돌아간 것만 같았다. 다방으로 간 두 사람이 자리에 앉기 무섭게 땡땡이 원피스를 입은 아가씨가 메뉴판과 물컵을 내어 왔다.

"나는 블랙커피!"

"지는 대추차 주이소!"

주문을 받은 아가씨가 되돌아가자 춘희는 활짝 웃었다.

"가시나, 마이 세련됐네. 내는 새까만 물이 참말로 맛도 없더만… 그동안 우째 지냈노? 니 그래 사라지뿌고, 내가 얼매나 걱정 마이 했는 줄 알기는 아나?"

춘희는 섭섭한 마음에 눈을 흘겼다. 그것은 복미를 향한 원망이라기보다 친구에 대한 애틋한 그리움이었다. 춘희는 택시 기사인 남편을 만나 결혼도 하고 두 아이의 엄마로 평범하게 살아가고 있다고 했다.

"어데 사노? 아니, 아니 결혼은 했나? 우째 사노?"

궁금한 것이 산더미처럼 많아지자, 춘희는 복미를 다그쳤다. 하지만 돌아온 것은 대답이 아닌 엉뚱한 물음이었다.

"춘희야! 걔 있잖아? 울 집에….''

"누구? 연실이 말하는 기라? 조 마담 딸?"

춘희의 되물음에 복미는 고개를 끄덕였다. 그녀는 대답하기에 앞서 대추차를 한 모금 들이켰다.

"니, 서울로 그리 가뿌고. 너거 엄마가 니를 억시로 찾아다녔다 아이가. 우리 집에도 몇 번이나 오고 말이다. 아무튼, 한바탕 난리가 났데이. 그케가 울 엄니가 내보고 똑바리 말허라꼬 두들겨 패는 통에… 어쩔 수 없이 다 말했다, 아이가! 그날 밤 너거 엄마가 니 찾을라꼬 에로스로 갔던 모양이더라고."

"그래서? 조 마담을 만났대?"

"조 마담… 그 여자 사기 노름에 그것도 모자라서 땅 사기까지 쳐가, 기둥서방이라는 놈허고 야반도주했다, 아이가. 여 시장통에도 몇몇은 그 여시헌테 돈 떼었다 카이. 그캐가 돈 떼인 집구석에서는 사니 못사니, 참말로 지랄 맞게도 난리가 났데이. 뭣보담도 젊은 놈팡이에 눈이 멀어가 어린 딸내미도 내삐리고 도망갔으이, 그카믄 말 다 했지 뭐! 에휴! 어데 있는지는 몰라도 천벌을 받을끼다. 지 새끼 버리고 얼매나 잘 살고 있을란동!"

화가 치밀어 오른 춘희는 눈썹까지 붉어졌다.

"너거 엄마가 혼자 남아 있던 연실이를 델꼬와가 맥이고 재우고 했다 아이가. 그것 때문에도 시장바닥에 괴상한 소문캉 또 조 마담을 쫓던 빚쟁이들캉, 너거 엄마도 못 볼 꼬라지 마이 보고 고생하셨다 아이가. 이거는 둘째 치고 너거 엄마가 니 얼매나 찾아댕긴지 아나? 니 찾는다꼬 신문에도 광고하고… 그카다 연락이라도 오믄 전국 어데라도 발 벗고 찾아 나섰데이. 아마도 전국 팔도 안 가 본 데가 없을끼라. 너거 엄마 고생헌 거는 참말로 말로 다 못 한데이."

춘희의 말에 복미는 담배를 한 개비 꺼내 물었다.

"하기사 뭐 좋은 일이라꼬, 자꾸 끄집어내가 뭐할끼고. 암튼 니를 이래 다시 보이 내는 참말로 좋데이!"

복미가 담배를 피우는 동안 춘희는 무거워진 분위기도 바꿀 겸, 어린 시절 이야기를 끄집어냈다. 한참을 춘희의 이야기를 듣던 그녀가 피우고 있던 담뱃재를 재떨이에 털어냈다.

"정자 이모라고… 가게 주인이던….'

"아! 그, 아지매?"

질문이 끝나기도 전에 춘희가 대뜸 알은체했다.

"그 아지매, 너거 엄마헌티 가게 넘기고, 섬으로 들어갔는지 좀 됐다 아이가. 가끔 장날에 보이기는 허더만."

복미는 들고 있던 커피잔을 내리며 춘희 쪽으로 몸을 기울였다.

"그럼 그 가게가 우리 엄마 이름으로 되어 있단 말이지? 그렇단 말이지."

번뜩이는 복미의 눈빛에 춘희는 저도 모르게 입술을 말아 넣었다. 그러나 그것도 잠시뿐. 두 사람은 시간 가는 줄 모르고 즐겁게 떠들었다. 그렇게 저녁 시간이 다 되어서야 다시 만나자는 약속을 하고 둘은 헤어졌다. 춘희와 헤어진 복미는 집으로 돌아가기 전, 구멍가게 앞 공중전화 박스로 다시 걸음을 했다. 동전을 넣고 긴 신호음을 기다리며 담배에 불을 붙였다. 곧 굵직한 사내의 목소리가 수화기 너머로 들려왔다.

그날 이후부터, 복미의 외출이 눈에 띄게 잦았다. 무슨 일을 하고 다니는지 숙희는 궁금했지만, 굳이 묻지 않았다. 당분간 애꿎은 분란을 일으키고 싶지 않았다. 오랜만에 고향으로 돌아왔으니 친했던 사람들도 만나고 평범하게 하루하루 지내다 보면, 언젠가는 굳게 닫혀 있던 복미의 마음도 열릴 날이 올 것이라 숙희는 믿어 의심치 않았다.

"돈 있음, 돈 좀 줘!"

막 방문을 나서려는 숙희를 향해 복미가 퉁명스레 말을 내뱉었다. 내려온 지 꽤 오랜 시간이 지났지만, 먼저 말을 걸어온 것은 처음이었다. 숙희는 허리춤에 차고 있던 복대를 열어 지폐 몇 장을 꺼내 밥상 위에 내려놓았다.

"옷이 그게 뭐야? 잠바라도 입고 나가! 계절이 바뀌는지도 모르냐고…."

예기치 못한 복미의 타박에 숙희의 눈동자가 촉촉이 젖어 들었다. 쌀쌀한 초겨울 새벽, 얇은 옷차림으로 나가는 자신을 걱정해 주고 있다는 사실만으로 괜스레 마음이 따뜻했다. 그녀가 나가고 복미는 다시 잠이 들었다. 꿈속에서 자꾸만 늪으로 가라앉는 통에 허우적대다 겨우 잠에서 깨어났다. 가위에 심하게 눌린 탓에 가슴 한쪽이 뻐근했다. 밥상 위에 놓여 있던 물대접을 들어 물을 달게 들이켜며 벽시계를 쳐다보았다. 시계는 어느새 정오를 지나고 있었다. 복미는 부엌으로 달려가 세수를 하고 머리를 대충 감았다. 그리고는 방으로 돌아와 서둘러 화장을 하고 옷을 갈아입었다.

큰길로 나간 복미는 택시를 잡아타고 버스터미널로 향했다. 제시간에 기차에서 내려 구천포로 오는 버스를 탔다면 아마 도착할 즈음이 되었을 성싶었다. 터미널에 도착한 복미는 안으로 들어가 의자에 앉았다. 늦은 오후 대합실은 오고 가는 사람들로 붐볐다. 그녀는 핸드백에서 손거울을 꺼내 빨강 루주를 몇 번이고 입술에 덧칠했다. 그때 마침 시외버스 한 대가 보이자 자리에서 벌떡 일어섰다. 복미는 버스에서 내리는 사람들을 헤집으며 누군가를 찾았다.

"하이! 미스 김 양."

복미와 눈이 마주친 남자는 손을 들어 보였다. 하얀 양복과 백구두를 신은 차림새는 한눈에도 범상치 않았다.

"선생님! 오시느라 많이 힘드셨죠?"

"노! 노! 노!"

복미의 인사치레에 남자는 느끼한 미소를 보냈다. 복미는 서둘러 그의 손에 들려 있던 여행용 가방을 낚아채 들었다. 그리고는 근처에서 가장 고급스러운 식당으로 남자를 데려갔다. 한창 물이 오른 전어회와 전어구이까지 한 상 가득 차려졌다. 이래저래 구색이 제대로 갖춰지자 복미는 그제야 옆에 있던 술병을 들어 그의 빈 술잔을 채웠다.

"그래, 레코드판을 낼 돈은 있고?"

"돈 나올 구멍이 있어요. 그건 걱정하지 마시고… 그때 보여 주신 곡 제발 제게…."

복미는 최대한 몸을 수그려 간곡히 부탁했다. 남자는 작곡가 겸 음반 제작사 사장인 배정섭이라는 사람이었다. 그와의 인연은 복미가 처음 일했던 〈청월향〉에서였다. 그곳에서 가끔 펑크를 낸 가수를 대신해 복미는 대타로 노래를 불렀다. 그때 자신의 목소리를 처음 알아봐 준 이가 바로 앞에 앉아 있는 배 씨였다. 그는 그 업계에서도 꽤 알려진 작곡가 중에 하나로, 유명 가수도 여럿 배출했다는 소문이 나 있던 터였다. 정섭은 들고 있던 술잔을 내려놓으며 복미의 입술을 뚫어지게 쳐다보았다.

"나야 자기가 한다면 무조건 오케이지. 그 멜로디에는 예지 목소리가 딱 들어맞긴 하는데 말이야."

말을 하던 배정섭의 표정이 묘하게 바뀌었다. 왠지 모를 그의 표정에 복미가 의자에서 벌떡 일어섰다.

"선생님. 저, 정말 열심히 할게요! 그러니 제발 기회를 주세요!"

"오케이! 오케이! 그럼 이달 말까지 비용이 마련되는 대로 녹음실로 오도록 해. 대신… 기한 내에 오지 않으면 곡은 다른 가수에게 넘어간다는 거 알지?"

"열심히 할게요. 정말 열심히 할게요. 감사합니다. 선생님! 감사해요."

배정섭은 술잔을 집어 들어 복미를 향해 내밀었다.

"자! 자! 이번에 우리 대박 한번 터트려 보자구. 오케이?"

두 사람은 의기투합의 의미로 술잔을 부딪쳤다. 주거니 받거니 그렇게 얼마의 시간이 흘렀을까. 그들의 술자리는 카바레 측 관계자가 올 때까지 계속 이어졌다. 배정섭이 탄 고급 세단이 사라질 때까지 복미는 허리를 깊이 숙여 인사를 했다. 그녀는 거의 자정이 다 되어서야 골목 어귀에 다다랐다. 골목을 오르기 위해 길목을 돌자마자 가로등 밑에 그림자 하나가 희미하게 어른거렸다. 자세히 보니 숙희였다. 만취까지는 아니어도 적당히 취기가 오른 탓에 모났던 마음도 조금은 둥글어져 있었다. 그래서일까? 순간 감정이 울컥하고 복받쳐 올랐다. 가로등 밑에서 서성이는 숙희의 모습에서 문득 선반 위에 있던 밥그릇이 떠올랐다. 그 밥은 아버지가 집을 나갔을 때도 그리고 자신이 집을 나갔을 때도 한결같이 자리를 지키고 있었다. 그것은 어디에 있든 무엇을 하든 굶지 말라는 엄마의 간절한 기도였다. 생각이 이쯤에 이르자 희미한 불빛에 비친 숙희의 등이 참으로 볼품없고 작아 보였다. 뜬금없는 기분에 눈가가 촉촉이 젖어 들자, 복미는 고개를 들어 밤하늘을 쳐다보았다. 치받아 오르는 감정을 겨우 추스른 그녀는 한 발자국 앞으로 떼었다.

"추운데 뭐 하려고 나왔어? 왜, 어디 또 도망이라도 갈까 봐!"

복미는 마음과 달리 차갑게 말을 내뱉으며 숙희를 앞질렀다. 두 사람 사이에는 발밑에 쓸리는 모래 소리뿐, 그저 모든 것이 고즈넉했다. 숙희는 앞서 걷는 딸의 그림자를 조심스레 밟으며 무탈하게 보낸 하루를 감사히 여겼다.

배정섭을 만나고 돌아온 후, 복미의 마음은 조급해졌다. 받아 놓은 날짜라 그런지 유독 시간은 빠르게만 흘렀다. 소개소를 통해 알아봐야 할 일들이 많은데, 문제는 워낙 좁은 동네라 직접 돌아다닌다면 얼마 가지 않아 숙희가 알게 되는 것은 뻔한 일이었다. 복미는 몇 날 며칠 고민에 고민을 거듭하다 결국 천태만을 구천포로 불러들였다. 일만 잘 성사만 된다면 섭섭지 않게 한 몫 두둑이 떼어 준다고 그를 꼬드겼다.

복미는 천태만과 만나기로 한 버스터미널 근처 다방으로 갔다. 다방으로 들어서기 전 다시 한번 더 주변을 꼼꼼하게 살폈다. 출입문을 열자 쿰쿰한 곰팡내와 싸구려 커피 향이 한데 어울려 코끝을 스쳤다.

"야! 여기."

중간쯤에 자리 잡고 있던 천태만이 장식용 촛불을 들어 이리저리 흔들었다.

"씨! 빨리빨리 안 다녀? 사람 불러 놓고."

천태만은 씹고 있던 성냥개비를 재떨이에 뱉었다. 정말 다시는 마주하고 싶지 않은 얼굴. 그 얼굴을 마주하고 있으니 복미의 표정도 자연스레 구겨졌다.

"야! 이번에도 또 구라 치면 그때는 확 죽여 버린다!"

"돈 받고 싶으면 시킨 일이나 잘해!"

"허허허. 안 본 사이에 가시나 마이 컸네!"

천태만은 몸을 뒤로 젖혀 헛웃음을 터트렸다. 복미는 미리 준비해 온 양복을 그에게 건넸다.

"우씨 이렇게 답답한 걸 입으라고?"

"돈 벌기가 어디 쉬운 줄 알아? 싫음 말고. 돈이라면 아주 환장한 것들이 지천에 널려 있으니깐. 너 아니더라도…."

경멸에 찬 눈초리로 복미는 천태만을 째려보았다.

"이게… 진짜 확!"

자리를 박차고 일어난 천태만이 주먹을 높이 치켜들었다. 그러나 피할 것이라는 생각과 달리 복미는 오히려 뺨을 그에게 들이밀었다. 다투는 그들의 모습에 다방 안은 삽시간 긴장감이 흘렀다. 멀찍이서 지켜보던 사내 두어 명이 주섬주섬 일어서려 하자, 천태만은 주먹을 거두고 다시 의자에 앉았다.

"그래! 이 망할 놈의 옷을 입고 내가 해야 할 일은?"

"내일부터 복덕방에 다니면서 시장 안에 있는 점포 매입 가격을 샅샅이 알아봐."

복미는 쪽지 하나를 천태만에게 내밀었다. 쪽지에는 숙희의 생선가게와 근처 몇몇 점포의 주소가 함께 적혀 있었다.

"한 곳만 알아보면 이상하게 여길 수도 있으니, 이 쪽지에 적힌 곳도 모두 다 알아봐! 그리고 이곳 중의 한 곳이라도 팔 사람이 나오면, 복비는 두 배로 쳐주겠다는 말도 잊지 말고. 나머지는 내가 알아서 할 테니!"

그때까지 잠자코 듣고만 있던 천태만이 손뼉을 요란스레 쳤다.

"와우! 보통 년이 아니라고 생각했지만, 참 대단하다. 대단해. 지 어미 등에 칼을 꽂는 딸년이라. 너처럼 독한 년은 살다 살다 처음 봤다. 나도 좀 알아봤지롱! 그건 그렇고 일단 준비하라는 돈은 가져왔고? 착수금!"

천태만은 기지개를 늘어지게 켰다. 태만과 헤어지고 집으로 돌아오는 내내 복미의 머릿속은 이런저런 생각들로 뒤엉켰다. 애초 집으로 향했던 발걸음은 어느새 시장으로 가고 있었다. 밤의 길어지는 계절이 오자 시장통은 한산했다. 미리 문을 닫는 점포도 있고, 남은 것을 마저 팔기 위해 열어 놓은 가게도 있었다. 걷다 보니 누런 백열등 아래에 숙희의 굽은 허리가 눈에 들어왔다. 그 옆에 주저앉아 상자를 정리하는 연실이의 모습도 보였다.

"퍼득 드가이소. 언니가 기다린다 아입니꺼. 여는 지가 알아서 잘 정리

할 테니깐, 걱정허지 마이소. 그카고 풀빵 다 식어 뿌면 맛없다 아입니꺼."

　자리를 털고 일어난 연실은 숙희에게 풀빵 봉투를 건넸다. 풀빵은 어린 시절 복미가 가장 좋아했던 간식이었다. 사람의 겉모습은 세월의 흔적이 묻어 시시때때로 변하지만, 입맛은 그리 쉽게 변하지 않는 법. 멀찍이서 그런 두 사람을 지켜보던 복미는 긴 한숨을 내쉬었다.

#8. 그녀들의 이야기(1)

낮에도 제법 쌀쌀한 바람이 불자 거리는 한적하다 못해 스산했다. 김장철이 다가와서인지 김치에 들어갈 속 재료를 찾는 이들만 간혹 보였다. 숙희도 그에 맞춰 양념에 들어갈 새우를 좀 떼다 팔아 볼 참이었다.

"연실아!"

숙희가 고개를 돌려 연실이를 바라보았다. 연실은 피곤했던지, 무릎 사이에 손을 넣고 잔뜩 웅크린 채 단잠에 빠져 있었다. 하긴 새벽부터 일어나 생선을 받는 일부터 장사에 그것도 모자라 시간을 쪼개어 대입까지 준비하고 있으니, 어찌 피곤하지 않겠는가. 힘이 많이 들 텐데, 단 한 번도 그녀는 힘든 내색을 하지 않았다.

조심스레 자리에서 일어난 숙희가 가게 안으로 들어갔다. 그리고는 나무로 된 생선 궤짝을 한참 동안 뒤져 뭔가를 꺼냈다. 〈연실〉이라는 이름이 큼지막하게 쓰인 통장이었다. 큰돈은 아니지만, 그녀를 위해 숙희가 조금씩 몰래 저축해 놓은 것이었다.

"지가 깜빡 졸았나 봅니더. 쌀쌀허지예. 따신 거 뭐 좀 드실랍니꺼?"

숙희의 인기척에 연실이 일어났다.

"너에게는 항상 미안한 마음밖에는 없구나."

"아, 아… 아입니더. 어데 당치도 않는 그런 말씀을 다 하심니꺼."

연실은 숙희를 향해 손사래를 쳤다. 숙희는 그런 연실의 손에 통장을 쥐여주었다.

"진작에 줬어야 했는데, 조금 더 모아서 줘야지… 줘야지 했던 것이 이렇게나 늦어 버렸네. 이건 연실이 네 것이야. 그 긴 시간 동안 함께 있어 준 것에 비하면 보잘것없이 적은 돈이지만, 그래도 내 성의라 생각하고 꼭 받아 주었으면 좋겠다. 너도 이제 네 삶을 살아야지. 대학도 가고 좋은 사람 만나서 결혼도 하고 너 닮은 아이도 낳고. 그렇게 평범하고 행복하게 살아 봐야지."

차분한 숙희의 목소리에 연실의 두 눈동자에는 눈물이 차고 넘쳤다.

"이 귀한 것을 지가 우째 받겠심니꺼. 이미 분에 넘치게 마이 받았심니더. 오갈 데 없는 지를 딸로 받아주셨지 않심니꺼. 지 때문에 그리 고초를 당허셔도…."

연실은 결국 울음을 터트렸다. 아이처럼 엉엉 울음을 터트리는 연실을 숙희는 꼭 껴안고 토닥였다. 만약 연실이마저 없었더라면, 그 험한 세월과 그리움을 어찌 견뎌 냈을까 싶었다.

숙희는 복미와 함께 저녁을 먹기 위해 조금 일찍 가게를 나섰다. 그간 못 했던 이야기들을 허심탄회하게 나눌 작정으로 통닭과 소주 한 병을 샀다. 구천포로 내려온 지도 꽤 되었으니, 어느 정도 마음의 정리도 되었을 것 같고. 무엇보다 이번 참에 하고 싶은 일이 있다면 무조건 시작하라고 용기도 듬뿍 주고 싶었다.

"얘가 어디 갔나? 복미야!"

마당에 들어서자마자 숙희는 복미를 불렀다. 그러나 불이 켜져 있어도 진즉에 켜져 있어야 할 시간에 어찌 된 일인지 방 안은 컴컴했다. 뭔가 모를 불길함에 숙희는 안으로 뛰어들었다. 벽을 더듬어 불을 켜자 살림살이가 죄다 방바닥에 흩어져 있었다. 그녀는 혹여 혼자 있던 복미가 나쁜 일을 당한 것은 아닐까 하는 생각에 심장이 떨렸다. 하지만 어쩐 일에서인지, 옷장에 나란히 걸어 두었던 복미의 옷가지가 보이지 않았다. 숙희는 그만 다리에 힘이 풀려 휘청였다. 그렇게 얼마의 시간이 지났을까. 불길한 생각 하나가 갑자기 머릿속을 스쳐 지났다. 며칠 전부터 뭔가를 찾던 초조한 복미의 얼굴이 떠오르자 그녀는 바닥에 있던 이불을 들쳤다. 그곳에는 너덜너덜하게 찢겨 나간 솜이불이 있었다. 달수와 결혼할 때 장만한 이불로, 딸이 시집가면 솜을 타서 새 이불을 만들기 위해 버리지 않고 보관해 둔 것이다. 불길한 예감은 결국 적중하고 말았다. 이불 속에 고이 간직해 두었던 가게 등기와 도장이 사라진 것이었다.

"네가 어떻게… 복미 네가 어떻게 어미한테 이럴…."

숙희는 밑도 끝도 없이 무너져 내렸다. 가게 등기를 이전할 때 자신의 명의가 아닌 딸인 복미의 이름으로 해 둔 것이 사달이 났다. 하여 복미가 당장 누군가에게 가게를 팔아 버린다 하여도 전혀 문제가 되지 않았다. 심지어 설상가상으로 지금 지내고 있는 살림집에서도 곧 나가야 하니, 눈앞이 캄캄해졌다.

넋을 놓고 있던 숙희가 무슨 생각에서인지 자리를 박차고 일어섰다. 그리고는 무작정 버스터미널로 뛰었다. 터미널에 도착한 그녀는 닫힌 출입문을 붙잡고 그만 주저앉았다. 지나가던 이가 다가와 일으켜 세울 동안 일어날 생각조차 못 했다. 터미널에서 돌아오는 길은 어떻게 걸어왔는지 기억도 없었다. 버스를 타고도 한 시간 남짓한 먼 거리를 무작정 걷고 또 걸었다. 숙희의 걸음은 연실의 뒷모습을 마주하고서야 멈춰 섰다. 일찍 가게를 닫고 쉬라는 말에도 조금이라도 더 팔아야 한다며 늦은 시간까지 장사하는 아이. 저 아이를 어찌해야 할까, 그저 막막하기만 했다.

"어? 뭐 잊자뿌고 가셨는교?"

가게 앞에서 기지개를 켜던 연실이 숙희를 먼저 알아봤다. 숙희는 목소리를 애써 가다듬었다.

"피곤할 텐데, 어서 쉬지 않고. 잠시 근처에 일이 있어 들렀어! 그래… 쉬어라."

어두운 숙희의 얼굴에서 연실은 괜스레 불안한 마음이 들었다. 무슨 일이 있냐고 괜찮으시냐고 묻고 싶었지만, 이상하리만큼 말문이 좀체 떨어지지 않았다. 연실이 늦은 시각이라 집까지 모셔다드린다 하여도 숙희는 한사코 마다했다.

다음 날 이른 아침, 숙희는 애자에게 전화를 걸었다. 혹시라도 복미의 소식을 듣게 된다면 꼭 연락해 달라고 간곡히 부탁했다. 숙희는 하루하루가 그저 고통스러웠다. 오지도 않을 소식을 멍하니 앉아 기다리는 것도 하루 이틀. 그녀는 뭔가 결심이 선 듯, 연실을 불렀다.

"잠시 나 좀 보자. 상의할 것이 좀 있어."

숙희의 부름에 연실이 다가와 앉았다. 하지만 한동안 숙희는 말이 없었다. 그렇게 몇 번이나 날숨과 들숨을 번갈아 들이켜던 그녀가 조심스레 입술을 열었다.

"가게가 곧… 남의 손에… 그러니깐 그게…."

뭔가 올라오는 불덩어리에 숙희가 잠시 말을 멈췄다.

"여거 주인이 누구 당가요?"

밤색 체크무늬의 양복을 말끔히 차려입은 중년의 남자가 가게 안을 둘러보았다.

"뭐 땜에 그라시는데요?"

연실은 남자에게 되물었다. 그는 들고 있던 명함을 연실에게 내밀었다.

"복덕방?"

"모레꺼즉 여거를 싸게 비워 주서야 쓰겄는디! 새로 들어오는 가게 주인이 수리를 헌다고 허신께요."

남자의 말에 놀란 연실이 두 눈을 부릅떴다.

"뭐라 카는교? 이 아저씨가 참말로다, 누구더러 비키라 마라 카노!"

거칠게 항의하는 연실의 모습에 남자는 한 발짝 뒤로 물러섰다. 화통을 삶아 먹은 듯한 큰 목청에 몇몇 상인들이 가게 밖으로 나왔다.

"연실아!"

숙희가 연실을 향해 고개를 내저었다. 그제야 남자가 헛기침을 내뱉었다.

"모래꺼지…요. 모래꺼즉…."

남자는 최후통첩을 남기고 돌아갔다. 그가 가게 밖으로 나서기 무섭게 숙희가 휘청였다.

"엄니!"

연실이 휘청이는 숙희를 부축하였다. 꽤 오랜 시간 두 사람 사이에는 무거운 침묵만 흘렀다.

"너를 볼 면목이 없구나."

결국, 숙희는 시선을 떨구었다. 그간에 있었던 복미와의 일들을 애써 담담하게 말하는 숙희를 보고 있노라니, 연실의 마음도 와르르 무너졌다.

"그래서 말인데… 연실이 너까지 힘들게 하고 싶지 않구나. 나는 이제 괜찮으니깐, 내 걱정은 더는 하지 말고, 너도 네 살길을 찾길 바래. 하고 싶은 공부도 더 하고 연애도 하고 취직도 하고 또 좋은 남자 만나서 결혼도 하고, 그렇게 행복하게 살았으면…."

숙희의 말이 채 끝나기도 전에 연실은 고개를 세차게 내저었다.

"와? 인자 지가 귀찮십니꺼? 와카는 데예? 엄니… 엄니는 지헌테 있어가, 집이란 말입니더. 집을 놔두고 지가 어데 간단 말입니꺼? 택도 없는 소리허지 마이소! 한번 버림받은 걸로 충분합니더. 허이, 지발… 지발 부탁허는데, 지를 버리지 마이소!"

무릎을 꿇은 연실은 울음을 터트렸다. 어깨를 들썩이며 서럽게 토해내는 울음에 숙희의 눈시울도 뜨거워졌다.

"내가 무슨 자격으로 너를… 힘들게 하겠…."

"지도 숙희 딸입니더. 엄니 딸이란 말입니더! 엄니 혼자 두고 절대로 어디 안갑니더."

연실은 있는 힘껏 숙희의 손을 꽉 잡았다. 〈숙희 *딸*〉이라는 연실의 절규에 숙희는 그녀를 부둥켜안았다.

소문이라는 것은 좋은 것보다 나쁜 것일수록 더 빨리 퍼지는 법. 시장 사람들은 그런 숙희를 두고 남편 복에 자식 복까지 없다며 수군덕댔다. 무기력한 그녀를 대신해 연실은 더 열심히 뛰어다녔다. 저녁노을이 하늘을 검게 태울 즈음, 지친 몸을 이끌고 골목길을 올랐다. 집이 가까워지자, 짜증 섞인 여자의 목소리가 터져 나왔다. 뒤이어 숙희의 애걸하는 목소리도 들렸다.

"며칠만… 며칠만 더 봐주세요. 곧 구해서 나갈게요. 죄송합니다. 그러니깐 제발…."

"엄니! 퍼득 일어나이소. 지가 지낼 곳 알아 놓고 왔심니더!"

마당으로 뛰어든 연실이 숙희를 부축했다. 그리고는 널브러져 있던 보따리와 가방을 짊어졌다.

"천천히 조심해가 내려가이소!"

비틀거리며 걷는 숙희를 연실은 꽉 붙들었다.

"돈이 어디 있어서 집을…."

"엄니가 지인데 주신 돈이 있다 아입니꺼. 그카고 틈틈이 쌀집 아지매 일 좀 도와주믄서 모아 놓은 것도 있심니더!"

연실은 뒤통수를 긁적였다. 그도 그럴 것이 연실은 그간 숙희 몰래 방을 구하러 다녀 보았지만, 가지고 있는 돈으로는 방 한 칸도 얻기 어려웠다. 그러던 중 때마침 자신을 염탐하러 온 미스 홍에게 방에 관해 물었다. 조 마담에게 받을 돈이 있는 미스 홍은 이때다 싶었다. 이참에 같은 공간으로 연실을 끌어들인다면 감시하기가 더 수월할 터.

"다 왔심니더. 골목 안으로 들어가시믄 됩니더."

연실의 말에 고개를 끄덕인 숙희는 골목으로 들어갔다. 몇 걸음 안으로 더 들어서자 짙은 갈색 대문이 보였다. 여자들의 웃음소리가 대문을 넘어 새어 나왔다. 연실은 대문을 밀었다.

"어머! 언니."

두 사람이 안으로 들어서자 마당에 있던 미스 홍이 숙희의 곁으로 다가 섰다. 격양된 미스 홍의 목소리에 마당에 있던 아가씨들의 눈길이 동시에 한곳으로 쏠렸다. 수돗가에는 방금 끓여 나온 물로 인해 수증기가 퐁퐁 솟아올랐다.

"딸년이 다 들고 튀었다며. 시장바닥 할 것 없이 여기서도 소문이 자자해! 복미 가시내… 처음 볼 때부터 보통이 아니라고 했더만… 결국 지 엄마 뒤통수를 아주 그냥 제대로…."

미스 홍의 말이 끝나기도 전에 연실이 숙희 앞을 막아섰다.

"실데없는 소리 고마 하고 퍼득 나오소!"

"아이! 가시내, 놀래라. 하마터면 없는 애 떨어질 뻔했잖니. 목소리 한 번 더럽게 크네! 방은 어디인지 알지? 저기 맨 끝방. 연실이, 너! 내 은혜 잊으면 안 돼. 앞으로 잘해라. 어?"

미스 홍은 대놓고 생색내기에 바빴다. 그 사이 숙희는 찬찬히 주변을 둘러보았다. 작은 마당을 중심으로 여덟 개의 방이 다닥다닥 나란히 붙어 있었다. 마당은 점포의 뒷문과 여덟 개의 방을 이어 주는 유일한 공간이자 통로였다. 대문 바로 옆 공동 수돗가와 일직선에 자리한 화장실까지. 거기에다 방이 너무 좁은 탓에 곤로와 낡은 나무찬장은 따로 마당 한편에 마련되어 있었다.

"추분데 퍼득 드가이소! 지는, 뜨신 물이라도 끓여가 들어가겠심니더. 밥상 봐 놨으니까, 먼저 한 숟가락이라도 뜨이소!"

연실은 숙희의 등을 방으로 조심스레 떠밀었다. 그제야 마당에 모인 이들 모두 제각기 움직였다. 그녀들 대부분은 술집 아가씨들이다. 하여 저녁 장사 시간이 가까워지자 너나 할 것 없이 바빴다. 어느 정도 마당이 조용해지자 미스 홍이 곤로 쪽으로 걸음을 했다.

"야! 너, 저 아줌마한테 뭐… 약점 잡혔니?"

뜬금없는 미스 홍의 물음에 연실은 도끼눈으로 째려봤다.

"아, 아, 아니… 왜? 그냥 이해가 안 돼서 물어보는 거야! 물어보지도 못하니?"

"가게 안 나가십니꺼. 거! 눈썹 칠한 거랑 입술 찍어 바린 것 하며, 엉망진창이구만. 쥐 잡아 묵은 것도 아이고. 퍼득 비키소! 바빠 죽겠구만."

거친 연실의 대꾸에 당황한 미스 홍은 작은 손거울로 자신의 얼굴을 살폈다. 그새 연실은 방금 끓인 물 한 대접을 떠서 방으로 들어갔다. 안으로 들어가자 밖이나 안이나 별반 차이 없이 추웠다. 숨을 내쉴 때마다 입김이 몽글몽글 피어올랐다. 한기가 느껴지자 연실은 대문에서 가장 가까운 첫 방으로 갔다. 그녀는 노부부에게서 연탄 두 어장을 빌려 아궁이에 넣었다.

"많이 추우시지예. 조금만 기다리믄 곧 따셔질 낍니더."

방 안으로 들어선 연실은 숙희가 춥지 않게 가져온 이불을 꼼꼼히 덮어주었다. 그리고는 이불 속에 넣어 두었던 사기 밥그릇을 집어 들었다. 따뜻하기는커녕 밥그릇도 얼음처럼 차가웠다. 반찬이라고 해 봐야 경주댁이 맛보라며 건넨 김장김치 한 포기가 전부였다.

"종일 암것도 못 드셨다 아입니꺼. 조금만이라도 드셔 보이소!"

연실은 들고 온 숟가락을 숙희의 손에 쥐여주었다. 아무리 입에 맞는 음식이 앞에 있다고 한들 지금 상황에서 뭔들 맛이 나겠는가. 버티고 견디고 살기 위해 먹어야 한다는 사실이 그저 슬플 뿐이었다. 숙희는 앞에 앉아 노심초사하는 연실에게 미안했지만, 한편으로 그녀가 곁에 있어 참 다행이라는 생각이 들었다. 이처럼 사람의 마음이라는 것이 얼마나 간사하고 얄궂은 것이란 말인가.

어영부영 며칠이 지나갔다. 양손에 무거운 짐을 든 누군가가 대문을 기웃거렸다. 그녀는 다름 아닌 정자였다. 마침 연탄재를 내다 놓기 위해 밖으로 나온 노파와 눈이 마주쳤다. 그녀는 들고 있던 짐을 잠시 내려놓고 숙희에 관해 물었다.

"저기 끝방 딸래미 나오네."

노파의 말에 정자의 시선이 대문 안을 향했다. 정자를 먼저 알아본 연실이가 서둘러 뛰었다.

"오, 오셨습니꺼!"
"이기 다 뭔 일이고! 어이?"

인사를 건네는 연실에게 정자는 다짜고짜 따지듯 물었다. 이 모든 사달은, 그러니깐 복미가 도망을 간 것도 숙희가 저리된 것도 모두 너의 탓이라는 못마땅한 그런 표정이었다. 그녀는 한차례 연실을 더 쏘아보고는 냉큼 방 안으로 들어갔다.

"아이고. 뭐시가 대체 우째 돌아가는 심판이고. 어이? 퍼득 일나 봐라."

쩌렁쩌렁한 정자의 목소리가 방문을 비집고 나갔다. 그제야 숙희가 자리에서 일어났다. 그 사이 정자는 방안을 쭉 훑었다. 두 사람이 눕기에도 좁디좁은 단칸방에 부엌도 없었다. 구석구석 보이는 곰팡이는 둘째 치고, 군데군데 찢긴 벽지 사이에 합판이 훤히 드러나 있었다. 창고도 이보다 더 나을 것이라는 생각이 들자 숨이 턱 하고 막혔다.

"언니! 어, 어… 어떻게 알고 여기를…."
"어데, 지금 그기 중요하나?"

정자의 노여움에 숙희는 고개를 떨구었다. 하긴 구천포라는 곳이 워낙 좁은 바닥인 탓도 있지만, 정자는 누가 뭐라 해도 구천포 시장에서 터줏대감이었다. 설령 이역만리에 있다 해도 시장에서 일어나는 일은 죄다 꿰뚫고 있다 하여도 과언이 아니다.

"복미도 무신 사정이 있었을끼다. 며칠 전에 우째 내캉 연락이 돼가, 통화도 했는데… 이기 다 뭔 일이고! 그 착한 아가… 그카께… 아이고 참말로 내사 할 말이 없데이. 뭔 말인들 지금 니인데 하겠노? 이 모든기 다, 내 잘못이다카이. 그때 복미 이름으로 등기를 한다카는 거를 끝까즉 말려야 하는긴데…."

예상치 못한 상황에 정자 역시도 할 말을 잃었다. 지금에 와서 그때의 일을 후회하며 땅을 치고 가슴을 친다고 한들 무슨 소용이 있겠는가. 한숨만 내리 쉬던 정자가 뒤에 있던 보따리를 숙희 앞으로 내밀었다.

"나물캉 쌀이다. 그카고 이거는 생선 말린 기다. 우예 됐든 밥 한 끼라도 지대로 묵어야 힘이 난다 아이가!"

정자는 가져온 보따리를 풀었다. 어떻게 저 많은 것들이 작은 보따리에서 나왔을까 싶을 만큼 온갖 것들이 다 쏟아졌다. 나물이며 쌀이며 생선 그리고 장아찌, 고추장, 된장, 심지어 치약, 비누, 칫솔에 수건까지. 아마도 손에 잡히는 대로 모두 가져온 모양이었다. 숙희는 눈물이 왈칵 쏟아졌다. 그녀에게만은 잘 살아가는 모습을 단 한 번만이라도 보이고 싶었다. 폐결핵으로 죽을 뻔한 자신을 살려 준 것만으로도 갚아야 할 빚이 산더미처럼 많은데. 갚기는커녕 도리어 짐만 되는 것 같아 미안할 따름이었다. 피를 나눈 가족이 있다고 한들 어찌 이보다 더 끈끈하겠는가.

"이런 모습만 자꾸 보여서 미안해. 나 아니라도 신경 쓸 일이 많을 텐데. 언니 볼 면목이 없어."

"그딴 소리허지 마라. 니캉 내캉 어데 남이가? 다 잘 될끼다. 그칸께 힘내야 헌데이. 알았재? 이거 모조리 다 공책에 적어 놨다, 아이가! 내가 저승 간다 캐도 니인데는 한 개도 안 빼놓고 다 받아낼 끼다. 야가, 야가! 이기 마카다 꽁짜인 줄 아나?"

정자의 농담에 숙희의 얼굴에도 잠시나마 미소가 스쳤다. 그때였다.

"저… 연실인데예. 잠시만 드가겠심니더."

연실의 목소리에 정자는 헛기침을 내뱉었다. 방으로 들어선 그녀는 작은 쟁반을 내려놓았다.

"커피 가져왔심니다. 따실 때, 드시소."

설탕과 프림이 적당히 섞인 커피에 달걀노른자가 동동 떠 있었다.

"아침밥은 먹었니?"

"앞에서 대충 얻어 묵었심니다. 말씸들 나누이소!"

연실은 가볍게 고개를 끄덕여 인사를 하고는 밖으로 나갔다. 그때까지 잠자코 있던 정자가 숙희에게 물었다.

"저 화상은 만데 여거 붙여가 왔노?"

못마땅한 정자의 물음에 숙희는 천천히 입술을 떼었다.

"언니! 연실이 내 딸이야. 쟤가 아니었으면… 복미도 못 찾았고. 이렇게 추운 날, 아마 나는 얼어 죽었을지도 몰라. 지금도 새벽이면 앞에 있는 가게에 청소하러 다녀! 저도 피곤하고 힘들 텐데, 내 약값이라도 벌어야 한다며… 그러니깐 언니도 우리 연실이 너무 미워하지 말았으면 좋겠어. 그냥 나는 저 아이가 앞으로 사람들에게 사랑받고 외롭지 않게 살았으면 해. 그게 내 바람이면 바람이야!"

진심 어린 숙희의 호소에 정자의 마음도 누그러졌다. 하긴 친모가 저지른 죗값을 그 딸이 갚아야 한다는 것은 너무나 가혹한 형벌이었다. 신발을 고쳐 신던 연실의 눈시울도 어느새 뜨거워져 있었다.

연실에게 있어 아침은 가장 바쁜 시간이다. 철공소와 다방을 제외하고는 대부분 늦은 오후에 문을 열어 새벽에서야 문을 닫는 주점들이다. 하여 이른 아침에 청소를 해야 하다 보니, 치우는 사람이 따로 필요했다. 미스 홍은 그 일을 연실에게 맡겼다. 밤새 손님을 치른 홀과 객실은 그야말로 난장판이었다. 어질러 놓은 것들은 깨끗이 치워도 언제나 그 흔적이 남는 법. 연실은 고무장갑을 끼고 빗자루를 집어 들었다. 그리고는 홀 이곳저곳에 널브러져 있는 휴지와 술병, 과일, 어포, 견과류를 한데 모아 쓸어 담았다. 한창 청소에 열을 올리고 있던 연실을 미스 홍이 힘겹게 불렀다.

"연… 연실아 나 물 좀…."

"몸에도 안 좋은 거, 고마 퍼 마시소!"

미스 홍에게 물잔을 건네던 연실은 결국 한소리를 내뱉었다. 미스 홍은 그런 그녀를 보며 피식 웃었다.

"얘가, 얘가… 뭘 모르네. 내가 부지런히 먹고 마셔야 매상이 오르지! 돈 버는 게 어디 쉬운 줄 아니?"

미스 홍의 말투에서 연실은 불현듯 친모인 조 마담의 얼굴이 떠올랐다. 친모는 늘 술에 취해 있었다. 그녀에게서 나는 냄새는 삭힌 술과 찌든 담뱃재 그리고 짙은 향수가 한데 어울린 역겨움이었다. 밤새 술을 퍼마신 다음 날에는 꼭 고춧가루를 잔뜩 푼, 누룽지탕을 끓여 오게 했다. 하지만 누룽지탕이 조금이라도 자신의 입맛에 맞지 않는 날이면 어김없이 정수리에 숟가락이 날아와 꽂혔다. 숟가락으로 얻어맞은 정수리는 정말이지 숨이 턱 하고 멎을 만큼 아팠다. 미스 홍의 술주정에 기억하고 싶지 않은 어린 시절의 기억이 떠오르자 괜스레 정수리가 따끔했다. 연실은 나쁜 기억들을 떨쳐 버릴 심사로 다시 빗질을 시작했다.

"에잇! 가시나들 술 처먹고 요로코롬 남의 구역에다 오줌을 싸질러 놓고… 대체 어느 년이야? 내가 참말로 못 살아. 못 살아! 이 미친년들."

열어 놓은 뒷문으로 거친 욕설이 흘러들어왔다. 열이 받을 대로 받은 중년의 여자는 바닥을 향해 가래침을 뱉었다. 그녀는 *〈장미 다방〉*의 마담이자 여주인인 장미였다. 다방은 술집과 다르게 이른 아침에 문을 연다. 철공소 직원 및 부두에 뱃사람들이 모닝커피를 배달시키기 때문에 이른 아침부터 장사가 개시된다. 사정이 사정인만큼, 새벽에 가게를 접는 술집 아가씨들이랑 가끔 실랑이가 생기곤 했다. 대부분의 다툼은 하나밖에 없는 재래식 화장실 때문이다. 여덟 가구와 다섯 가게가 함께 사용하는 화장실이다 보니, 그럴 만도 했다. 게다가 밤에는 술집을 찾아온 남자 손님들도 이용했다. 그러다 보니, 급하면 아무 곳에나 일을 보는 것은 비일비재했다. 지금은 겨울이라 냄새가 덜 나지만, 여름철에는 코가 따가울 정도로 지린내가 풍겼다. 대문과 가장 가까운 윗방 노파도 장 씨의 욕설에 한몫 거들었다. 그들이 욕을 해대는 사이 정자와 숙희가 마당으로 나왔다.

"울 엄마 상태가 괘안아지믄 내 곧장 다시 내려올끼다. 괜시리 병문안 온다꼬 올라오지 말고, 니 몸이나 잘 챙기라! 알겠나? 그카고… 아까 말했던 거 곰곰이 생각 좀 해보거래이."

정자의 목소리에 술병을 정리하던 연실이 두 사람의 곁으로 다가섰다.

"하마 가심니꺼? 아직(아침)이라도 드시고 가이소. 요거 하고 나믄 일 끝났심니더. 퍼득 차려 내오겠심니더."

고무장갑을 벗는 연실을 향해 정자가 손을 내저었다.

"괘안타! 추분데 니도 고생 많데이. 내사 버스 시간이 다 돼가가… 고마 갈란다."

대문을 나서는 정자의 뒤를 숙희가 따라나섰다. 그리고 얼마의 시간이 흘렀을까? 마당에서 덜커덕거리는 소리가 났다. 깜빡 잠이 든 연실은 망치질 소리에 마당으로 나갔다. 그곳에는 리어카를 열심히 손보고 있는 숙희의 모습이 보였다.

"이걸로 뭐 하실라꼬예?"

"내일부터 이거라도 끌고 다니며 뭐든 해야지. 마냥 이러고 있을 수도 없고. 그래야 연실이 너도 덜 힘들 테고. 우리 다시 뭐든 해 보자! 알았지?"

숙희는 망치를 다시 힘차게 휘둘렀다. 당분간 좀 쉬라고 연실이가 말려도 보았지만, 소용이 없었다. 그 모습에 그녀는 다시 한번 더 세상의 모든 엄마는 강인하고 위대하다는 것을 새삼 깨달았다. 단 한 사람, 친모인 조 마담만 빼고.

아마 그때부터였던 것 같다. 숙희의 입에서 더는 딸 복미의 이름이 나오지 않았다. 연실은 주점 청소가 끝나면 잠시 눈을 붙이고 곧장 시장으로 나갔다. 따로 정해 놓은 장소가 없다 보니, 리어카는 온종일 시장을 돌고 돌아다니며 생선을 팔았다. 처음에는 그런 숙희를 향해 수군덕대던 이들도 있었으나, 시간이 지나니 그것 역시도 차츰 수그러들었다. 주로 구이용인 고등어나 갈치 혹은 말린 어포를 떼다 팔았다.

그렇게 계절은 정신없이 지나가 또 다른 겨울을 맞았다. 그러는 사이 연실은 어느새 스무 살이 훌쩍 넘었다. 외모 또한 생모인 조 마담을 닮아 빼어나게 예뻤다. 한참 물오른 나이라 가끔 집까지 따라오는 총각도 더러 있었다. 그러나 그녀는 도통 남자에게 관심이 없었다. 요즘 들어 무엇을 하는지 늘 늦은 밤까지 책을 보거나 뭔가를 끄적이곤 했다.

"연실아! 너도 이제 좋은 짝을 만나서 연애도 하고…."

뒤에서 바느질하던 숙희가 연실을 향해 조심스럽게 말문을 열었다. 그러자 연실은 하고 있던 일을 멈추고 뒤돌아 앉아 활짝 웃었다. 어렸을 때부터 힘든 일을 많이 겪었음에도 얼굴에 어둠은 전혀 찾아볼 수가 없었.

"지는 평생 엄니허고만 살깁니더!"

씩씩한 연실의 대답에 숙희의 마음은 괜스레 애잔해졌다. 다시금 책상으로 돌아앉은 연실은 노트에다 '결혼'이라는 단어를 쓰는가 싶더니 금세 지워냈다. 언제부터인가, 결혼은 자신과는 아무 상관 없는 일이라 여겼다.

"연실아! 안에 있으면 좀 나와 봐."

방문을 거칠게 두드리는 누군가의 목소리에 고요했던 방 안의 공기가 일순간 깨졌다. 자리에서 일어난 연실은 방문을 열고 밖으로 나갔다. 자신을 부른 이는 다름 아닌 김 양이었다. 그녀의 눈동자가 풀린 것을 보니, 술을 꽤 많이 마신 모양이었다.

"뭔 일입니꺼…."

말을 채 내뱉기도 전에 연실의 눈앞에 섬광이 번뜩였다. 맞은 뺨이 금세 부풀러 올랐다.

"미쳤는교? 와 이카는데!"

"야! 너, 내 남자한테 꼬리 쳤다며?"

김 양의 따짐에 연실은 헛웃음을 터트렸다.

"웃어? 웃었어? 너… 너 버리고 간, 조 마담도 그랬다며… 남의 남자 꼬드겨서 야반도주했다고! 그 어미나 그 딸년이나, 화냥질하는 유전자가 어디 가겠니?"

김 양의 모욕적인 말에 연실은 두 주먹을 꽉 말아쥐었다. 마당에 있던 사람들도 적잖게 놀란 표정이었다. 물론 가장 놀란 이들은 한집에 사는 이웃들이다. 그들 모두가 하나같이 연실이 숙희의 친딸인 줄만 알고 있었다.

"왜? 한 대 치게? 어디 한 대 쳐봐!"

기세등등해진 김 양은 연실 앞에 얼굴을 바짝 들이밀었다. 그 순간, 철썩하는 소리와 함께 김 양의 비명이 터졌다. 얼마나 세게 맞았는지 바닥에 철퍼덕 주저앉았다.

"엄니…."

놀란 연실이 고개를 돌려 숙희를 바라보았다. 그러나 숙희는 주저앉아 있는 김 양을 잡아먹을 기세로 노려볼 뿐, 미동조차도 없었다. 그것은 어미가 제 새끼를 지키기 위한 몸부림이며 가장 본능적인 눈빛이었다.

"감히… 내 딸에게 지금 뭐라고 지껄였어? 다시 한번 더 지껄여 봐! 어디!"

"아! 피. 피…."

바닥에서 일어난 김 양이 숙희를 째려보았다.

"아줌마! 미쳤어? 미쳤냐고! 지금 당장 경찰 부를 거야!"

김 양의 앙칼진 목소리에 숙희는 주변을 휙 둘러보더니, 바닥에 있던 빨랫방망이를 집어 들었다. 상황이 심상치 않음을 눈치챈 윗방 노파가 서둘러 두 사람 사이를 막아섰다.

"이만하면 되었소. 끝방 새댁 그만 혀! 이러다 일 나겠네!"

노파는 숙희가 들고 있던 빨랫방망이를 빼앗았다. 마침 손님과 함께 외출했던 미스 홍이 뒷문을 열고 마당으로 나왔다.

"어머머! 이게 다 무슨 일이야? 너 얼굴은 왜 이러니? 맞았어? 누가 이랬어? 어?"

미스 홍의 호들갑에 연실은 목소리를 낮췄다.

"퍼득 데리고 드가소. 그카고 낼 아직(아침)에 내 쪼매 보입시더."

미스 홍은 김 양을 일으켜 세웠다. 그 모습을 놓치지 않고 노려보던 숙희가 기어이 일침을 가했다.

"돼먹지 않는 말로 다시 한번 더 내 딸에게 치욕을 준다면, 그때는 더 심한 꼴을 보게 될 것이야! 잊지 말고 명심해!"

숙희의 경고는 비단 김 양에게만 하는 것이 아니었다. 그것은 함께 사는 이들과 마당에 모여 있던 모두를 향한 선전포고였다. 미스 홍과 김 양이 주점으로 돌아가고 마당에 있던 이들도 하나, 둘 제각기 흩어졌다. 그제야 숙희가 휘청였다. 곁에 있던 연실이 급히 그녀를 부축해 방으로 들어갔다. 그리고는 잠시 밖으로 나온 연실은 물을 따뜻하게 데웠다.

"지송합니더. 지 때문에 또 이런 일을 겪게 해 드려가…."

연실은 따뜻하게 데워진 물 대접을 숙희에게 내밀었다. 시간이 한참 흘렀음에도 떨리는 숙희의 어깨는 좀체 진정되지 않았다. 하긴 지금껏 단 한 번도 그녀가 분노하거나 화를 내는 것을 본 적이 없었다. 그런 사람이 악에 받쳐 거친 욕설까지 내뱉었으니, 그 충격은 어찌 말로 다 하겠는가.

"연실아!"

"말씀하시소."

"누가 뭐라 해도 너는 내 딸이다. 나, 정숙희의 딸이야. 자식이 눈앞에서 그리 욕을 당하는데, 세상에 어느 어미가 가만히 있겠니. 그러니깐 너는 미안한 마음 전혀 가질 필요 없어! 연실이… 네 잘못이 아니야. 암! 아니고말고."

숙희의 말에 연실의 심장이 쿵 하고 바닥으로 떨어졌다. 지금껏 꾹꾹 눌러 왔던 감정들이 일순간에 폭발했다. 죽을 만큼 힘들고 슬퍼도 더 크게 웃으며 버티고 견디고 또 버텼다. 그것만이 자신을 지금껏 돌봐 준 숙희를 위해 할 수 있는 최선이라 여겼다. 네 잘못이 아니라는 그녀의 한마디가 연실의 마음에 큰 파문을 일으켰다.

#9. 그녀들의 이야기(2)

끝나지 않을 것 같은 겨울이 지나고 들판과 숲속 그리고 개울가에도, 아니 세상에 존재하는 모든 생명에 봄기운이 찾아들었다. 그냥 멍하니 햇볕을 쬐고 있어도 그지없이 좋은 날들이 이어졌다. 사람들은 모를 것이다. 그저 무탈하게 하루를 보내는 것이 얼마나 큰 기적인지를.

연실은 아침마다 하던 술집 청소를 그만두었다. 물론 김 양과 불미스러운 일도 있었지만, 그것보다 새벽에 혼자 생선을 받으러 가는 숙희가 걱정되어서였다. 예전에 비해 숙희도 기력이 많이 떨어진 터였다. 하루 벌어 하루 먹고 사는 처지라, 아파도 병원은커녕 마음 편히 쉴 수조차도 없는 형편이었다.

"뒷정리는 내가 할 테니… 신경 쓰지 말고 어서 가 봐! 오늘 가는 날 맞지?"
숙희는 수그리고 있던 허리를 쫙 펴면서 뒤를 돌아보았다.
"요거만 치워 놓고 가겠심니더."
연실은 리어카 속 생선들을 정리하느라 분주했다. 미처 팔지 못한 생선은 잘 다듬어 어포로 만들어야 하기에 바삐 움직였다. 혼자 생선을 손질하는 것은 생각보다 고된 일이다. 무엇보다 집에서는 눈치가 보여 생선을 다듬고 씻는 일은 아예 엄두도 내지 못한다. 하여 대부분은 시장 공터에 있는 공동 수도시설에서 잔손질을 해야 했다. 그것도 상인들이 뜸한 시간에 해야만 하기에 귀가 시간은 자연스레 늦어질 수밖에 없었다. 사정이 이렇다 보니, 조금이라도 더 숙희를 돕기 위해 연실은 바삐 움직였다.

"어서 가래두! 어서 가!"

"그카믄 퍼득 다녀오겠심더. 그칸께 너무 무리허지 마이소. 지가 댕겨 와서 마저 다 하겠심니더. 아셨지예?"

몇 번이고 당부하는 연실에게 숙희는 고개를 끄덕였다. 연실은 수건에 손을 대충 문지르고 리어카 아래쪽에서 노트 한 권을 꺼냈다. 노트에는 〈소설 교실〉이라는 제목이 씌어 있었다. 연실은 언제부터인가 소설가가 되고 싶었다. 숨이 턱 하고 막힐 것만 같은 현실에서 벗어나 잠시라도 다른 세상으로 들어갈 수 있는 소설이 좋았다. 무엇보다 지혜롭게 역경을 헤쳐 나가는 소설 속 인물들에게 힘과 위안을 얻었다. 비록 가상세계에서 존재하는 인물들이지만, 자신도 그들처럼 잘 버티고 견디면 반드시 좋은 날이 올 것이라는 막연한 믿음. 숙희는 그런 그녀의 꿈을 알고 난 뒤부터 그 누구보다 든든한 지원군이 되어 주었다.

수업을 마치자마자 누가 잡기라도 할세라 연실은 시장으로 냅다 달렸다. 숨이 턱까지 차올랐지만 달리는 것을 멈추지 않았다. 연실의 머릿속은 온통 홀로 일하고 있을 숙희의 걱정뿐. 멀리 희미한 가로등이 보이고 물소리가 들렸다. 가로등 아래 길게 늘어진 그림자가 보이자 연실의 입가에 미소가 감돌았다. 어느 날 선물처럼 다가와 준 사람, 엄마였다. 엄마라서 그냥 엄마라고 부를 수 있는 누군가가 있어 그녀는 좋았다.

"지가 마저 하겠심니더… 이리 주이소!"

연실은 숙희가 들고 있던 수세미를 빼앗았다.

"다 했어! 그만 집으로 가자! 저녁 안 먹었지? 배고프겠다."

자리에서 일어선 숙희가 천천히 허리를 뒤로 젖혔다. 요즘 들어 더욱 굽어 보이는 숙희의 허리에 연실은 마음이 아팠다. 그녀는 그런 안타까움을 애써 숨기고는 씻어 놓은 상자를 탁탁 털어 리어카에 실었다. 어느새 정수리 위로 보름달이 환하게 떴다. 그렇게 연실은 리어카를 끌고 숙희는 천천히 밀었다. 집 근처로 다가갈수록 시끌시끌한 음악과 남녀의 웃음소리가 요란스레 새어 나왔다.

"이제 오나 봐!"

미스 홍은 담배에 불을 붙이다 말고 두 사람을 향해 알은체했다. 연실은 눈짓으로 대충 인사를 하고는 배에 힘을 주었다. 뒤따르던 숙희도 미스 홍에게 고개를 숙여 인사 건넸다. 그러자 무슨 바람이라도 불었는지, 미스 홍이 자세를 바로잡아 숙희를 향해 인사를 하는 것이 아닌가. 그녀를 알고 지낸 지 꽤 됐음에도 숙희를 향해 제대로 인사를 건네는 모습은 처음이었다. 미스 홍은 리어카가 골목 안으로 들어갈 때까지, 두 사람의 뒷모습을 오랫동안 바라보았다.

"연실이⋯ 저 가시내도 참⋯."

미스 홍은 측은한 눈빛으로 조용히 읊조렸다. 얼마 전 그러니깐 김 양과의 일이 터진 다음 날 아침 연실이가 주점으로 자신을 찾아왔다. 친모에 대해 떠벌린 것을 두고 따지러 온 것이라 여겼지만, 예상과는 달리 부탁을 하는 것이 아닌가. 버림받은 아이에게 선뜻 엄마가 되어 주고, 지금껏 배곯지 않게 해 준 고마운 분이라며 더는 상처를 주지 말라는 부탁이었다. 지금껏 전혀 몰랐던 사실을 전해 들은 미스 홍은 숙희의 인품에 입을 다물지 못했다. 세상에 어느 자식이 그야말로 하늘에서 뚝 하고 떨어졌단 말인가. 그녀 또한 자신의 노모가 불현듯 떠올라 괜스레 눈시울을 붉혔다. 그간 숙희가 딴마음을 품고 연실을 붙잡아 두고 있는 것이라 오해하고 있었던 자신이 한없이 부끄러웠다.

"인자들 오는가베."

쓰레기를 버리기 위해 대문을 나서던 노파가 그녀들을 알은체했다. 그러자 연실은 쓰레기가 담긴 봉투를 노파에게서 받아 들었다.

"고마 지를 주이소. 지가 버리고 드가겠심니더."

"아이고, 미안혀가 우짜꼬."

노파는 미안함에 웃음을 내비쳤다. 연실은 뒤에서 궤짝을 정리하고 있던 숙희를 바라보았다.

"엄니도 고마하시고 들어가이소. 나머지는 지가 알아서 하겠심니더."

연실의 말에 노파는 숙희의 등을 대문 안으로 떠밀었다. 연실은 그제야 들고 있던 쓰레기봉투를 내려놓고 리어카를 일으켜 세워 철공소 담벼락에 바짝 붙였다. 그리고는 전봇대 아래에 쓰레기를 가져다 놓으면서 어질러져 있던 것들도 함께 정리했다. 그때였다. 뭔가 싸한 느낌이 그녀의 뒷덜미에 꽂혔다. 찝찝한 낌새에 주변을 둘러보니, 술집을 오고 가는 손님들 이외에는 딱히 이상한 점은 없었다.

"기분 탓인 기가? 뭐꼬?"

연실은 손바닥에 묻은 먼지를 털었다. 그녀가 대문 안으로 들어가자 건너편 가로등 뒤에서 그림자 하나가 모습을 드러냈다. 그림자는 곧 연실이가 들어선 대문 안을 기웃거렸다.

"누룽지 끓인 거 들고 오겠심니더."

연실이 방문을 열고 나왔다. 곤로에는 구수한 냄새와 수증기가 몽골몽골 피어올랐다. 박자에 맞춰 달그락대는 소리는 배고픔을 더욱 자극했다. 연실은 곤로에 불을 끄고 냄비를 챙겨 방으로 들어가기 전, 무심결에 대문으로 눈길을 돌렸다. 하필이면 그때, 대문 안을 훔쳐보던 그림자와 눈이 딱 마주쳤다. 싸늘한 느낌에 그녀는 대문 쪽으로 한 발자국 떼었다.

"연실아! 추운데 어서 안 들어오고…."

숙희의 부름에 연실이 멈춰 섰다.

"네! 인자 드갑니더."

대답을 마친 연실의 시선은 곧 다시 대문 쪽으로 향했다. 하지만 그곳에는 이미 아무도 없었다.

구정을 앞둔 대목 장날은 그야말로 인산인해였다. 장을 보러 나온 사람들은 오랜만에 만날 가족들 생각에 들뜬 표정으로 물건을 고르느라 분주했다. 숙희와 연실이도 설 대목에 맞춰 제사에 올라갈 생선을 떼어다 팔았다. 그간 열심히 살았던 탓에 비록 난전이긴 하나, 좌판을 내어놓고 생선을 팔 수 있는 자리를 하나 장만했다. 더는 돌아다니거나 쫓겨날 걱정을 하지 않는 것만으로도 그녀들은 마냥 행복하고 감사했다.

"엄니! 손님은 지가 받을 테니깐, 퍼득 점심부텀 드시고 오이소!"

연실은 바쁘게 움직이는 숙희를 불러 세웠다. 대목이라 그런지 쉴 새 없이 손님이 밀려들었다. 아침도 제대로 먹지 못하고 나온 숙희가 혹여 끼니를 놓칠까, 연실은 조바심이 났다. 그녀의 성화에 숙희는 그제야 양철통으로 만든 의자에 앉았다. 어디서 보고 왔는지 연실이가 만들어 놓은 것이다. 양철통 둘레에 구멍을 뚫고 안에는 고정대를 만들어 양초를 세울 수 있게 해 놓았다. 미리 촛불을 켜 두어서인지 양철통은 따뜻했다. 궤짝으로 만든 상 위에는 따뜻한 밥과 김치 그리고 시래기 된장국이 가지런히 놓여 있었다. 그녀는 밥 한 숟가락을 입에 넣으며 연실의 뒷모습을 물끄러미 바라보았다. 삶을 살다 보면 숱한 날을 만나게 된다. 흐린 날도 있고

맑은 날도 있고 때론 거세게 바람이 부는 날도 있다.

어느새 눈가가 촉촉이 젖어 들자 문득 딸 복미가 보고 싶었다. 열 달을 제 배에다 고이 품었다 낳은 자식이니, 그 정이 어디 보통의 정이겠는가. 더욱이 명절이 가까워지면 오늘이나 내일이나 하는 막연한 기다림과 그리움이 열병을 앓듯 시작된다. 몇 차례나 딸의 소식을 알아보기 위해 애자에게 전화를 넣을까도 했지만, 자신이 없었다. 그저 무탈하게 하고 싶은 일을 하며 건강하게 잘 지내길 바랄 뿐이었다.

"배달이 들어와서, 다녀오겠심니더!"

날이 저물자 연실은 말린 생선을 깨끗한 한지에 둘둘 말았다. 깨끗함과 더불어 냄새나지 않게 생선을 잘 말린다는 소문에 주문이 제법 쏠쏠하게 들어왔다. 아마도 올여름에 말린 생선을 사 간 이들의 입소문 덕분인 듯했다. 사계절 중에 까탈스러운 계절이 있다면 바로 여름이다. 여름철에는 생물을 가져와 아무리 잘 말려도 쿰쿰한 냄새가 난다. 하여 생선을 받아 오자마자 재빠르게 손질을 마쳐야 한다. 손질을 마친 생선은 넓적한 발에 가지런히 널어 햇볕에 잠시 두었다가, 금세 그늘로 가져와 온종일 부채질을 해야 하는 고되고 힘든 작업이었다. 사정이 이렇다 보니, 숙희의 어깨는 탈이나 옷을 입는 것조차도 힘들어했다.

"퍼득 댕겨오겠심니더."

"조심해서 천천히 다녀와! 여긴 걱정하지 말고."

연실은 활짝 웃으며 자전거에 올라탔다. 연실이 배달을 나가고 얼마 되지 않아 누군가가 주변을 힐끔거리며 숙희의 곁으로 천천히 다가왔다.

"저기…."

"어서 오세요!"

숙희의 인사에 선글라스를 낀 여자는 앞에 놓인 생선을 내려다보았다. 여자의 눈길은 생선을 고르기보다 뭔가를 몰래 살핀다는 쪽에 더 가까운 느낌이었다.

"뭐… 찾으시는 생선이라도 있으신가요?"

숙희의 물음에 여자가 비로소 선글라스를 벗었다.

"오랜만이네요. 언니! 나, 알죠?"

뜬금없는 인사치레에 숙희는 뚫어지게 여자를 쳐다보았다. 그녀를 알아본 숙희의 두 눈동자가 점점 커졌다. 여자는 바로 연실의 친모 조 마담이었다. 느닷없는 만남에 두 여자 사이에 어색한 공기가 흘렀다. 언젠가 한 번은 맞닥뜨릴 일이라 여겼건만, 막상 마주하고 나니 아무런 생각이 들지 않았다. 먼저 입을 뗀 이는 조 마담이었다.

"빙빙 돌리지 않고 단도직입적으로 말할게요. 그간 우리 애 데리고 그만큼 일 시켰으면 돈을 좀 아니 월급을…."

조 마담의 말이 채 끝나기도 전에 숙희가 손을 들어 보였다.

"자리를 좀 옮겼으면 하는데, 여긴 보는 눈이 많아서요."

숙희는 오직 연실의 생각뿐이었다. 그녀가 옆 가게 탁이 엄마에게 좌판을 잠시 맡기고 한 걸음 떼려는 그 순간.

"아! 지가 전대(纏帶)를 가지고 간다 카는게 고마 잊자뿌고…."

연실의 목소리에 조 마담과 숙희는 동시에 화들짝 놀랐다.

"여기 있어. 어서 가져가!"

숙희는 급히 허리춤에 차고 있던 전대(纏帶)를 풀어 연실에게 건넸다. 하지만 이미 늦은 뒤였다. 조 마담의 어깨를 꽉 움켜잡은 연실의 모습이 보였다. 연실은 비명에 가까운 고함을 내질렀다.

"요 며칠 도둑괭이 맨지로 훔쳐보던 게… 여는 뭐할라꼬 왔노? 돈 뜯으러 온기가?"

"너… 넌, 오랜만에 엄마 보는데 인사를 고따위로 하니?"

"엄마? 엄마 겉은 소리허고 자빠졌네. 언제부텀 당신이 내 엄마였노? 어렸을 때, 어데 엄마라고 부르게나 했나? 천날만날 이모라 불러라고 캐놓고… 인자와서 엄마? 엄마? 놀고 자빠졌네! 와? 그것도 기억 안 난다고 카지?"

연실은 두 주먹을 불끈 거머쥐었다.

"내가 안 물었나? 뭐 할라꼬 여거 왔냐고! 여거가 어데라고 감히… 퍼득 대답 안허고 뭐 하노! 내 죽는 꼴 참말로 보고 잡나! 아이!"

악에 받칠 대로 받친 연실은 이미 이성을 잃은 지 오래였다. 안타깝게 지켜보던 숙희는 연실의 곁으로 다가가 조심스레 손을 잡았다.

"연실아!"

숙희의 목소리에 살기 가득했던 연실의 두 눈동자가 한결 순해졌다.

"엄니, 지송합니더. 오늘은 지가 배달을 못 가겠심더."

연실은 옅은 미소를 지어 보였다. 그리고는 조 마담의 팔목을 거칠게 낚아챘다.

"놔! 놓으라구. 아파. 아프다고!"

조 마담은 고래고래 소리를 내질렀다. 그렇게 조 마담은 연실에게 붙잡혀 시장통을 벗어났다.

"대체 어디까지 가냐구? 넌 엄마가 아프다는데도…."

손목을 이리저리 돌리는 조 마담을 연실은 죽일 듯 노려보았다. 주위는 이미 어두웠으나 노려보는 연실의 눈매는 매서웠다.

"고작 열 살밖에 안 된 아를 버리고, 그것도 어마어마한 빚까지 남겨 놓고… 시퍼렇게 젊은 놈캉 야반도주한 사람이 엄마라꼬? 입이 뚫려 있다꼬, 아무 말이나 하믄 안 되는기라. 맞나? 아이가? 내인데는 당신 겉은 엄마는 진즉에 존재하지 않았데이. 그칸께 두 번 다시는 내 앞에 나타나지 말거래이. 알았나?"

겨우 감정을 누른 연실은 매몰차게 뒤돌아섰다. 조 마담이 그런 연실을 향해 손을 뻗었으나, 이내 그만두었다.

"보고 싶었다고 하면 믿어 줄래? 그사이에 피치 못할 일이 좀 있었어. 그래서 너를 찾아…."

"헛소리 쫌 그만하라고! 와? 인자 와서 이카는데. 뒤져뿌지. 차라리 죽었더라면 그리워나 하지. 내가 당신인데 뭐 그처리 큰 걸 해 달라고 캤나? 조윤희 아니 조봉달 딸로 사는 것조차도 못 해 준 주제에… 보고 싶었다고? 내 말 단디 들으래이! 내한테 있어가, 엄마는 지금 내 곁에 계신 분, 단 한 분뿐이다. 당신… 조봉달이 아니라고! 낳았다고 다 엄마가 되는 게 아닌기라! 내인데 정 미안허믄 어데가가 조용히 죽어 뿌래라! 그카믄 보고 싶었다는 말, 한 번쯤은 내 믿어 주께."

독기 어린 연실의 말에 조 마담은 숨이 콱하고 막혔다. 연실은 그 길로 바다로 갔다. 어둠이 짙게 내린 겨울 바다는 인적이 없는 탓에 더욱 쓸쓸했다. 불어오는 바람에 코끝은 차갑다 못해 얼얼했다. 추운 날 추운 것이 정상인데 열불이 오른 탓에 오히려 더웠다.

이토록 엄청난 분노와 화를 어떻게 하면 잠재울 수 있단 말인가. 이런저런 생각에 빠져 정신없이 걷다 보니 어느새 방파제 끝자락이었다. 더는 갈 곳이 없었다. 등대에서 내보내는 불빛이 일정한 간격으로 먼바다를 비추었다. 칠흑같이 어두운 바다 위에 홀로 떠 있는 누군가는 이 빛을 보고 돌아올 것이며, 또 누군가는 이 빛을 따라 어두운 바다로 떠날 것이다. 기다림이 있는 사람은 누구나 마음속에 등대 하나쯤은 품고 살아가리라. 하지만 연실의 마음속 등대는 불이 꺼진 지 이미 오래였다. 어쩌면 조 마담을 마주하는 순간, 그나마 남아 있던 희미한 빛마저 어둠 속으로 사라져 버렸다.

"악! 아! 아!"

연실은 악을 쓰며 소리를 내질렀다. 이렇게라도 하지 않으면 심장이 터져 버릴 것만 같았다. 그간 버티며 견뎌왔던 모든 것이 일시에 무너져 내렸다. 친모에게 버림받던 날부터 내내 꾸었던 악몽이 결국 현실이 되고 말았다. 목청이 터지라고 소리를 내지르던 연실은 결국 아이처럼 엉엉 울음을 터트렸다. 다행히도 울음은 거친 파도에 묻혀 이내 사라졌다. 그런 그녀의 뒷모습을 애처롭게 지켜보는 이가 있었으니, 숙희였다.

"춥지? 어서 집으로 가자!"

숙희는 떨리는 연실의 어깨를 꼭 껴안아 주었다. 따뜻한 숙희의 품이 느껴지자, 연실은 멈췄던 눈물이 또다시 터졌다. 긴장했던 모든 것들이 일순간 사그라지며 피곤이 밀려왔다. 얼른 집으로 돌아가 깊은 잠에 빠져들고 싶었다. 한숨 푹 자고 일어나면 이 모든 것이 그저 그런 꿈일 것만 같았다.

조 마담은 그날 이후로 나타나지 않았다. 연실은 아무 일 없었던 것처럼 지냈다. 그러나 아주 가끔 먼바다를 보며 깊은 생각에 잠기곤 했다. 어찌 사람으로 태어나 저를 낳아 준 친모를 그리워하지 않을 수 있단 말인가. 딸이 엄마를 그리워하는 것은 본능인 것을.

연실이 소설 수업을 들으러 나간 후, 숙희는 미스 홍을 찾아갔다. 주점이 바쁜 시간이라 한참을 기다려야만 했다. 그렇게 얼마의 시간이 흐른 후, 미스 홍이 가게 밖으로 나왔다.

"안 그래도, 나도 언니랑 이야기 좀 하려고 했는데… 연실이 가시내가 하도 지랄을 해서… 걔 화나면 무섭잖아요. 호호호. 연실이 없죠?"

미스 홍이 내뿜는 입김에서 술 냄새가 풍겼다. 그렇게 미스 홍은 숙희를 따라 방으로 들어갔다. 안으로 들어간 숙희는 따뜻한 물에 설탕 한 숟가락을 타서 그녀에게 내밀었다.

"혹시 조윤희씨 소식 아는 거라도 있어요?"

숙희가 넌지시 물었다. 미스 홍은 들고 있던 물컵을 내려놓았다.

"아! 그게 참… 나도 조 마담한테 받을 돈이 많은데…."

찝찝한 표정을 짓던 미스 홍이 잠시 말을 끊었다, 다시 이어 갔다.

"그러니깐 조 마담… 아니 연실이 친모… 많이 아프대요. 살날이 얼마 남지 않은 것 같은데. 그래서 결국 나도 돈을 못 받게 되었다니깐! 어떻게 받어! 곧 죽는다는 사람한테."

조 마담이 죽을병에 걸렸다는 미스 홍의 말에 숙희는 적잖게 충격을 받았다. 이야긴즉슨, 조 마담은 도망 다니면서도 몇 번의 사기를 더 쳤고, 그 일로 인해 교도소에 수감 되었다. 감옥에서 죗값을 치르던 중에 췌장암 말기라는 선고를 받았다고 했다. 심지어 앞으로 살날이 기껏 몇 개월이 전부라는 것도. 이야기를 쭉 늘어놓던 미스 홍은 한숨을 길게 내쉬었다.

"나도 처음에는 또 구라 치는구나 싶더라고, 그래서 안 믿었지. 근데 연실이 가시내와 한바탕 난리 친 날, 조 마담이 우리 가게 앞에 쓰러져 있는 거야… 내가 얼마나 놀랐는데. 그래서 급히 택시 불러서 응급실에 데려갔지. 터미널 건너편에 있는 병원… 아무튼, 기절한 조 마담 손에 쥐고 있던 약통을 보더니 의사가 그러데요. 말기 암 환자라고.”

지금껏 무덤덤하게 말을 내뱉던 미스 홍의 눈가가 촉촉이 젖어 들었다.

“그날 급하게 나간 탓에 글쎄 지갑을 가게에 두고 나왔지 뭐야. 그래서 지갑을 가지러 잠시 가게에 갔다 오니, 이미 병원을 나가고 없더라구. 서울로 갔다는 이야기까지는 들었는데….”

미스 홍의 말에 숙희는 저도 모르게 입을 틀어막았다. 그녀는 연실에게 친모가 많이 아프다는 사실을 차마 전할 수가 없었다고 했다.

미스 홍이 돌아가고 숙희는 한동안 멍하니 앉아 있었다. 조 마담이 그간 어떻게 지냈을지 조금은 알 것 같았다. 교도소에서 그리 오래 수감 되어 있었다면, 분명 병원에 갈 돈도 약을 살 돈도 없었을 것이다. 더욱이 죽을 날까지 받아 놓은 것이라면, 마지막으로 딸이 보고 싶어 이곳까지 걸음을 했을 터. 이런 사실을 연실에게 알리긴 알려야 하는데 어떻게 말해야 할지 숙희로서는 그저 답답한 마음뿐이었다. 그렇게 얼마의 시간이 흘렀을까. 해맑은 연실의 목소리가 방문을 비집고 들어왔다.

“엄니, 좋아하시는 군고구마 사 왔심니더. 식기 전에 퍼뜩 드시소.”

방 안으로 들어선 연실은 봉투를 꺼냈다. 외투 속에 품고 온 군고구마는 따뜻하다 못해 뜨끈했다. 달달한 군고구마 냄새가 곧 방 안에 가득 들어찼다. 연실은 개중에서 가장 굵고 잘 익은 고구마를 먹기 좋게 벗겨내어 숙희에게 내밀었다.

“꼭꼭 씹어서 천천히 드셔야 됩니데이.”

숙희는 건네받은 군고구마를 한 입 크게 베물었다.

“너도 같이 먹자! 맛있네.”

고구마를 먹는 틈틈이 숙희는 연실의 눈치를 살폈다. 그녀의 가슴이 답답한 것은 비단 고구마 탓만은 아닐 터. 얼마의 시간이 흐른 후, 숙희가 조심스레 입술을 떼었다.

"나는 네 마음이 다치지 않았으면 좋겠어… 물론 친모를 용서 못 한다는 네 마음도 충분히 이해가 되고. 하지만 그래도 널 낳아 준 분인데… 많이 아프다고 하더구나…."

"싫습니다. 절대로 용서치 않을 낍니더. 설사 죽는다 캐도 두 번 다시는 보지 않을 낍니더. 허니 그리 알고 계시소! 지는 피곤해가 고마 먼저 잘랍니더."

단호한 연실의 말투에 숙희는 말을 잃었다. 저토록 슬프고 아픈 응어리를 어떻게 해야 하나 그저 가여울 따름이었다. 이튿날, 이른 아침 심재충이 숙희를 찾아왔다. 심 씨의 장모이자 정자의 친정엄마인 문성댁이 돌아가셨음을 짐작했다. 순간 눈물이 핑 돌았다. 문성댁은 숙희에게 있어 엄마와 다름없는 존재였다. 제 사는 게 편치 않아 병문안 한번 못 가 보고 결국 이렇게 부고 소식을 듣게 되니 억장이 무너져 내렸다. 며칠 전 정자와 통화할 때만 해도 괜찮다며 걱정하지 말라고 했는데, 숙희는 넋을 놓고 멍하니 서 있었다. 뒤늦게 마당으로 나온 연실은 심 씨에게 조금만 기다려 달라고 했다. 그리고는 서둘러 방으로 들어가 장례식에 입을 옷과 물품들을 챙겨 나왔다.

"조심하셔서가 잘 댕겨오이소. 여거는 지가 알아서 할 테니깐, 걱정허지 않으셔도 됩니더!"

연실은 챙겨 나온 가방을 숙희에게 건넸다. 밖으로 나온 두 사람은 택시를 타고 버스터미널로 향했다. 대합실로 들어가기에 앞서 숙희가 갑자기 심 씨를 불러 세웠다.

"형부! 아직 여유가 좀 있죠? 잠시만 다녀올게요."

숙희의 말에 심 씨가 고개를 끄덕였다. 숙희는 곧장 건너에 있는 병원으로 달렸다. 그곳은 얼마 전 조 마담이 쓰러져 실려 갔던 곳이었다. 서울에 올라가는 김에 조 마담의 행방을 수소문해 볼 참이었다.

환자 정보를 절대 가르쳐 줄 수 없다는 병원 측의 거부에도 숙희는 포기하지 않고 간곡히 부탁했다. 그런 숙희의 간절함에 결국 차트에 적혀 있던 조 마담의 주소를 알아낼 수 있었다. 주소를 건네받은 그녀는 서둘러 터미널로 돌아갔지만, 웬일인지 대합실 안은 사람들로 북적였다. 겨울철이라 버스가 꽁꽁 얼어 시동이 걸리지 않은 탓이었다. 버스가 제시간에 출발하지 못하자, 대합실에 모인 이들은 너나 할 것 없이 발만 동동 굴렀다. 심 씨 또한 초조한 마음에 애꿎은 시계만 들여다보고 있을 뿐이었다.

아직 구천포에서 서울로 바로 가는 직통버스가 없다 보니, 대부분 사람들은 시외버스를 타고 기차역이 있는 인근 도시까지 나가야만 했다. 그래서 다들 버스 시간이 늦어져 기차까지 놓칠까 봐 불안해했다. 그러는 동안 버스 기사는 시동을 걸기 위해 각고의 노력을 기울였다. 심지어 미지근하게 데워진 수건을 가져와 보닛 위에 올려놓기까지 하였다. 그렇게 점점 초조해질 무렵, 버스가 출발한다는 안내방송이 흘러나왔다.

다행히도 두 사람은 아슬아슬하게 서울행 기차에 올라탔다. 한번 출발한 기차는 쉼 없이 달리고 또 달려나갔다. 서울에 도착하여 몇 번의 지하철과 버스를 갈아타고 자정을 넘겨서야 빈소가 마련된 병원에 도착했다. 정자는 숙희를 보자마자 울음을 터트렸다. 다 큰 손자, 손녀까지 있는 어른도 엄마의 죽음 앞에서는 그저 어린아이였다.

"야야. 돌아가시기 얼마 전부터 숙희, 니를 그처리 보고 싶다 카더만. 내가 니 힘들다꼬…."

"언니! 미안해. 진즉에 왔어야 했었는데… 뭐가 그리도 사는 것이 바쁘다고 이렇게…."

심장을 도려내는 것처럼 아파 오자 숙희는 결국 말을 잇지 못했다. 숙희는 장례식 내내 자리를 굳건히 지켰다. 장지에서 돌아오는 길에 정자는 며칠 있다 함께 내려가자고 했지만, 그럴 수가 없었다.

구천포로 내려가기에 앞서 꼭 해야 할 일들이 있었다. 정자와 헤어진 숙희는 지하철을 타고 압구정동으로 갔다. 애자를 만나 복미의 소식을 물어볼 참이었다. 그동안 몇 차례나 연락을 취했지만, 애자는 이상하리만큼 말을 아꼈다.

이런저런 생각에 문득 고개를 들어 차창 밖을 물끄러미 바라보았다. 어린 시절 처음 마주했던 서울과 지금의 서울은 참 많이도 달라져 있었다. 지하철의 속도만큼 덧없이 지나가 버리는 것이 삶이고 인생이었다.

이른 시간이라 그런지 가게 문은 굳게 닫혀 있었다. 주변을 기웃거리던 숙희의 눈에 마침 목욕탕을 가기 위해 나서던 아가씨 하나가 보였다. 숙희는 아가씨에게 애자의 집을 물었다. 거듭 부탁하는 숙희에게 못 이긴 그녀는 결국 애자의 집을 가르쳐 주었다. 쭉 늘어선 단독주택 중 검은 대문 앞에 멈춘 숙희는 조심스레 초인종을 눌렀다.

"숙희 아니니? 네가 여긴 어쩐 일로…."

놀란 애자의 목소리와 함께 대문이 열렸다. 숙희는 안으로 들어섰다. 뜰은 생각보다 아기자기했다. 매화나무에 맺힌 작은 꽃망울은 봄이 가까이 오고 있음을 알렸다. 곧 현관문이 열리고 실크 잠옷 차림의 애자가 밖으로 나왔다.

"추우니까, 일단 들어와."

애자의 부름에 숙희가 현관 안으로 들어섰다. 붉은 카펫이 깔린 거실은 눈에 띄게 넓었다. 벽면에 걸려 있는 그림과 사진은 장식을 넘어 하나의 예술품처럼 보였다.

"뭐 해! 앉지 않고."

소파에 먼저 앉은 애자가 주방 쪽을 쳐다보았다.

"아줌마! 여기 먹을 것 좀 내와요!"

그사이 숙희는 들고 있던 검은 비닐봉지를 탁자 위에 내려놓았다.

"집에서 말린 걸 좀 가져왔는데… 입맛에 맞을지는…."

"뭘 이런 걸 가져오니? 여기도 다 있는데… 혹시 복미 때문에 왔니?"

애자가 묻자 숙희는 고개를 끄덕였다.

"복미 소식을 좀 들을 수 있나 해서… 어떤 것이든 좋으니까, 언니 뭐든 말해 줘요!"

"너 딸 하나 더 있잖아. 연실이? 아무튼… 걔가 아무 말 안 하디? 한 달에 서너 번도 더 전화해서 제 언니에 관해 물어보던데. 몰랐니?"

애자가 앞에 놓여 있던 커피잔을 들었다. 숙희는 한동안 말을 잇지 못했다. 그간 연실이와는 단 한 번도 복미에 대해 서로 말을 나눠 보지 않았다. 마치 그것이 금기어인 것처럼.

"너 표정 보니깐 말 안 한 모양이네. 하긴 자세한 사정은 내 알 바는 아니지만… 복미가 앨범을 내고 가수로 데뷔할 거라고 우리 아가씨들한테 자랑을 했다고 하더라고. 제작사 사장이라고 거들먹거리며 다니는 인간이 하나 있는데, 배정섭이라고. 소문에는 그 인간이랑 붙어 다닌다고…."

애자의 말끝을 혹여라도 놓칠세라 숙희는 말꼬리를 얼른 낚아챘다.

"배정섭이라는 사람은 어디로 가야 만날 수 있어요? 만나지 않아도 좋으니, 숨어서라도 복미 얼굴 한번 보고 싶어요. 어떻게 지내는지, 잘 살고는 있는지… 건강은 괜찮은지."

떨리는 숙희의 음성에 애자의 표정이 점점 어두워졌다.

"그게 말이야… 나도 이리저리 사람 시켜서 알아봤는데. 사기꾼, 아… 아니 그 인간 뒤를 캐 봤더니, 제대로 된 제작사 사장은 아니더라구. 본명이 수돌? 그래… 김수돌이라고 하던데. 사기 전과가 장난 아니야. 숙희, 네게 이런 말 하기가 좀 그런데. 아마도 복미가 사기를 당한 것 같애! 내 나름 널 생각해서 백방으로 알아봤지만, 두 사람의 행방을 더는 알 길이 없더라구. 이것도 네 둘째 딸이 간곡히 부탁해서 겨우 알아본 거야. 아무튼 내가 해 줄 수 있는 일은 여기까지라, 미안해!"

애자는 들고 있던 커피잔을 탁자 위에 내려놓았다. 숙희는 자신의 가슴팍을 거머쥐었다, 아니 쥐어뜯었다. 대체 얼마나 더 무너지고 무너져 내려야, 이 고통이 끝날 수 있단 말인가. 복미가 돌아오길 바라지도 않았다. 그저 어디에 있든 무엇을 하든 행복하길 그토록 천지신명께 빌고 빌었건만.

"괜찮니? 물 좀 마시고 진정 좀 해!"

애자는 물컵을 들어 숙희에게 건넸다. 그렇게 잠시 마음을 다스리고 나서야 숙희는 일어날 수 있었다. 눈이 부실 만큼 맑고 깨끗한 하늘. 그녀는 뜰을 따라 내려오다 그만 울컥 눈물이 쏟아졌다. 대문까지 배웅하는 애자의 얼굴도 어두웠다.

"조심해서 잘 내려가! 소식 들리면 꼭 연락할게!"

대문 앞까지 배웅 나온 애자에게 숙희는 고맙다는 인사를 했다. 그렇게 숙희의 모습이 점점 멀어지자, 애자는 비로소 속에 있던 말을 마저 내뱉었다.

"숙희야! 미안해. 차마 그것까지 너에게 전할 수가 없었어…."

애자는 잠시 하늘을 올려다보았다. 그도 그럴 것이 얼마 전부터 복미에 관해 좋지 않은 소문이 나돌고 있었다. 그녀가 일본 가라오케로 팔려 갔다는 소문. 이런 소문을 딸을 애타게 찾아다니는 어미에게 어떻게 전할 수 있단 말인가.

애자의 집에서 나온 숙희는 배정섭 혹은 김수돌이라는 인간이 한때 묵었다는 여인숙으로 찾아갔다. 그야말로 지푸라기라도 잡는 심정이었다. 그러나 뜨내기손님들이 주를 이루는 허름한 여인숙에서 사람을 찾기란 거의 불가능한 일이었다. 설사 그에 대해 알고 있다고 한들 쉽게 가르쳐 주지도 않을 터. 하지만 숙희는 포기하지 않았다. 여인숙에 있는 모든 방문을 두드린 결과, 얼마 전 그가 어떤 여자 하나와 일본으로 떠났다는 소식을 들을 수 있었다.

여인숙을 나온 숙희는 걷는 내내 눈물이 앞을 가렸다. 그렇게 얼마의 시간이 흘렀을까. 주변이 어둑어둑해질 무렵, 〈앵두〉라는 대폿집 앞에 섰다. 숙희는 들고 있던 쪽지를 내려다보았다. 조 마담이 병원에 적어 놓은 주소가 대폿집이라니. 대폿집 안은 이른 시간임에도 술 한잔 거하게 걸친 이들로 시끄러웠다. 기모노인지 한복인지 모를 요란스러운 옷에 올림머리를 한 여자가 젓가락 장단에 맞춰 노래를 불렀다.

"저… 저, 저기."

대폿집 안으로 숙희가 들어서자 모두의 시선이 한데 모였다. 그때까지도 신명 나게 노래를 부르던 여자가 들고 있던 젓가락을 상 위로 던지듯 내려놓았다.

"뭐야! 한창 좋았는데. 어느 놈 찾으러 왔수?"

거친 여자의 입담에 사내들은 너나 할 것 없이 크게 웃어댔다.

"저기… 조윤희 씨라고…."

실없는 농담을 던지던 여자가 조 마담의 이름을 듣고는 얼굴색이 바뀌었다. 자리에서 일어난 여자가 숙희를 밖으로 밀어냈다. 밖으로 나온 여자는 잠시 뒤를 돌아보는가 싶더니 말을 내뱉었다.

"그년한테 돈 받을 거 있어? 곧 죽을 년인데…."

거친 말투와 다르게 여자는 옷고름을 들어 눈물을 찍어냈다. 숙희는 돈을 받으러 온 것이 아니라 그녀의 친딸 때문에 찾아온 것이라고 했다. 여러 가지 사연을 대충 알고 있던 그녀는 흔쾌히 조 마담이 입원한 병원을 가르쳐 주었다.

이튿날 아침 일찍 숙희는 조 마담이 입원해 있다는 병원으로 갔다. 병원은 생각보다 규모가 작았다. 오래된 마룻바닥과 군데군데 벗겨진 페인트가 병원의 오래된 역사를 대변하는 것만 같았다.

"어떻게 오셨어요?"

병원 문을 열고 숙희가 들어서자 간호사가 자리에서 일어섰다.

"다름이 아니라, 조윤희 씨라고… 여기 입원해 있다고 해서요."

숙희의 말이 떨어지기가 무섭게 간호사는 입원 카드를 꺼내 들추었다. 빨강 소쿠리에 담긴 카드 중에 'ㅈ' 표기를 넘겼다. 한참 동안 서류를 뒤지던 간호사가 입술을 쭉 하고 내밀었다.

"조윤희라는 이름의 환자분은 없는데요."

"조봉달이라는 이름으로 다시 한번 더 찾아봐 주세요!"
"아! 그 환자분. 췌장암으로 재입원하셨는데… 지금 갑자기 상태가 안 좋아져서 중환자실에 있습니다. 그렇지 않아도 저희가 보호자를 찾던 중이었거든요. 가족이 없다고 하시던데. 뭐… 병원비가 많이 밀려 있기도 하고 혹 돌아가시고 나면 장례도 치러야 하는데…. 좋은 치료를 받으시라고 몇 번이나 대형 병원으로 가시라고 권했지만, 워낙에 완고하셔서요."

간호사는 골치 아팠던 문제가 해결된 것처럼 표정이 한껏 밝아졌다.

"중환자실은 바로 복도 끝에 있어요. 간단한 대화를 하시는 데는 무리가 없으실 겁니다!"

간호사의 말에 숙희는 중환자실로 걸음을 옮겼다. 언젠가는 살아가면서 우연히라도 만날 것이라 여겼지만, 이런 곳에서 만나게 될지는 상상조차 하지 못했다. 지금껏 그 숱한 세월을 살아오면서 원망하고 미워했던 사람이었다. 그러나 죽음을 목전에 둔 그녀 앞에 원망이든 미움이든 그것이 다 무슨 소용이란 말인가. 저물어 가고 있는 하나의 삶이 숙희는 그저 불쌍하고 안타까울 따름이었다.

"면회하시려면 위생복으로 갈아입어 주세요!"

중환자실을 지키고 있던 앳된 간호사가 숙희에게 위생복을 건넸다. 환자가 그리 많지 않아 조 마담을 찾는 데는 무리가 없었다. 중환자실의 문이 열리자 소독약 냄새가 한차례 온몸을 휘어 감았다. 침대 옆으로 점점 다가서던 숙희의 두 눈동자에 옅은 바람이 일었다. 조 마담은 힘든 치료로 인해 머리카락은 모두 빠져 있고, 아름답기만 했던 두 눈은 텅텅 비어 퀭했다. 살은 빠질 대로 빠져 그야말로 뼈만 덩그렇게 남아 있는 모습이 한없이 가여웠다. 얼마 전, 구천포에서 마주했던 그녀가 아니었다.

숙희와 눈이 마주친 조 마담의 눈동자에도 눈물이 고였다. 갑작스러운 숙희의 방문에 그녀 역시도 놀란 표정이었다. 하지만 그것도 잠시뿐, 조 마담의 눈동자는 다시 문 쪽으로 향했다. 아마도 연실을 찾는 듯 보였다.

"일어나야죠. 여기 이렇게 누워 있으면 어떡해요?"

숙희는 조 마담의 손을 덥석 잡았다. 죽어 가는 이가 불쌍하기보다 상처를 받을 연실이가 더 애처롭고 안쓰러웠다.

"윤희 씨! 강한 사람이잖아. 세상에 모든 엄마는 다 강해요. 딸이랑 묵은 감정… 모두 풀어야지 이렇게 훌쩍 또 가 버리면 연실이가 또 얼마나 슬퍼하겠어요. 살아가는 내내 가슴 아파할 텐데. 그 어린 것이 참, 많이도 엄마를 그리워했어요. 그러니깐 힘내서 일어나야 해요. 이제라도 제대로 엄마 노릇 해야 하지 않겠어요. 내 말 무슨 뜻인지 알죠?"

진심 어린 숙희의 말에 조 마담이 무너져 내렸다. 손수건을 꺼낸 숙희는 그녀의 눈가를 찬찬히 닦아내며, 미처 끝내지 못했던 말을 이어 나갔다.

"…그리고 고마워요. 연실이처럼 착하고 밝은 아이를 내게 보내 주어서…."

목이 메어 온 숙희도 결국 말끝을 흐렸다. 되돌아선 숙희는 잠시 천장을 쳐다보았다. 아픈 사람을 앞에 두고 눈물을 보이기가 싫었다. 그때였다. 차가운 조 마담의 손이 숙희의 손끝을 잡아끌었다.

"정, 정말… 죄, 죄… 죄송, 합…니다. 감… 감, 감사…합니다."

죽을힘을 다해 조 마담이 말을 뱉을 때마다, 산소호흡기에 뿌연 김 서림이 차올랐다. 면회 시간이 끝나 가자 간호사가 침대로 다가왔다. 숙희는 조만간 연실이와 꼭 함께 오겠다며 그녀의 손을 다시 꽉 잡았다.

병원 접수대로 나온 숙희는 혹시나 하여 챙겨 왔던 돈을 모두 꺼내 병원비 일부를 치렀다. 남은 것은 빠른 시일 내에 갚겠다는 서류도 작성했다. 더불어 간호사에게 잘 돌봐 달라는 부탁도 잊지 않았다.

#10. 그녀들의 이야기(3)

구천포로 내려온 숙희는 연실을 붙들어 앉혔다. 어두운 숙희의 표정을 마주하자 그녀는 괜스레 두려웠다.

"먼 길 댕겨오시느라 피곤하실낀데, 뒷정리는 지가 하겠심더."

"그건 내가 알아서 할 테니… 일단 네게 이야기를 해야 할 것 같아서."

단호한 숙희의 말투에 연실은 짐보따리를 슬며시 내려놓았다. 혹시 그간 애자에게 몰래 전화를 걸어 복미의 행방을 물어본 것 때문인 걸까. 왠지 모를 불안감에 연실은 마른침을 꿀꺽 삼켰다.

"말씀하이소! 지는 들을 준비가 다 되었심더."

연실이 자세를 고쳐 앉자 숙희는 아랫입술을 살짝 깨물었다. 내려오는 버스에서 수십 번도 더 정리한 생각을 막상 꺼내려고 하니, 어디서부터 어떻게 시작해야 할지 막막했다. 그저 연실이가 더는 상처받지 않았으면 하는 바람뿐이었.

"어떤 오해도 없이 네가 들어 주었으면 좋겠다. 말 꺼내기 전에 이것 하나만은 확실히 해 두자! 지난번에도 말했듯이 너는 누가 뭐라고 해도 나, 정숙희의 딸이다. 그러니 내 말을 끝까지 들어 주었으면 해! 다름이 아니라, 서울서 너의 친모를 만나고 왔단다."

연실은 숙희의 말에 두 눈을 치켜떴다.

"뭐 할라꼬, 그 여자 만났심니꺼! 입에 올릴 가치조차도 없는 인간입니더."

길길이 날뛰는 연실의 손을 숙희가 감싸 쥐어 한참을 토닥였다.

"너와 함께하고 싶었지만, 함께 할 수 없는 일들이 자꾸만 생기는 바람에… 결국은 세월만 흘렀다고 후회를 많이 하더구나. 더군다나 네 친모가 아주 많이 아프단다. 병원에서도 가망이 없다고… 말기 암이라고…."

숙희는 아차 하는 마음에 잠시 호흡을 가다듬었다. 반면 연실의 표정은 오히려 담담했다. 마치 자신과는 전혀 상관없는 남의 이야기를 전해 듣는 것처럼. 그녀는 잠시 끊어졌던 말을 다시 이어 붙였다.

"내가 바라는 것은… 그러니깐 어떤 결정을 내리든 연실이 네가 후회하지 않았으면 좋겠어. 단지 그것뿐이야. 어떤 선택을 하든 엄마는 무조건 너의 편이란다. 내 말 무슨 뜻인지 알지?"

연실의 등을 쓰다듬던 숙희는 들고 있던 쪽지를 바닥에 내려놓았다. 숙희가 밖으로 나가자 그녀는 반쯤 접혀 있던 쪽지를 폈다. 쪽지에는 조 마담이 입원해 있는 병원 주소와 연락처가 적혀 있었다. 숙희의 말이 백번 옳다는 것을 알지만, 그렇다고 친모를 만나고 싶은 마음은 눈곱만큼도 없었다.

이른 아침 배달을 다녀오던 숙희가 심상치 않은 얼굴로 연실을 급히 찾았다. 숙희의 어두운 낯빛에서 연실은 결국 올 것이 왔구나 싶은 예감이 들었다.

"어제부터 상황이 좋지 않다고, 서둘러 병원으로 와 주었으면 하더구나. 하여 급히 서울로 올라가 봐야 할 것 같아. 네가 정 싫다면…."

애타는 숙희의 말에도 연실은 묵묵부답이었다. 숙희는 걸치고 있던 앞치마를 벗어 놓고 걸음을 되돌렸다. 점점 멀어져 가는 그녀의 등을 연실은 물끄러미 쳐다보았다. 인간이라면 누구나 하루에도 수십 아니 수백 번도 더 선택의 갈림길 위에서 고민한다. 때론 작은 선택 하나가 삶의 전부를 바꿔 버리기도 한다. 어쩌면 연실은 지금껏 살아오면서 가장 힘든 선택의 갈림길 위에 서 있는 것일지도.

집에 도착한 숙희는 대충 짐을 꾸려 버스터미널로 향했다. 조 마담이 오늘 밤을 못 넘길 것이라는 간호사의 말에 그 어느 때보다 마음이 초조했다. 곧장 출발한다고 해도 새벽이 다 되어서야 서울에 도착할 수 있는 먼 길이었다. 무엇보다 어찌어찌 병원에 도착한다 해도 조 마담이 살아 있을지는 장담할 수 없었다. 생각이 이쯤에 미치자 숙희는 연실을 꽁꽁 묶어서라도 데려가는 것이 맞나 싶었으나, 이내 마음을 접었다.

하루라는 시간이 짧게 느껴질 만큼 후딱 지나갔다. 초조한 숙희의 마음을 아는지 모르는지 서울행 기차는 더디기만 했다. 차창 너머로 시간의 흐름에 따라 풍경이 바뀌기를 여러 차례. 힘차게 달리던 낮이 밤에게 바통을 건네고, 바통을 건네받은 어둠은 어느새 대기하고 있던 새벽에게 서둘러 바통을 집어 던졌다.

"아! 조봉달 환자, 보호자님?"

병원 안으로 들어서던 숙희는 때마침 중환자실에서 나오던 간호사와 눈이 마주쳤다. 그녀는 지난번 접수대에서 인사를 나눈 바로 그 간호사였다. 숙희의 곁으로 다가선 간호사는 조 마담의 상태를 세세히 알렸다. 지금 당장 죽는다 하여도 전혀 이상하지 않을 만큼 매우 위중했다. 산소호흡기에 겨우 의지한 채, 허공을 향해 있는 조 마담의 눈동자는 이미 살아 있는 사람의 것이 아니었다.

"윤희 씨! 조윤희 씨, 나 왔어요."

숙희는 조 마담의 손을 잡았다. 천장을 향해 있던 조 마담의 눈동자가 천천히 옆으로 움직였다. 그러자 움푹 팬 볼에 숨이 조금씩 들이찼다. 조 마담의 두 눈은 곧 문으로 향했다. 어찌 모르겠는가? 마지막으로 딸을 보고 떠나기 위해 지금껏 견디고 있었다는 것을.

"연실이를 데려오려고 했는데… 미안해요. 정말 미안합니다."

떨리는 숙희의 목소리에 잠시 빛이 찾아들었던 조 마담의 눈동자가 점점 잿빛으로 바뀌었다. 산소호흡기에 마지막 숨이 달라붙자, 기계음이 요란스레 울렸다. 그 소리에 의사가 달려와 조 마담의 눈동자에 불빛을 비추는가 싶더니, 이내 고개를 흔들었다. 그것은 마음의 준비를 하라는 신호였다. 넘어가는 마지막 숨이 거칠어지던 그때.

"또 내 버리고 도망가는 기가?"

연실의 목소리에 놀란 숙희가 뒤를 돌아보았다.

"연, 연… 연실아!"

연실은 숙희를 향해 고개를 숙였다. 연실이 침대 옆으로 다가서자, 조 마담은 마지막 힘을 다해 눈을 부릅떴다. 텅 비어 있던 조 마담의 눈동자에 눈물이 차올랐다.

"이런다고 내가 용서할 거라는 생각은 아예 꿈도 꾸지 마래이. 그간께 인자 내 걱정허지 말고 편하게 지내래이. 엄마…."

연실은 어금니를 꽉 깨물었다. 곁에 있던 숙희가 연실의 손을 잡아끌어 조 마담의 손등 위에 올려놓았다. 그제야 조 마담의 두 눈이 스르르 감겼다. 요란스레 울리던 기계음의 소리도 비로소 멈췄다.

"고마워! 용기 내 주어서 정말 고맙다. 고마워!"

숙희는 연실이의 어깨를 다독였다. 그 순간, 연실은 응급실 바닥에 꿇어앉았다.

"지가 감사헙니더. 참말로 지가 더 감사헙니더. 이 은혜는 평생 갚으믄서 살껍니더. 지헌테 엄마를 찾아 주셔가 진짜 진짜로 감사헙니더."

연실은 흐느꼈다. 숙희는 알고 있었다. 이곳까지 온 것은 친모를 향한 그리움 때문이었으리라. 장례는 하루 만에 치러졌다. 아니 장례라 할 것도 없이 곧장 화장터로 향했다. 그렇게 조 마담의 화려했던 삶도 한 줌의 재가 되어 딸 연실에게로 돌아왔다. 구천포로 내려간 두 사람은 〈에로스〉 주점 근처 새벽 바다에 조 마담의 유골을 뿌렸다. 연실은 이제야 친모를 맘껏 그리워할 수 있게 되었다. 딸을 버리고 야반도주한 못난 엄마지만, 그래도 자신을 이 세상에 있게 해 준 고마운 사람이다.

맘껏 외로워하기도 하고 그리워하기도 하며 서로가 서로에게 의지한 채, 세월은 그저 그렇게 말없이 흘러만 갔다. 필 듯 말 듯 한 꽃망울이 하루 만에 벚꽃을 활짝 피웠다. 춥고 혹독했던 겨울이 언제 가는가 싶었는데, 오랜 기다림 끝에 찾아온 봄은 유독 짧게만 느껴졌다. 몇 번의 꽃샘추위 끝에 날씨는 금세 따뜻해졌다. 봄철 시장은 그 어느 때보다 활기찼다. 연실은 손가락질받던 소심한 아이에서 누구보다 강한 여성으로 자랐다. 무엇보다 무슨 일이 생기면 발 벗고 나서서 척척 해결하다 보니, 이제는 시장에 없어서는 안 될 존재가 되었다.

"쬐매만 더 옆으로 해 주이소. 더, 더, 더… 됐심니더!"

사다리를 올려다보던 연실이 목소리를 높였다. 아저씨는 연실의 외침에 나사를 꺼내 간판을 고정했다. 조합에서 좀 더 깨끗하고 정리된 시장을 만들려는 방편 중 하나가 바로 간판을 다는 것이었다. 비록 난전이라 할지라도, 상인회에서 허가가 난 곳은 반드시 간판을 내걸어야만 했다.

"숙희 딸? 간판 이름 참말로 좋데이. 연실이 니가 짱인기라. 울 딸이 니, 반의반만이라도 닮았으믄 좋겠다. 허허허."

아저씨는 먼지를 털어내며 연실을 흐뭇하게 바라보았다.

"사장님도 참말로, 빈말이라 캐도 기분 좋심니더! 이거 좀 드시소."

연실은 시원한 식혜를 아저씨에게 내밀었다. 그는 밥풀이 동동 떠 있는 식혜를 시원하게 들이켰다. 그 사이 그녀는 주변 간판들을 훑었다. 〈누구누구의 엄마네〉라는 간판보다 〈숙희 딸〉이라는 간판. 뭉클한 뭔가가 복받쳐 올랐다.

"요즘 왜 수업에 안 나와요!"

굵직한 남자 목소리에 연실은 화들짝 놀랐다.

"옴마야!"

연실은 옆으로 피한다는 것이 제 발에 걸려 휘청였다. 남자는 넘어지려는 연실의 팔을 확 낚아챘다. 잠깐 두 사람 사이에 묘한 분위기가 흘렀다. 그녀는 민망함에 남자의 가슴팍을 밀쳐냈다.

"괜찮아요? 어디 다치지 않았어요?"

남자는 연실을 향해 걱정스레 물었다. 그는 다름 아닌 소설을 함께 배우고 있는 김준우였다. 연실은 자신에게 관심을 보이는 그를 피해 몇 달째 수업에 나가지 않고 있었다. 준우는 구천포에서도 알아주는 집안의 장남이며 현직 검사였다. 그만큼 여러모로 그가 부담스러웠다. 한 다리만 건너면 모두 아는 좁은 동네인지라, 그 어떤 것이라도 일단은 얽히기 싫었다. 준수한 외모에 좋은 가정환경 그리고 남들이 우러러보는 직업까지. 한마디로 모든 것이 완벽한 남자였다. 그야말로 현실이 아닌 소설 속에만 등장하는 남주인공처럼.

"여는 우짠 일입니꺼?"

"연실 씨, 대답 들으러 왔죠! 혹시 대답하기 싫어서 수업에 안 나온 건…."

준우가 말을 채 끝내기도 전에 연실이 급히 말꼬리를 잡아 비틀었다.

"바, 바빴심더. 지금도 억수로 바쁘고… 앞으로도 억수로 바쁠 깁니더. 여는 우째 알고 왔는지 모르겠지만… 암튼, 내는 딱히 더 드릴 말씀이 없심니더. 허니 그만 가보이소. 곧 손님들 오십니더!"

뒤에서 느껴지는 다른 이들의 뜨거운 눈길에 연실은 준우의 등을 떠밀었다.

"누구시니?"

때마침 돌아온 숙희가 준우를 바라보았다. 예기치 못한 상황에 당황한 연실은 급하게 그녀의 팔짱을 꼈다.

"아, 아, 아입니더. 손님입니더. 엄니는 신경 쓰지 마이소."

연실의 말에 한 걸음 앞으로 나선 준우가 숙희를 향해 넙죽 인사를 했다.

"안녕하십니까! 저는 김준우라고 합니다. 연실 씨와 함께 소설 공부를 하고 있습니다."

우렁찬 준우의 목소리에 연실은 난감한 표정을 지어 보였다. 연실은 손짓, 눈짓, 발짓 모두 동원해 그에게 가라는 신호를 보냈다. 하지만 준우는 목청을 더욱 높였다.

"연실 씨를 좋아합니다. 아니 사랑합니다!"

뜬금없는 준우의 고백에 연실이와 모여 있던 이들의 입이 떡 하고 벌어졌다. 그러거나 말거나 그는 다시금 숙희를 향해 깍듯하게 인사를 건넸다. 일단 구김살 없어 보이는 준우가 숙희는 마음에 들었다. 뒤에 한동안 멍하니 서 있던 연실은 어금니를 꽉 깨물고는 그의 소맷자락을 잡아당겼다.

"퍼득 따라오이소!"

"어머니! 조만간 또 찾아뵙고 인사드리겠습니다."

준우는 숙희를 향해 넉살 좋게 '어머니'를 거듭 외쳤다. 그들의 모습이 점차 멀어지자 수군대던 상인들이 하나둘 모여들었다. 하긴 그 조그마하던 아이가 어느새 결혼할 나이가 되었으니, 숙희는 대견하면서 한편으로 짠했다.

시장통을 빠져나간 연실의 발걸음은 방파제 앞에 다다라서야 멈췄다. 몇몇 관광객이 있긴 하나, 인적이 뜸해 이야기를 조용히 나누기에 괜찮은 장소였다. 방파제 끄트머리에 부딪히는 파도를 한참 동안 물끄러미 바라보던 연실의 눈동자에 옅은 바람이 일었다. 준우는 말없이 그런 그녀의 뒷모습을 바라보았다. 마치 꾸지람을 듣기 위해 잔뜩 주눅이 든 아이처럼. 무거웠던 침묵이 점점 파도에 실려 갈 무렵, 연실이 뒤돌아섰다.

"지가 우스워 보입니꺼? 그만큼 거절하지 않았심니꺼. 헌데 왜 그러는데에? 장난질해도 정도껏 하란 말입니더. 내가 얼매나 우스워 보였으믄…."

연실의 목소리가 떨렸다. 비로소 준우는 섣부른 자신의 행동에 뒤늦은 후회가 밀려왔다. 하지만 그는 포기할 수는 없었다. 태어나서 처음으로 심장에 들어와 박혀 버린 운명을 밀어내는 일이 어찌 마음대로 된단 말인가. 줄곧 바닥만 바라보던 준우가 고개를 들었다.

"내 생각이 짧았어요. 내 감정에만 앞서서 본의 아니게 연실 씨를 아프게 한 것 같아요. 정말 미안합니다. 하지만 연실 씨를 향한 내 마음은 진심입니다."

낮게 깔린 준우의 목소리에도 어느새 물기가 묻어났다. 어찌 모르겠는가? 진심은 굳이 입 밖으로 꺼내지 않아도 마음에서 마음으로 전해지는 법이다. 그러나 연실에게는 그것이 진심이든 거짓이든 상관없었다. 더는 누군가와 얽히고 싶지 않을 뿐. 입을 굳게 닫아 버린 그녀를 대신해 준우는 마지막으로 힘주어 말했다.

"기다릴게요. 연실 씨가 마음을 열어 줄 때까지 기다리겠습니다!"

준우의 말에 연실은 결국 두 눈을 감고 말았다. 누군들 평범하게 연애도 하고 사랑하는 사람과 함께 행복하게 살아보고 싶지 않겠는가. 그녀 또한 평범한 가정에서 태어나 자랐다면 분명 한 번쯤은 꿈꾸었을 일이다.

수평선 너머에서 불어오는 바람에 연실은 복잡한 머리를 잠시나마 식혔다. 애초부터 안 될 일이라면 꿈조차도 꾸지 말아야 한다. 마음이 걷잡을 수 없이 커지면 그로 인한 상처는 그보다 몇 배로 더 큰 법이다. 생각이 이쯤에 이르자 그녀는 두 주먹을 불끈 말아쥐었다. 그러자 정신없이 나대던 심장이 조금씩 평온해졌다.

"기다리지 마이소! 그카고 두 번 다시는 지를 찾아오지 마이소!"

단호한 연실의 말은 날카로운 비수가 되어 준우의 심장을 도려냈다. 준우는 스쳐 지나는 그녀의 팔목을 낚아챘다. 하지만 연실은 매몰차게 그의 손길을 뿌리쳤다. 충격을 받은 준우는 한동안 자리에서 움직이지 않았다. 모래사장을 가로질러 걷던 연실은 잠시 멈춰 서서 뒤를 돌아보는가 싶더니 이내 앞을 향해 걸음을 옮겼다.

집으로 돌아온 연실은 저녁밥을 먹는 내내 말이 없었다. 숙희 역시도 밥맛이 없는지 숟가락을 들었다가 놓았다. 오전에 애자와 통화를 하던 중 언뜻 나온 복미 소식에 온통 신경이 쓰였다. 애자가 무심결에 내뱉은 '망가졌다'라는 의미가 대체 무엇을 뜻하는지, 알 길이 없어 그저 답답하기만 했다. 애끓는 그리움을 어찌 다 말로 표현하겠는가. 문드러져도 수백 번 아니 수천 번도 더 문드러진 마음이었다. 그때까지 숙희의 눈치를 살피던 연실이가 조심스레 말문을 열었다.

"얼굴이 안 좋아 보이십니더. 혹시 지 때문에 그러심니꺼? 안카몬 무슨 고민이라도 있으심니꺼?"

"낮에 보았던 그 청년 말이다. 내가 보기에 널 아주 많이 좋아하는 것 같더구나. 연실이 너는?"

숙희는 인자한 눈빛으로 연실을 바라보았다. 숙희의 물음에 그녀는 턱 아래로 두 손을 가져다 대며 눈을 반짝였다.

"그런 거 아입니더! 개인적으로다 지가 좋아허는 스타일이 아니라예. 지도 보는 눈이 있다 아입니꺼. 못생기고 나이는 또 지보담 많다 아입니꺼. 언감생심 어데 요로코롬 어여쁘고 귀엽기까지 한 내를… 백 번이고 천 번이고 아니 만 번이고 지가 더 아깝다 아입니꺼. 지 말이 맞지예? 하하하!"

통쾌한 연실의 웃음에 숙희도 덩달아 웃었다. 그러나 마음은 그 어느 때보다 시리고 아렸다. 평범한 삶을 살았더라면 사랑 고백을 받고 밤새 설레어 잠을 이루지 못했을 텐데. 숙희는 괜찮은 척하는 연실이가 그저 애잔할 따름이었다.

그 일이 있고 다음 날부터, 준우는 매일 같이 생선을 사러 좌판에 들렀다. 연실은 그런 그를 몇 번이나 타이르기도 하고 화도 내 보았지만, 소용없었다. 몇 날 며칠 고민에 고민을 거듭하던 그녀는 뭔가 결심을 한 듯 수화기를 들었다. 그리고는 서둘러 어디론가 삐삐를 쳤다. 그렇게 얼마의 시간이 흘렀을까. 생각보다 연락이 늦어지자 연실은 수화기를 들어 다이얼을 돌렸다.

"저… 김준우 검사님 계십니꺼? 죄송허지만, 계시믄 통화를 좀 허고 싶은데예!"

누구냐는 직원의 물음에 자신의 이름을 밝히자 곧장 준우가 전화를 받았다. 생각지도 못한 연실의 전화에 그의 목소리가 한껏 들떴다. 그녀는 퇴근 시간에 맞춰 법원 근처 다방에서 기다리겠다는 말을 하고는 서둘러 전화를 끊었다. 이번에야말로 연실은 무슨 수를 써서든 그와의 인연을 끊어 내리라 독하게 마음먹었다.

뭔가 정해 놓은 일이 생기면 시간은 더욱 빨리 흘러가는 법. 붉은빛이 서서히 하늘을 물들여 가자 연실은 앞치마를 벗었다. 그녀의 표정은 마치 큰 전쟁을 목전에 앞둔 장군처럼 결의에 차 있었다. 숙희는 멀어져 가는 연실의 뒷모습을 물끄러미 쳐다보았다. 그 어떤 결정이든 부디 상처를 받는 일이 생기지 않기를, 숙희는 바랐다.

다방 안으로 들어서기에 앞서 연실은 숨을 크게 들이마셨다. 나무로 된 출입문을 밀자 문 위에 달려 있던 방울이 흔들렸다. 방울 소리에 손님들의 시선이 모두 한데 쏠렸다. 은은한 커피 향과 갑작스레 쏟아지는 시선에 어쩔 줄 몰라 하던 차에 쟁반을 든 아가씨가 연실의 곁으로 성큼 다가섰다.

"어서 오세요! 몇 분이세요?"

아가씨의 물음에 연실은 주변을 찬찬히 둘러보았다.

"연실 씨!"

그런 연실을 먼저 알아본 준우는 냉큼 입구 쪽으로 달려왔다. 일행이 있음을 확인한 아가씨는 그제야 주방으로 갔다. 그는 연실이 자리에 앉기 쉽게 의자를 빼 주었다. 탁자 위에 쌓아 올린 성냥을 보니, 꽤 오래 기다린 모양이었다.

"오는데 힘들지 않았어요? 내가 가면 될 텐데."

준우의 말이 떨어지기 무섭게 쟁반을 든 아가씨가 주문을 받기 위해 다가왔다. 준우가 차를 주문하는 동안 연실은 생각해 온 것들을 차근차근 정리했다. 주문을 마친 그가 흐뭇한 미소로 앞을 내다보았다.

"연실 씨가 이렇게 먼저 연락을 주실 거라고는 상상도 못 했어요. 전화 받고도 꿈인가 했다니깐요. 하하하."

준우는 활짝 웃었다. 막상 해맑은 그의 웃음을 마주하니 독하게 먹었던 마음이 흔들렸다. 그러나 곧 정신을 차린 연실은 아랫입술을 살포시 깨물었다.

"지가 이렇게 뵙자고 한 이유는…."

연실의 말은 커피를 가져온 아가씨로 인해 잠시 끊겼다. 두 사람 사이에는 잔잔하게 흐르는 팝송과 커피잔에서 올라오는 커피 향이 전부였다. 그렇게 얼마의 시간이 흘렀을까? 옅은 숨을 내쉬던 그녀가 어렵사리 말을 다시 이었다. 되도록 피하고 싶었던 진실. 그것은 함께할 수 있는 이유보다는 함께할 수 없는 이유였다.

"…지는 말입니다, 술집 마담의 딸이라예. 그것도 사기 전과가 있는 범죄자의 딸 누군가가 좋아할 만큼 아니 좋아해도 될 만큼, 그런 평범한 사람이 아니라는 뜻입니다. 허니 지를 향했던 마음은 고마 접고, 검사님헌테 어울릴 만큼 괜찮은 아가씨를 만나이소! 이 말 할라고 이래 뵙자고 했심더."

말하는 내내 연실은 준우의 눈을 피하지 않았다. 그것은 그를 향한 일종의 배려였다. 평범치 않은 여자를 만나 사랑을 나눈다는 것은 그만큼 감내해야 할 고통이 크다는 것을 알려 주고 싶었다. 준우는 한동안 멍하니 찻잔만 내려다보았다.

"그카믄 지는 먼저 일어나 보겠십니더. 가게 때문에…."

"그게 그렇게도 중요한 겁니까? 뭐가 이렇게 복잡해야 하는 건지. 내가 연실 씨 하나만 바라보듯, 연실 씨 또한 나 하나만 바라봐 주면 안 됩니까?"

물기 가득 밴 준우의 목소리가 찬찬히 주변으로 스며들었다. 그 순간 홀에 있던 많은 이들의 시선이 일제히 두 사람에게로 향했다. 애절하고도 간절한 그의 마음에 연실의 심장이 쿵 하고 바닥으로 떨어졌다.

"바보라예? 바보입니꺼? 내가 싫다코 안 합니꺼! 그카고 현실을 좀 단디 바라보이소. 우리가 어데 어울리기라도 합니꺼? 검사님 부모님께 이런 사실을 제대로 말할 자신은 있습니꺼? 지는 두렵습니더. 지가 상처받는 게 두려운 게 아니라, 지… 지를 키워 주신 울 엄니가 상처받으실까 봐, 그게 제일루 겁 납니더! 불 보듯 뻔한 일을 와 할라고 그리도 안달입니꺼. 지금도 죽을힘을 다해가 버티고 있는데… 그칸께 서로에게 상처가 되는 일은 여거서 고마 멈춰 주이소. 제발 부탁헙니더."

연실은 있는 말, 없는 말 모두 퍼부었다. 그렇게 한바탕 퍼붓고 나면 속이 시원할 줄 알았는데, 오히려 답답하기만 했다. 마음 한편에 차지한 감정을 강제로 도려내야 하는 것이 이토록 아플 줄이야. 그녀는 혹 마음이 약해지기라도 할까 봐 도망치듯 다방을 뛰쳐나왔다. 애타게 부르는 준우의 목소리가 먼 이명처럼 아득하게만 들려왔다.

그 후, 준우는 시장으로 더는 찾아오지 않았다. 간혹 준우의 소식을 묻는 상인들이 있었으나 그때마다 연실은 그저 웃음으로 넘겼다. 그러나 옛

말에 든 자리는 몰라도 난 자리는 안다고, 오후가 되면 마음에 서늘한 바람 한 줄기가 지나갔다. 어쩌다 그와 닮은 사람이 지나가면 연실은 한참을 멍하니 바라보았다. 아무래도 자신 또한 준우를 많이 좋아했던 모양이었다. 숙희는 그런 그녀가 신경 쓰였다.

"너 혼자 장사해도 괜찮겠어?"

"당연하지예. 걱정허지 마시고 댕겨오이소."

씩씩한 연실의 목소리에 숙희가 고개를 가볍게 끄덕였다. 엊저녁 심재충으로부터 정자가 몹시 아프다는 연락을 받고 숙희는 급하게 짐을 꾸렸다. 지금껏 받은 것만 있지 아무리 생각해도 정자에게 제대로 해 준 것이 없었다. 이번에야말로 그녀에게 그간의 빚진 마음을 조금이라도 갚고 싶었다. 선착장에 도착한 연실은 화옥도로 가는 배표를 끊어 숙희에게 내밀었다.

"곧 배가 들어온다고 합니다. 걱정허실 일이 없도록 지가 잘허고 있을 테니깐, 엄니는 걱정 붙들어 매고 조심해서 다녀오이소! 지가 누굽니꺼? 숙희 딸 아입니꺼. 하하하."

잇몸을 드러낸 연실이 크게 웃었다. 비록 짧게 다녀오는 길이라고 해도, 이런저런 일로 힘든 연실을 혼자 두고 가려니 숙희는 마음이 쓰였다. 그러는 사이 긴 뱃고동 소리와 함께 여객선이 부두에 정박했다. 여객선에 탑승할 승객들은 미리 배표를 준비하라는 안내방송이 흘러나왔다.

"인자 가셔야 됩니더."

보따리를 든 연실은 여객선이 정박해 있는 곳으로 나갔다. 그야말로 구름 한 점 없는 맑디맑은 초가을 날씨였다. 서너 마리의 갈매기가 낮게 비행하는 모습이 마냥 평화롭고 여유로운 아침 바다였다.

"금방 다녀올 테니, 무슨 일 있으면 꼭 전화하고. 알았지?"
"알겠심니더. 걱정허지 말고 다녀오이소!"

연실은 들고 있던 보따리를 숙희에게 내밀었다. 하나, 둘 승객들이 배에 오르자 출발을 알리는 방송이 흘러나왔다. 배 아래에서는 쇠줄 감기는 소리가 났다. 닻이 거의 다 올라오자 미끄러지듯 여객선이 움직였다. 숙희는 갑판에 서서 연실을 향해 손을 흔들었다. 잔잔한 물결을 따라 여객선은 먼바다로 향했다. 미처 따라나서지 못한 갈매기들이 서둘러 여객선을 뒤따랐다. 연실은 배가 시야에서 완전히 사라질 때까지, 오랫동안 손을 흔들었다.

배웅을 끝내고 다시 시장으로 돌아온 연실은 어디론가 전화를 걸었다. 몇 번의 신호음과 함께 짜증 섞인 여자의 목소리가 수화기 너머에서 흘러나왔다. 그녀는 최대한 여자의 심기를 건들지 않기 위해 나근나근 말을 했다.

"전데예."
"몰라. 모른다고. 복미가 어디서 뭘 하는지 모르니깐. 제발 너… 전화 좀 그만해!"

애자였다. 연실이 다른 것을 묻기도 전에 그녀가 전화를 끊어 버렸다. 연실은 다시 전화를 걸었다. 하지만 긴 신호음만 울릴 뿐. 하긴 하루에 한 번꼴로 전화를 해 대는 통에 애자의 입장에서 짜증이 나는 것도 당연했다.

연실은 숙희의 마음을 온전히 알 수는 없지만, 얼마나 친딸이 그립고 보고 싶겠는가. 자식은 부모를 그리워하지 않아도 부모는 평생 자식을 그리워한다. 설령 자식이 곁에 있어도 말이다. 모녀 사이에 깊었던 골을 조금이라도 풀어 줄 수만 있다면, 그것이 무엇이든 연실은 해 볼 작정이었다.

금방 돌아온다던 숙희는 갑작스레 나빠진 바다 날씨로 인해 며칠 늦어졌다. 연실은 생선을 장만하거나 장사를 하는 틈틈이 소설을 쓰느라 하루가 분주했다. 원고지를 차곡차곡 채우는 일은 그 자체만으로도 그녀에게 있어 행복이고 즐거움이었다.

"연실아! 손님 오셨데이."

탁이 엄마의 부름에 놀란 연실은 들고 있던 원고지를 양철통 위에 내려놓았다. 붉은 정장 재킷과 검정 스커트를 멋스럽게 차려입은 나이 지긋한 여성이었다. 언뜻 보기에도 부잣집 사모님처럼 보였다.

"어서 오이소! 찾으시는 거라도 있으심니꺼? 오늘은 전어가 물이 좋심니데이."

고무장갑을 낀 연실은 고무통에서 가장 싱싱한 전어 한 마리를 집어 올렸다.

"이봐요! 옷에 물이 튀잖아요! 이게 얼마짜리 옷인데. 아이참, 재수 없게!"

여자의 앙칼진 눈빛에 연실은 들고 있던 전어를 조심스레 고무통에 다시 내려놓았다.

"죄송합니더! 우째 세탁비라도…."

두 손을 가지런히 모은 연실은 허리를 굽혀 거듭 사과했다. 그때였다.

"어머머! 이게 누구서? 구천포 종합병원장 사모님 아니셔요! 어쩐 일로 사모님께서 직접 시장에 다 나오셨어요? 일하는 아주머니는 어디 갔어요?"

비슷한 연배의 뚱뚱한 여자 하나가 병원장 사모님을 알은체했다. 구천포 종합병원이면 구천포에서는 가장 큰 병원이었다. 달갑지 않은 갑작스러운 만남에 그녀의 미간 사이가 좁아졌다. 그 모습에 뚱뚱한 여자는 인사를 대충 건네는가 싶더니 곧 다른 곳으로 걸음을 옮겼다. 그제야 사모님은 헛기침을 내뱉었다.

"저… 혹시 따로 찾으시는 생선이라도 있으십니꺼?"

연실의 물음에 사모님의 눈초리가 매섭게 바뀌었다. 마치 예기치 않는 사람과의 만남까지 모두 연실의 잘못인 것 마냥. 시간이 흐르면 흐를수록 사모님의 얼굴은 더욱 딱딱하게 굳어졌다. 무서우리만큼 어색한 공기가 점점 무거워질 무렵.

"김준우 알죠?"

사모님의 입에서 나온 낯익은 이름 석 자. 연실이의 머릿속은 금세 백지장으로 바뀌었다.

"알아요? 몰라요?"

연실의 답이 늦어지자 사모님의 목소리도 덩달아 높아졌다. 꾸짖는 소리에 옆 좌판에 있던 탁이 엄마가 놀라 자리에서 벌떡 일어섰다.

"잘 알고 있심니더."

"대체 우리 애한테 무슨 짓을 했길래, 쟤가 저러는 거냐고! 내가 알아보니, 너… 술집 마담 딸이었다며? 어미나 딸년이나. 천박한 주제에 어디서 감히 내 아들을…."

사모님의 앙칼진 목소리에 조용했던 시장이 삽시간 술렁였다. 벗어나고 싶었던 술집 마담 딸이라는 올가미가 또 한 번 연실의 숨통을 조였다.

"사모님께서 믿으실지는 잘 모르겠지만, 맹세코 아드님과는 아무런 사이도 아입니더. 그칸께…."

말이 끝나기도 전에 눈앞이 번쩍였다. 맞은 연실의 뺨이 벌겋게 부풀어 올랐다. 모여 있던 사람들의 입에서 탄식이 터져 나왔다. 그래도 직성에 풀리지 않았는지, 사모님은 재차 손을 들어 올렸다.

"아이고. 와카심니꺼? 사모님, 쥐매 진정 쫌 하이소!"

보다 못한 탁이 엄마가 달려와 사모님의 팔을 붙잡고 매달렸다.

"놔요! 좋은 말 할 때 이거 놔요!"

"연실이 말이 맞심니더. 사모님 아드님캉 야캉은 아무런 사이도 아입니더. 그거는 여거 시장 사람들이 다 아는 사실입니더. 지가 좋아가… 아, 아니, 아니 아드님이 혼자 연실이 야를 좋아해가…."

"시끄러워요! 그 입 다물어요!"

분노와 노여움으로 인해 사모님의 낯빛은 벌겋게 타올랐다. 이미 이성을 잃은 그녀는 바닥에 있던 생선 내장을 움켜쥐었다. 그걸 본 탁이 엄마가 고함을 내질렀다.

"아따! 참말로 보자 보자 하니깐. 이 여편네가 미쳐도 단디 미쳤구만. 여가 어디라꼬, 지랄이고. 병원장 마누라믄 다가, 어이! 엄한 데 와가 아무 잘못 없는 아헌테 분풀이 허덜 말고, 댁네 아들놈이나 단속 잘 하라꼬!"

탁이 엄마의 거친 말투에 시장 상인들이 하나, 둘 모여들었다. 그들은 그녀의 편에 서서 한마디씩 거들었다. 사람들의 맹비난에도 불구하고 사모님은 움켜쥐고 있던 생선 내장을 연실이를 향해 냅다 집어 던졌다. 그 순간 누군가가 뛰어들었다.

"너, 너… 이 녀석…."

생선 내장을 뒤집어쓴 이는 다름 아닌 준우였다.

"괜찮아요? 이런 험한 일 겪게 해서, 정말 미안해요."

준우는 연실에게 미안하다는 말을 전하고는 곧장 뒤로 돌아섰다.

"어머니! 이 무슨 짓입니까? 이런 분이셨어요?"

준우는 실망과 원망에 찬 눈빛으로 사모님을 노려보았다. 그리고는 그녀의 팔목을 잡아끌고 시장통을 빠져나갔다. 그들의 모습이 멀어지자 그제야 연실은 자리에 털썩 주저앉았다.

"니 괘안나? 어이?"

옆에 있던 탁이 엄마가 연실을 다독였다.

"미친 여편네 아이가. 지 아들놈 새끼나 잘 간수허지. 어데 와가 행패를 부리노? 에라이. 재수가 없으려니. 별 시답지 않은 게 찾아와서리, 퉤!"

탁이 엄마는 분이 삭지 않는지 소금 그릇을 집어 들어 소금을 뿌려 댔다. 그사이 연실은 숨을 길게 몰아쉬었다.

"아지매! 울 엄니헌테는 오늘 일은 말허지 말아 주이소. 안캐도 몸도 안 좋다 아입니꺼. 그카고 주변에도 입막음 쫌 해 주이소! 부탁드립니데이."

연실의 부탁에 탁이 엄마는 대답 대신 손을 들어 보였다. 연실은 구천포 전체가 다 알고 있어도 숙희만큼은 몰랐으면 하는 간절한 마음뿐이었다. 사달이 일어난 그 날 저녁 준우가 그녀를 찾아왔다.

"여어 보는 눈도 많고 카니깐, 일단은 방파제서 쫌 기다려 주이소."

연실의 말에 준우는 힘없이 걸음을 옮겼다. 한 걸음 한 걸음 떼는 준우의 발자국이 한없이 무거워 보였다. 그런 그의 뒷모습에 연실의 마음도 아팠다. 갈까 말까로 고민하던 그녀의 걸음은 이미 방파제 앞으로 향했다. 방파제를 따라 생겨난 포장마차는 화려한 빛으로 손님을 불러들였다. 하여 예전의 고즈넉하고 조용했던 분위기는 사라진 지 오래였다.

한참 전어가 잡히는 철이라 포장마차마다 〈전어〉라는 글씨가 큼지막하게 씌어 있었다. 저녁 시간이라 그런지 이곳저곳에서 전어 굽는 냄새가 나자 연실은 비로소 배가 고팠다. 어느 소설의 구절인지 그것도 아니면 전해 내려오는 이야기인지는 모르나, 가을 전어 굽는 냄새에 집 나간 며느리도 돌아온다고 했다. 문득 어린 시절 숙희가 건넨 전어회에서 수박 맛이 났던 기억이 떠올랐다. 갑작스레 떠오른 추억에 잠시나마 텁텁했던 연실의 마음에 고운 단비가 내렸다. 그렇게 생각에 잠겨 방파제로 가던 그녀의 발걸음은 마지막 포장마차 앞에서 멈췄다.

"총각! 아따 참말로… 쪼까 정신 차려 보거래이. 뭔 노무 깡소주를 이리도 퍼마신단 말이고? 어이!"

포장마차 안에서 노파의 걸걸한 목소리가 터져 나왔다. 연실은 무심결에 고개를 돌렸다. 술에 만취한 사내가 탁자 위에 머리를 박고 잠들어 있는 것이 아닌가.

"검… 검사님?"

준우였다. 놀란 연실은 포장마차 안으로 뛰어들어갔다.

"아하! 총각이 눈 빠지게 기다린다는 처자구먼, 그래. 워째 이리 늦었는감? 얼매나 기둘렸다꼬."

노파의 말에 연실은 지갑에서 돈을 꺼내 술값을 계산했다. 빈 소주병과 식을 대로 식어 버린 전어구이까지. 구운 전어에 흠집 하나 없는 것으로 보아 안주에는 아예 손도 대지 않은 모양이었다. 그녀는 망가진 준우의 모습에 속상했다.

"지가 뭔데예… 아니, 지 겉은 게 뭐라고 이렇게꺼즉 허십니꺼?"

연실의 목소리에 물기가 촉촉하게 배어났다. 탁자에 엎드려 있던 준우가 용케도 그녀의 목소리를 알아채고는 허리를 뒤로 젖혔다.

"어! 어! 우리 예쁜 연실 씨다!"

준우는 정신을 차리기 위해 고개를 몇 차례나 흔들어댔지만, 그러면 그럴수록 몸은 더욱 휘청였다. 연실은 그를 일으켜 세우기 위해 안간힘을 썼다.

"정신 좀 차려 보이소. 일어날 수 있겠심니꺼?"

"…당, 당신이 나, 나를 떠날까 봐… 두, 두려워….”

잠꼬대처럼 중얼거리는 준우의 한 마디 한 마디가 연실의 마음을 아프게 했다. 정신을 잃은 준우와 한참을 실랑이하던 그때, 어디선가 전화벨이 울렸다. 그의 재킷 주머니에서 나는 소리였다. 연실은 주머니에서 준우의 핸드폰을 꺼냈다. 그녀는 계속 울려 대는 전화를 받아야 할지 말아야 할지 한참을 고민했다. 그러나 워낙 시끄럽게 울려 대는 통에 어쩔 수 없이 통화 버튼을 눌렀다.

"준우냐?"

핸드폰 너머로 들려오는 목소리에 연실은 잠시 망설였다.

"검, 검사님께서 많이 취하셔서, 하는 수 없이 지가 대신 혀서 전화를 받았심니더."

"실례가 안 된다면, 전화를 받으시는 분은 누구신지 여쭤봐도 됩니까?"

상대방의 점잖은 물음에 연실은 순간 적당한 답이 떠오르지 않았다. 한참 동안 대답이 없자 그녀를 대신해 상대방이 물어왔다.

"혹, 이연실 씨 되십니까?"

"네….”

짧은 연실의 답에 핸드폰 너머에서 옅은 한숨이 흘러나왔다. 그는 바로 준우의 아버지인 김문효로 구천포 종합병원의 병원장이었다. 그는 사람을 보낼 테니 준우와 함께 병원으로 와 주었으면 하는 말을 끝으로 전화를 끊었다. 앞뒤 사정이야 어찌 되었든, 하루 만에 연실은 준우의 부모님을 모두 만나게 된 셈이다. 어차피 만나 봐야 서로 얼굴 붉힐 일만 있을 것 같아 마음은 그 어느 때보다 무거웠다. 몇몇 테이블에 손님들이 일어날 때쯤, 검은색 고급 세단 한 대가 포장마차 앞에 멈춰 섰다. 운전기사로 보이는 사내가 안으로 들어와 연실을 향해 인사를 했다.

"검사님은 제가 모시겠습니다."

운전기사는 준우를 부축했다. 두 사람이 먼저 밖으로 나가자 비로소 연실이도 뒤를 따라나섰다. 운전기사는 그녀와 준우를 뒷좌석에 태우고 능숙한 솜씨로 방파제를 따라 달렸다. 굴곡진 길을 따라 차가 이리저리 꺾이자 준우의 몸이 그녀 쪽으로 차츰 기울었다. 그가 몸을 기대 오자 연실의 심장이 요란스레 날뛰었다. 어느덧 그들이 탄 차는 병원 앞에 멈췄다. 차에서 내린 운전기사는 미리 나와 있던 김 원장 앞으로 다가갔다.

"준우를 집에다 데려다주고 자네는 퇴근하게."

김 원장의 말에 운전기사는 가볍게 고개를 숙였다. 자동차가 멀어지자 김 원장은 연실을 바라보았다.

"미안합니다."

"아, 아… 아입니더… 이, 이러시면….''

갑작스러운 김 원장의 사과에 연실은 난처했다. 두 사람은 병원 뒤쪽에 있는 정원으로 자리를 옮겼다. 정원에 놓여 있는 서너 개의 벤치가 가을밤의 운치를 더했다. 그곳에는 잠 못 드는 환자들이 밤공기를 쐬며 도란도란 이야기를 나누고 있었다. 벤치에 연실이 앉자 김 원장은 자판기에서 커피를 뽑았다.

"날씨가 이제 제법 쌀쌀하네요. 여기!"

김 원장은 뽑아온 커피를 연실에게 건네며 옆자리에 앉았다.

"이야기는 대충 전해 들었어요. 오늘 집사람이 아주 큰 무례를 범했더

군요. 그 일로 연실 씨에게 직접 사과를 하고 싶어서… 실례인 줄 알지만, 여기로 모시라고 했습니다."

차분하게 말을 이어 가던 김 원장이 종이컵을 어루만졌다. 가로등에 비친 그의 옆모습에 준우의 얼굴이 겹쳤다.

"다시 한번 더 안사람의 일은 정말 미안합니다. 대신 사과드립니다."

"아, 아입니더. 이렇게까즉 하지 않으셔도 됩니더. 지가 되레 죄송헙니더."

연실의 꾸밈없는 말투에 김 원장의 얼굴에는 옅은 미소가 서렸다. 그러나 단지 사과를 하기 위해 늦은 밤 이곳까지 부른 것은 아닐 터. 잠시 서렸던 미소가 사라진 김 원장의 얼굴에는 곧 깊은 고뇌가 스며들었다. 그는 말을 꺼내기에 앞서 커피를 한 모금 들이켰다.

"오해 없이 들어 주었으면 합니다… 나 또한 두 사람이 만나는 것에 대해서는 집사람과 같은 생각입니다. 준우가 그저 평범한 집안의 아가씨를 만났으면 하는 것이 늙은 아비로서의 바람이에요. 내 말 무슨 뜻인지 알죠?"

김 원장은 고개를 돌려 연실을 물끄러미 보았다. 그는 준우가 매일 술에 취해 들어와 제대로 먹지도 자지도 않고 그간 폐인으로 지냈다고 했다. 김 원장의 말에 연실은 아랫입술을 지그시 깨물었다.

"걱정허지 않으셔도 됩니더!"

"이해해 줘서 고마워요. 그럼 연실 씨만 믿을게요."

연실이로부터 확답을 받은 김 원장은 병원으로 다시 돌아갔다. 혼자 남은 그녀는 한동안 자리에서 쉬이 일어나지 못했다. 손끝에 남아 있던 힘마저 모두 빠져나갔다. 애초부터 안 될 인연이라 생각하여 곁을 내어 준 적이 없다고 여겼건만. 자신도 모르는 사이에 준우를 마음에 품었던 모양이었다. 그간 알지 못했던 감정이 하필이면 지금에서야. 연실은 눈물이 핑 돌았다. 흔들리는 마음을 떨쳐 버리기 위해 그녀는 두 주먹을 불끈 거머쥐었다. 그리고는 몇 번이고 잘한 일이라며 스스로를 다독이고 또 다독였다.

다음 날 새벽녘. 숙희가 첫배를 타고 구천포항으로 나왔다. 연실은 숙희를 보자마자 반가움에 달려가 안겼다. 며칠 힘들었던 마음이 모처럼 편안해졌다. 시간이 지남에 따라 연실의 얼굴빛이 좋지 않았다. 숙희는 걱정스러움에 그녀를 먼저 집으로 들여보냈다.

"에고. 그칸께, 연실이 자가 그 험한 일을 겪었으니, 아플 만도 허지."

멀어지는 연실의 뒷모습에 탁이 엄마가 무심결에 말을 내뱉었다. 그러자 숙희가 무슨 일이냐며 그녀를 다그쳤다.

"뭐! 내가 말 안 혀도… 시장바닥에 소문이 쫙 퍼졌는디, 화옥댁이 알라카믄 안다 아이가. 에라이 나도 모르겠다."

탁이 엄마는 말하기에 앞서 목청을 쭉 뺐다.

"그칸께 그게 워떻게 된 일이라카믄… 그저께인가? 아무튼 그 총각 애미라 카는 여편네가 찾아와가 연실이헌테 난리를 쳤다 아이가! 그 여편네 성깔이 얼매나 지랄 맞던지. 지랄발광도 그런 지랄발광이 없을끼라."

탁이 엄마는 진절머리가 나는 듯 몸을 부르르 떨었다. 그간 생긴 일들을 전해 듣는 내내 숙희의 심장 끝이 아렸다. 섬에 있는 동안 몇 차례나 통화했지만, 연실은 그 어떤 티도 내지 않았다. 늘 그래왔던 것처럼 밝은 목소리라 눈치채지 못했다. 제 자식이 귀하면 남의 집 자식도 귀한 법인 것을.

"헌데 이… 여편네가 어데서 소문을 듣고 왔는 동, 연실이가 조 마담의 딸이라 카는 거 알고 찾아왔더라카이. 나참! 기가 막혀서. 술집 마담이 어쩌고저쩌고 카믄서 천박하다는 둥. 아헌테 못 할 소리 마이 했다카이. 미치도 그런 미친 여편네는 내사 처음 봤는기라!"

숙희는 결국 억장이 무너져 내렸다. 지금이라도 당장 뛰어가 당신이 뭔데 남의 자식한테 손을 대느냐고 따져 묻고 싶었다. 생각이 이쯤에 미치자 그녀는 끼고 있던 고무장갑을 벗어 던졌다.

"혹시 집을 알 수….".

그때였다. 탁이 엄마가 숙희를 향해 턱짓을 보냈다. 시선을 돌린 숙희와 눈이 마주친 준우가 허리를 굽혔다. 그녀는 말없이 준우의 앞을 스쳐 지나 어디론가 앞장섰다. 그렇게 얼마를 걸었을까. 위판장 구석진 곳에 멈춰 섰다.

"죄송합니다."

준우가 무릎을 꿇었다.

"사람이 사람을 좋아하는 것이 뭐 그리 큰 죄라고 무릎까지 꿇어요."

숙희는 무릎을 꿇은 준우를 일으켜 세웠다. 어느새 그의 눈가도 벌겋게 물들어 있었다.

"나는 내 딸, 연실이가 행복했으면 좋겠어요. 저 아이… 지금껏 그 누구보다 힘들게 살아왔어요. 맘껏 울지도 못했고 맘껏 아파하지도 못했던 그런 아이에요. 그러니깐, 내가 이렇게 부탁할게요! 여기서 그만 멈춰 줘요. 어느 어미가 자기 새끼 가슴에 피멍 드는 꼴을 보고만 있겠어요. 내 말 이해하죠?"

숙희의 진심이 큰 돌덩어리가 되어 준우의 가슴에 쿵 하고 떨어졌다. 한편 숙희는 이번에야말로 연실을 자신의 호적에 올리리라 마음을 먹었다. 조금 늦은 감이 있지만, 지금이라도 온전히 자신의 딸로 살게 해 주고 싶었다.

혼자 남은 준우는 꽤 오랜 시간 동안 움직이지 않았다. 그는 두 눈을 질끈 감았다. 차가운 바람 한 줄기가 스며들자 가슴이 시렸다. 한편 연실은 감기약을 먹고 몇 시간째 잠만 잤다. 좋지 않은 꿈을 꾸는지 미간 사이가 좁아지길 여러 차례. 때마침 방 안으로 들어선 숙희가 불을 켰다. 백열등은 금세 좁은 방 안을 환히 밝혔다. 그러자 땀범벅이 되어 번들거리는 연실의 이마가 보였다. 서둘러 자리에 앉은 숙희가 그녀의 이마에 손을 가져다 댔다. 뜨거웠다, 아니 불덩어리였다.

"연실아! 연실아!"

숙희가 연실을 흔들어 깨웠다. 겨우 눈을 뜬 연실은 일어나기 위해 몸을 뒤척였다.

"쬐매 잔다고 카는기… 시장하실낀데… 퍼득 저녁상 봐 오겠심니더."

연실의 말에 숙희는 그만 왈칵하고 울음이 터졌다. 그녀는 일어나 앉는 연실을 꽉 껴안았다.

"아프면 아프다고, 슬프면 슬프다고, 힘들면 힘들다고 엄마한테는 말해도 돼! 꾹꾹 눌러 담지 말고 가끔은 투정도 부리고, 짜증도 내고 또 화도 내고! 엄마니깐… 엄마한테는 그래도 돼!"

숙희는 연실의 등을 부드럽게 쓸어내렸다. 그제야 연실은 아이처럼 소리 내어 울었다. 울다 지친 그녀는 다시 깊은 잠에 빠져들었다. 그러다 새벽녘 술 취한 사내들의 시끄러움에 잠에서 깼다. 아팠던 머리는 한층 맑아져 있었다. 연실은 누운 채로 살짝 고개를 돌렸다. 그러자 벽에 기대어 곤히 잠든 숙희의 모습이 보였다. 자리에서 일어난 그녀는 이불을 꺼내 숙희의 곁으로 다가갔다.

'감사헙니더. 지 겉은 것을 이리도 아껴 주셔가 참말로 감사헙니더.'

맺혀 있던 눈물이 연실의 볼을 타고 흘러내렸다. 어느 누가 버림받은 이를 이처럼 따뜻하게 품어 줄까. 버림받은 것이 자신의 죄가 아님에도 죄인인 것처럼 그간 그리 살아왔다. 친모인 조 마담의 환영(幻影)은 잊을 만하면 어디선가 불쑥불쑥 튀어나와 자신의 삶을 엉망으로 만들어 놓았다. 지워내고 싶어도 절대 지워낼 수 없는 낙인처럼. 그 끔찍한 낙인이 네 잘못이 아니라고 말해 준 이가 바로 숙희였다.

#11. 그녀들의 이야기(4)

큰 태풍이 지나간 바다는 유난히도 아름다운 법. 올가을 태풍은 그 어느 때보다 지독하고 모질었다. 연실이 또한 태풍이 거칠게 몰아치던 날, 지독한 몸살을 앓았다. 그렇게 몇 날 며칠 앓고 나니 도리어 몸도 마음도 가벼워졌다.

연실은 태풍에 망가진 생선 궤짝을 챙기고 수리하느라 여념이 없었다. 거친 태풍과 폭우로 인해 시장은 그야말로 난장판이 되었다. 그도 그럴 것이 생선 좌판이 모여 있는 곳은 다른 곳에 비해 지대가 한참이나 낮아도 낮았다. 하여 태풍이나 거센 폭우가 몰아치면, 순식간에 물이 차오른다.

대형급 태풍이 구천포를 관통한다는 소식에 옮길 수 있는 것들은 죄다 옮겨 놓았다. 하지만 미처 거두지 못한 것은 밀려든 진흙과 토사에 잠겨 엉망이 되었다. 그나마 다행히 급한 대로 쌓아 올린 모래주머니 덕에 모두 떠내려가지는 않았다. 연실은 쏟아지는 비를 맞으며 물건들을 리어카에 실어 나르느라 분주했다. 펄로 변해 버린 바닥은 여러 차례 씻어 내어도 쉽게 씻기지 않았다.

"연실아! 좀 쉬어라. 나머지는 내가 할 테니…."

"괘안심니더. 인자는 다 나았다 아입니꺼. 지 보담 엄니께서 좀 쉬셨다 하이소! 병이라도 나실까 봐 걱정이 됩니더."

연실은 오히려 숙희가 걱정되었다. 잠시 주변을 둘러본 연실의 얼굴에 차츰 근심이 서렸다. 더러워진 물건들을 열심히 씻어 내고 닦아냈지만,

쓸 수 있는 것보다 버려야 하는 것들이 더욱 많았다. 작은 것 하나 발품을 팔아 가며 어렵사리 마련한 것들이다 보니, 마음은 그 어느 때보다 착잡했다. 더욱이 사람이 하는 일이 아닌 하늘에서 하는 일이니 어디 가서 하소연할 수 있는 것도 아니고. 터져 나오는 것은 한숨뿐이었다.

정신없이 흐르는 하루하루가 연실은 오히려 고마웠다. 몸이 고달프니 잡스러운 생각도 더는 찾아오지 않았다. 아침이면 일어나기 바쁘고 저녁이면 고된 몸을 눕히기에 바빴다. 가끔 준우가 떠오를 때도 있지만, 그것도 잠시뿐이었다. 시간이 흐르자 어수선했던 시장 안도 깔끔하게 정리가 되어 손님도 다시 모여들었다.

"오메, 그때 그 아가씨 맞재?"

거친 목소리에 원고지를 보고 있던 연실이 고개를 들었다. 앞에 있는 노파는 바로 길가 마지막 포장마차인 〈영아네〉 주인이었다.

"그카고 보이, 숙희 딸 집이구만! 내 여거 단골이데이."

노파는 손을 들어 간판을 가리켰다. 연실은 그녀가 '단골'이라는 단어에 유독 힘을 주는 이유를 잘 알고 있었다. 그것은 이곳에서 생선을 살 테니, 덤을 달라는 말과도 같았다. 노파는 밤 장사에 쓸 고등어 몇 마리를 골랐다. 그녀는 하는 수 없이 작은 고등어 한 마리를 덤으로 더 넣어 주었다.

"아, 맞다! 그카고 여거 장사 마치고 포장마차로 오니라. 그때 그 총각이 가방을 내삐리고 갔다카이. 연락처도 모리고 찾으러 오지도 않고 해서 우짜까 싶던 참에 아가씨를 보이 마침 생각이 난데이. 저녁다배 잊자뿌지 말고 꼭 가져가래이."

노파의 말에 얼떨결에 연실은 고개를 끄덕였다. 노파가 돌아가고 난 뒤, 그녀는 고민에 빠졌다. 준우에게 연락해야 할지 아니면 자신이 대신 찾으러 가야 할지.

그 일로 온종일 연실은 심장이 두근거렸다. 늦은 오후가 되자 외출했던 숙희가 돌아왔다. 연실은 배달 가기에 앞서 포장마차로 갔다. 저녁 장사를 하기 위해 천막을 걷어 내던 노파가 그녀를 보자마자, 안으로 들어가 가방을 가져 나왔다. 손때가 묻은 밤색 빛의 서류 가방, 준우의 가방이 맞았다.

집으로 돌아온 연실은 벽에 비스듬히 기대 둔 준우의 가방을 멀거니 쳐다보았다. 한참을 바라보고 있던 그때 가방이 앞으로 꼬꾸라졌다. 가방이 넘어지자 안에 있던 내용물도 덩달아 바닥으로 쏟아졌다. 그러자 연실은 쏟아져 내린 물건을 주섬주섬 챙겼다. 서류와 필기구 그리고 낡은 다이어리 한 권. 마침 다이어리 속에서 삐져나온 사진 한 장이 눈에 띄었다. 젊은 여인이 아이를 안은 채, 슬픈 눈동자로 정면을 바라보고 있는 흑백 사진이었다. 찢어진 사진을 테이프로 덕지덕지 붙여 놓은 것을 보니, 말 못 할 사연이 있음이 분명했다. 한동안 사진을 살피던 그녀가 다시 제자리에 두기 위해 다이어리를 펼쳤다. 그러나 사진을 도로 끼워 넣기는커녕 펼쳐진 다이어리 위로 눈물 한 방울이 떨어졌다. 다이어리에는 자신을 향한 준우의 그리움과 사랑이 빼곡히 적혀 있는 것이 아닌가.

"연실아!"

갑작스러운 숙희의 부름에 연실은 서둘러 눈가를 훔쳤다.

"지 때문에 깨셨습니꺼? 물 좀 가져다 드릴까예?"

숙희는 옅은 미소와 함께 방문 쪽으로 눈길을 돌렸다. 때맞춰 들려오는 만취한 이들의 고성. 하긴 밤이 깊었다 해도 밤 장사가 한창인 이곳은 늘 술 취한 이들로 불야성이었다. 특히 화장실 바로 옆에 있는 연실이네는 다른 방과 비교해 더 시끄러웠다. 가끔 만취한 사내들이 방문 손잡이를 거칠게 흔드는 통에 겁날 때도 종종 있었다. 그저 작은 소원이 있다면 빨리 돈을 모아 이곳에서 이사를 나갔으면 하는 바람뿐. 뒤에서 한참을 지그시 바라보던 숙희가 연실의 손을 잡아끌었다.

"마음이 갈팡질팡할 때는… 여기가 시키는 대로 살아! 엄마는 항상 연실이 네 편이야. 알았지?"

숙희는 끌어당긴 연실의 손을 제 가슴 위로 살포시 올려 주었다. 그러자 뜨거운 불덩어리 하나가 심장 속을 관통했다.

"아직 초저녁이라 늦지 않았으니, 어서 다녀와!"

"이것만 퍼득 전해 주고 오겠심니다."

서류 가방을 챙긴 연실은 서둘러 겉옷을 입고 방을 나섰다. 밖으로 나온 그녀는 공중전화로 달려갔다. 겉옷 주머니에 고이 접혀 있던 쪽지를 폈다. 막상 수화기를 들긴 들었으나, 전화번호를 누르지 못했다.

"저기 아직 멀었어요?"

시간이 자꾸 지체되자 뒤에서 기다리던 여자가 재촉했다. 그녀의 재촉에 연실은 번호를 눌렀다. 몇 번의 신호음 뒤에 기운 없는 준우의 목소리가 들렸다.

"여보세요."

"저… 저기….”

"연실 씨?"

놀란 준우의 목소리가 수화기 밖으로 터져 나왔다. 통화가 끝나고 얼마 지나지 않아 시장 앞으로 준우가 뛰어왔다. 초겨울 날씨임에도 그의 이마에 맺힌 땀방울이 가로등 불빛에 번들거렸다.

"많이 기다렸죠?"

"갑자기 전화드려가 미안심더."

연실의 사과에 준우가 가볍게 고개를 내저었다. 두 사람은 실로 오랜만에 서로를 마주했다. 뜨거운 그의 눈빛을 의식한 연실은 들고 있던 서류 가방을 내밀었다.

"이거 전해 드릴라꼬 연락 드렸심더."

"잃어버린 줄 알았는데… 고마워요!"

가방을 건네받은 준우의 얼굴에는 묘한 실망감이 스쳤다.

"그카믄 지는 고마 가 보겠심더."

연실이 되돌아서는 순간 준우는 그녀의 팔을 낚아챘다. 순식간에 일어난 일이라 손써 볼 틈도 없이 연실은 그의 품에 안겼다. 놀란 그녀는 준우를 밀어냈다.

"보고 싶었어요. 정말로 보고 싶었어요."

더욱 꽉 껴안은 준우의 목소리에 물기가 배어났다. 보고 싶었다는 말 한 마디에 지금껏 견고하게 쌓아 두었던 모든 것이 일시에 무너져 내렸다. 한참 지나서야 그는 연실을 놓아주었다. 두 사람은 누가 먼저라 할 것도 없이 상대의 숨결을 깊숙이 받아들였다.

"춥죠?"

준우는 자신이 입고 있던 외투를 벗어 연실의 어깨 위에 내려놓았다. 방금 일어난 일들이 모두 꿈결처럼 느껴졌다. 꿈이라면 깨고 싶지 않을 만큼 행복했다. 그렇게 해변을 따라 그들은 천천히 걸었다.

"우리 여기 잠시 앉았다 가요."

준우가 연실을 의자에 앉혔다. 그리고는 슈퍼로 들어가 따뜻한 자판기

커피 두 잔을 가져왔다.

"여긴 꽤 오랫동안 문을 열어 놓네요."

"밤낚시 허는 분들이 많아서 그럴 낍니더."

연실의 대답에 준우는 입을 크게 벌려 고개를 끄덕였다. 그 표정이 너무나 천진난만하여 그녀가 그만 실소를 터트렸다. 그 순간, 수백 개의 전구가 동시에 켜지는 것만 같은 밝음이 이어졌다.

"방금, 내가 연실 씨 웃게 한 거 맞죠? 맞는 거죠?"

갑작스러운 준우의 물음에 연실은 아랫입술을 말아 넣었다.

"야호! 내가 드디어 연실 씨를 웃게 했다고. 으하하."

준우의 목소리가 점점 커지자 옆에 있던 낚시꾼들이 엄지를 치켜들었다. 부끄러움에 연실은 그의 소매를 슬며시 잡아당겼다. 자리에 다시 앉은 준우의 눈길은 곧 먼 바다를 향했다.

"나는 연실 씨처럼 용감하지 못해요. 나라는 녀석은… 숨기기에 급급하고 혹여 들킬까 봐 늘 마음 졸이며 지냈으니깐요."

어렵사리 말을 마친 준우의 두 눈동자가 촉촉이 젖어 들었다. 그리고는 다이어리 속에 있던 사진을 꺼내 연실에게 건넸다.

"맞아요! 사진 속 꼬마가 저예요. 저를 안고 있는 사람은… 친모… 그러니깐 나를 낳아 준 분이에요."

연실을 바라보는 준우의 얼굴에 잠시 쓸쓸함이 스쳤다. 모든 것이 완벽해 보이는 삶에도 숨기고 싶은 아픔이 있었다니, 그녀는 할 말을 잃었다.

"본처를 두고 밖에서 얻은 아들이 바로 접니다."

무덤덤하게 말하는 준우가 오히려 연실은 안쓰러웠다. 그러니깐 준우의 아버지 김 원장은 지금의 아내와 정략결혼을 하기 전, 사랑했던 사람이 있었다. 그녀가 바로 사진 속 준우의 친모였다.

"고등학교 때 처음으로 친모의 존재를 알았어요. 친모가… 그러니깐 나를 낳아 준 사람이 요릿집에서 접대부로 일했다는 사실이 제게는 엄청난 충격이었죠. 치욕스럽고 부끄럽고 정말 할 수만 있다면, 내 몸에 흐르고 있는 그 여자의 피를 다 뽑아내고 싶을 만큼 화가 났어요!"

담담했던 준우의 눈가가 붉어졌다. 애써 감정을 추스른 그가 다시 말을 이었다.

"한번은 학교 앞으로 그 여자가 찾아왔더라구요. 당연히 피했고, 그 후로는 어디서 어떻게 사는지 몰라요. 전해 들은 말로는 미국으로 건너갔다고…."

준우의 표정에는 친모에 대한 원망보다 때늦은 후회와 그리움이 서려 있었다. 연실은 축 처져 있는 그를 감싸 안았다. 그동안 얼마나 외로웠을까? 얼마나 아팠을까? 홀로 견디고 버텨 왔던 준우의 시간이 그녀의 심장 속으로 찬찬히 스며들었다. 그간 그가 느껴왔을 원망과 그리움을 그 누구보다도 잘 알기에.

견고하고 단단했던 마음의 벽이 허물어지던 그 날부터 두 사람의 사랑은 더욱 깊어져만 갔다. 그는 부모님을 설득할 테니 자신을 조금만 믿고 기다려 달라고 했다. 연실이 또한 어떤 어려움이 있어도 다시는 준우의 손을 놓지 않으리라 다짐했다.

몇 번의 벚꽃잎이 지고 피는 봄날, 연실은 문창과 장학생으로 대학 생활을 시작했다. 새벽부터 늦은 오후까지는 시장에서 일하고 밤에는 대학을 다녔다.

"어머니! 저 왔어요. 연실이는 학교에 갔죠?"

준우였다. 생선을 정리하던 숙희가 그의 목소리에 고개를 돌렸다. 준우는 가방을 대충 던져 놓는가 싶더니, 너저분하게 널려 있던 상자를 익숙하게 정리했다. 어느 정도 주변이 정리되자 숙희는 따뜻한 생강차를 내어 왔다. 그 사이 그는 가방에서 서류뭉치를 꺼냈다. 서류뭉치 중에는 연실이 쓴 소설 원고도 보였다. 숙희의 눈길은 자연스레 원고로 향했다.

"아! 연실이가 쓴 소설인데. 제가 읽어 본다고 떼를 써서 겨우… 하하하."

멋쩍음에 준우는 크게 웃었다. 그는 원고 아래에 있던 또 다른 서류를 숙희에게 내밀었다.

"일단은 순조롭게 잘 진행되고 있어요. 약간의 절차와 해결할 문제가 조금 있지만, 크게 걱정하지 않으셔도 돼요. 연실이도 분명 좋아할 겁니다. 그리고 참! 이건 따로 부탁하신 주소랑 핸드폰 번호예요."

준우는 쪽지를 꺼내 숙희에게 건넸다. 건네받은 쪽지를 바라보는 숙희의 눈동자가 갈피를 잃은 듯 잠시 흔들렸다. 그간 숱하게 애자에게 전화를 걸어 복미의 행방을 물었지만, 어쩐 일인지 그녀는 모르쇠로 일관했다. 하여 혹시나 하는 마음으로 어렵사리 준우에게 알아봐 달라고 부탁한 것이었다.

"고마워요. 정말 고마워요. 그리고 이 일은… 마무리가 될 때까지 연실이에게는 비밀로 부탁할게요."

"네. 그리고 어머니! 이제는 말씀 좀 편하게 해 주세요!"

싹싹한 준우의 태도에 숙희의 얼굴에도 옅은 미소가 번졌다. 밤이 깊어지자 그나마 남아 있던 상인들도 모두 집으로 돌아갔다. 그는 숙희와 좀 더 이야기를 나누고, 연실을 마중하러 가기 위해 먼저 일어났다.

준우가 돌아가고 숙희는 전화기를 들었다. 심장이 터질 것만 같았다. 얼마나 보고 싶었고 그리워했던 딸이었던가. 그렇게 용기를 내어 수화기를 들긴 들었으나, 괜스레 망설여졌다. 오랜 망설임 끝에 쪽지에 적힌 번호로 전화를 걸었다. 긴 신호음 뒤에 여자 목소리가 수화기 너머로 흘러나왔다. 복미였다. 아무리 요란한 음악 소리에 묻혀 있어도 분명 딸의 목소리였다. 숙희는 너무나 놀란 나머지 입을 틀어막았다. 전화기 너머로 아무런 답이 돌아오지 않자 복미는 욕설과 함께 전화를 거칠게 끊었다.

"복미야… 엄마야… 엄마…."

숙희는 그제야 입속에 맴돌던 말을 내뱉었다. 이 한마디가 뭐가 그리 어렵다고, 그녀는 가슴을 쥐어뜯었다. 녹아내릴 만큼 녹아내려 더는 녹아내릴 애간장이 없다고 여겼건만, 오장육부는 속절없이 또 녹아내렸다.

복미와 통화가 되었던 그 날, 밤을 꼬박 새운 숙희는 이른 새벽 가벼운 짐을 꾸렸다. 서울로 올라가 복미를 만나 볼 참이었다. 갑작스레 마음먹은 일이라 연실에게 미리 말을 못 한 것이 마음에 걸렸다. 하지만 서두르지 않으면 또다시 딸을 놓칠 것만 같은 불안감이 그녀의 등을 떠밀었다.

"언니! 이 새벽에 어디 가요?"

숙희는 때마침 영업을 마치고 나오던 미스 홍과 마주쳤다. 미스 홍의 물음에 그녀는 눈인사를 건네는가 싶더니, 곧장 대문을 나갔다.

"아! 맞다. 언니!"

뭔가 생각이 난 미스 홍은 숙희를 쫓아 대문 밖으로 뛰어나갔다. 그러나 숙희는 이미 골목 어디에도 보이지 않았다. 오늘 중으로 꼭 해야 하는 이야기라 미스 홍은 어쩔 수 없이 큰길까지 나갔다. 이른 새벽이라 그런지 도로는 한산하다 못해 으스스했다.

"어휴… 어찌나 빠른지, 발에 바퀴라도 달린 거야, 뭐야…."

미스 홍은 투덜대며 되돌아섰다. 그때였다. 어디선가 가냘픈 신음이 들려왔다. 그 소리에 그녀는 건너편을 바라보았다. 건너편 도로에 희끄무레한 뭔가가 보였다. 분명 사람의 형체였다. 미스 홍은 서둘러 길을 건넜다. 도롯가에 쓰러져 있던 이는 바로 숙희였다.

"언니! 숙희 언니! 왜? 이래? 정신 좀 차려 봐요! 언니!"

놀란 미스 홍이 축 늘어진 숙희의 몸을 겨우 일으켜 세웠다.

"오! 피… 피, 피… 언니…."

흥건한 피에 기겁한 미스 홍이 그제야 주변을 향해 고래고래 고함을 내질렀다.

"살려 주세요! 살려 주세요! 여기 사람이 다쳤어요! 살려 주세요!"

절규에 가까운 미스 홍의 목소리는 고요한 새벽 공기를 날카롭게 찢어 놓았다. 그러나 날이 밝았다고 해도 워낙 이른 시각이라 지나다니는 차량도 사람도 보이지 않았다. 하필이면 핸드폰도 챙겨 나오지 못해 그저 발만 동동 구르고 있었다. 이러지도 저러지도 못하고 있던 찰나, 멀리 헤드라이트 불빛이 반짝였다. 그녀는 두 눈을 질끈 감고 무작정 차도로 뛰어들었다.

한편, 잠에서 깬 연실은 서둘러 머리맡에 놓인 알람을 껐다. 자리에서 반쯤 일어난 그녀는 고개를 돌렸다. 숙희의 이부자리가 이미 가지런히 정리되어 있었다.

"이리 일찍이 어데 가셨는고? 하마 위판장에 나가셨는가? 나가시는 소리 못 들었는데."

연실은 급히 겉옷을 찾아 입었다. 혼자 위판장에서 고생하고 있을 숙희가 걱정되었다. 조급한 마음에 골목을 내달리던 그녀가 철공소 담벼락 앞에 멈췄다.

'리어카 아이가? 이상허네. 이게…'

연실은 고개를 갸웃거렸다. 그도 그럴 것이 위판장으로 가려면 반드시 리어카가 있어야 한다. 그런 리어카가 담벼락에 떡하니 있으니, 왠지 모를 불안감이 엄습해 왔다. 그러다 어젯밤 학교로 자신을 데리러 온 준우가 한 말이 떠올랐다. 불현듯 찾아든 생각에 그녀는 무작정 앞을 향해 달렸다. 위판장에 도착한 연실은 눈에 보이는 대로 숙희의 행방을 물었다. 하지만 다들 모른다고 할 뿐. 주변을 샅샅이 더 뒤진 연실은 다시 시장으로 걸음을 돌렸다. 그녀가 시장 입구에 들어서자마자 얼굴이 새파랗게 질린 탁이 엄마가 뛰어왔다.

"야야! 어데 갔었더노? 너거 어매인데 아마도 큰 사달이 난 것 같데이. 그칸께… 잠깐만! 박 양이 여거 있었는데. 참말로 야는 또 어데 갔노? 박 양! 어이, 박 양아!"

탁이 엄마의 말에 연실은 바닥에 주저앉았다. 두려워했던 일이 실제로 일어나자 그저 앞이 깜깜했다. 그러는 사이, 박 양은 숨을 헐떡이며 두 사람의 곁으로 뛰어왔다. 그러자 탁이 엄마는 그녀의 등을 후려쳤다.

"퍼득 연실이헌테 말해 줘라. 어데 병원인 동. 상태는 어떤 동. 내사 마! 심장이 벌렁거려가 살이 다 떨린데이."

탁이 엄마의 다그침에 숨을 마저 고른 박 양은 입술을 떼었다.

"연실아, 미스 홍 언니가 전화가 왔는데… 아줌마가 많이 다쳤대. 그러니깐 구천포 병원이라…"

박 양의 말이 채 끝나기도 전에 연실은 자리를 박차고 일어나 달렸다.

달리는 내내 심장에 눈물이 차올랐다. 오직 한 가지 생각밖에는 들지 않았다. 살아만 있어 달라고, 살아만 있어 주면 뭐든 다하겠노라고. 택시에서 내려 병원으로 들어간 연실은 응급실로 뛰었다.

"연실이니? 연실아!"

미스 홍이었다. 연실은 그녀의 옷소매를 붙잡았다.

"이기 다 뭔 일입니꺼? 울 엄니 지금 어데 계십니꺼? 괜찮십니꺼? 퍼득 말 좀 해 보이소!"

"일단 좀 진정해! 수술 중이니깐, 네가 이러면 이럴수록 숙희 언니… 꿈자리가 시끄러울 뿐이야. 그러니깐 진정하고 저리로 가서 좀 앉자!"

미스 홍은 의자 쪽으로 연실을 끌고 갔다.

"너 신발은 어쩌고 그러고 왔어?"

미스 홍의 물음에 연실은 그제야 아래를 내려다보았다. 맨발이었다. 그러나 개의치 않는 표정으로 그녀를 뚫어지게 바라보았다. 그 마음이 어떤지 잘 알고 있던 터라 미스 홍은 새벽에 일어났던 사고에 대해 찬찬히 연실에게 전했다. 머리 뒤쪽을 심하게 다쳐 일단 수술을 하긴 하지만 어떻게 될지는 장담 못 한다는 담당 의사의 소견도 함께 말했다.

"그리고 말이야…"

눈시울을 훔쳐내던 미스 홍이 말을 꺼내다 말고 뜸을 들였다.

"…아무래도 법적 보호자인 친딸이 와야 할 것 같은데… 너무 위급한 상황이라 수술을 먼저 시작했지만. 법적 보호자의 동의서가 있어야 제대로 된 치료와 앞으로 필요한 수술을 받을 수 있다고 하더라고…"

미스 홍은 결국 말끝을 흐렸다. 연실이 제아무리 숙희 딸이라 하여도 설사 모든 사람이 그녀를 숙희 딸이라 인정하여도, 법적으로 연실은 숙희 딸이 아니었다. 그 사실에 그녀의 마음은 밑도 끝도 없이 무너져 내렸다. 숙희 딸이 아니라 속상한 것이 아니다. 그저 자신이 할 수 있는 일이 아무것도 없다는 사실에 참담할 뿐이었다.

"감사합니데이. 참말로 감사합니데이."

의자에서 일어난 연실은 미스 홍을 향해 재차 감사의 마음을 건넸다. 만에 하나 그녀가 새벽에 숙희를 따라나서지 않았더라면, 생각만으로도 소름이 끼치고 무서웠다. 미스 홍이 집으로 돌아가고 홀로 수술실 앞에서 기다리는 내내 애간장이 타들어 갔다. 아침 일찍 시작된 수술은 점심시간이 훌쩍 넘어감에도 끝나지 않았다. 눈물이 마를 새도 없이 계속 터져 나왔다.

"정숙희 씨 보호자님!"

수술실 문을 열고 나온 의사가 연실을 찾았다. 연실이 문 앞으로 다가가자 그는 다시 말을 이었다.

"일단 위험한 고비는 넘겼습니다만… 다친 부위가 워낙에 위험한 곳이라, 차차 경과를 지켜봐야 할 것 같습니다. 앞으로 환자의 회복 정도에 따라 재수술을 할지 아니면 치료만 해도 괜찮을지 알 것 같습니다. 자세한 것은 결과가 나오는 대로 다시 말씀드리겠습니다."

의사는 뒤에 있던 간호사에게 몇 마디 더 지시를 내리고는 긴 복도를 따라 걸음을 옮겼다.

"보호자님? 보호자님!"

"아… 지송합니더."

연실은 눈가에 흐르는 눈물을 닦아냈다. 간호사는 앞으로의 일정을 차근차근 일러 주었다. 그러나 그녀는 그 어떤 것도 들리지 않았다. 그저 윙

웡대는 공기 흐름만이 귓속 가득 들어찰 뿐.

병원 행정실로 내려간 연실은 또 한 번 더 절망했다. 수술 동의서 및 각종 서류에 점 하나 찍을 수 없었다. 그야말로 법적으로 아무런 관계가 아닌 남남이라 할 수 있는 게 없었다. 사정도 이야기하고 빌어도 보았지만 소용없었다. 직원은 연실의 애원에도 같은 말만 되풀이했다. 기간 내에 서류를 작성하지 못하면 앞으로 있을 수술 및 치료에 불이익이 생긴다는. 복도로 나온 그녀는 현기증이 일었다.

"연실아! 괜찮아? 이게 대체 무슨 일이야?"

때마침 뛰어온 준우가 연실을 부축해 의자에 앉혔다. 준우는 퇴근길에 시장에 들렀다, 탁이 엄마로부터 이야기를 전해 듣고 병원으로 달려온 길이라고 했다.

"다… 전부, 다… 지 탓입니다. 엄니 혼자 그리 가시게 하는기 아인데…."

연실은 얼굴을 감싸고 아이처럼 소리 내어 울었다. 준우는 울먹이는 그녀를 꽉 껴안았다.

"내가 어머니께 연락처를 건네지만 않았어도 이런 일은 일어나지 않았을 텐데. 모두 내 잘못이야. 미안해. 정말 미안해!"

준우도 눈물을 글썽이며 울먹였다. 이제 좀 행복해지는가 싶으면 불행이 어김없이 찾아오는 삶이 참으로 애달프게만 느껴졌다. 시간은 슬픔과 상관없이 흘렀다. 병원에 함께 있겠다는 준우를 겨우 설득해 집으로 돌려보냈다. 뒤이어 장사를 마친 탁이 엄마와 몇몇 이웃 상인들이 병원을 찾아왔다. 하지만 사경을 헤매는 숙희 대신 연실이만 보고 다들 돌아갔다. 늦은 시간 중환자실에 들어간 연실은 차가운 숙희의 손을 꼭 잡았다.

"힘내셔야 합니다. 반드시 꼭 일어나셔야 합니다. 지는 절대로 엄니 손

안 놓을 겁니더! 그칸께 엄니도 지 손 놓으면 안 됩니데이."

연실은 올라오는 눈물을 애써 삼키고 또 삼켰다. 그녀는 젖은 수건을 가져와 숙희의 이곳저곳을 깨끗이 닦아냈다. 면회 시간이 끝났다는 말에 연실은 그제야 밖으로 나왔다. 복도로 나온 그녀는 잠시 의자에 앉았다. 직원들 대부분이 퇴근한 시간이라 그런지 적막했다. 연실은 주머니에서 쪽지를 꺼냈다. 숙희가 마지막까지 손에 쥐고 있던 복미의 연락처였다.

자리에서 일어난 연실은 공중전화로 향했다. 꺼내든 동전을 전화기에 넣고 쪽지에 적힌 핸드폰 번호를 꾹꾹 눌렀다. 심장이 요란스레 뛰었다. 무슨 말을 할까, 어떻게 꺼내야 할까, 제 어미가 다친 것을 알면 얼마나 놀랄까. 숱한 생각들이 머릿속을 어지럽혔다. 그러는 사이 몇 차례의 신호음과 함께 수화기 너머로 여자의 목소리가 들렸다.

"여보세요?"

복미의 목소리에 연실은 말문이 턱 하고 막혔다. 어쩐 일인지 목소리가 도통 나오지 않았다. 대기 시간이 점점 길어지자 복미가 구시렁댔다. 연실은 입술에 마른침을 묻혔다.

"지, 지… 지, 연실이입니더."

"뭐야? 너? 내 폰 번호는 어떻게 알고 전화한 거야?"

복미는 소리를 버럭 내질렀다. 물론 숙희의 안부부터 물을 것이라는 기대는 아예 하지 않았다. 그래도 딸이라면 엄마의 안부부터 묻는 것이 도리가 아닌가. 몇 년 만에 극적으로 통화가 되었음에도 자신의 연락처를 알게 된 걸 먼저 따지는 복미가 참으로 야속했다.

연실은 어렵사리 숙희가 머리를 다쳐 사경을 헤맨다는 이야기를 꺼냈다. 하지만 그뿐이었다. 복미는 이런 일로 더는 연락하지 말라며 전화를 끊어 버렸다. 연실은 이미 끊겨 버린 수화기를 부여잡고 펑펑 울었다. 그런 모습을 물끄러미 지켜보는 이가 있었으니, 바로 준우의 아버지이자 구천포 병원장인 김 원장이었다.

뜬눈으로 밤을 지새웠다. 밤이 지나가는지도 아침이 왔는지도 몰랐다. 넋 나간 채 앉아 중환자실 문만 뚫어지게 바라보고 있었다. 그런 연실의 곁으로 미스 홍이 다가왔다. 가게를 끝내고 오는 길이라며, 그녀는 챙겨 온 것을 내밀었다. 연실은 미스 홍에게 잠시 있어 달라는 부탁을 하고 시장으로 뛰어갔다. 급한 마음에 서두르느라 정리하지 못하고 온 것이 내내 신경 쓰였다. 무엇보다 난전으로 된 가게이다 보니, 장사 여부에 상관없이 항상 문은 열어 두어야만 한다. 그렇지 않으면 상인회 규정에 따라 노점의 주인이 바뀔 수도 있었다. 그러나 연실의 걱정과는 달리 다행히 좌판은 깨끗하게 정리되어 있었다. 탁이 엄마는 이웃 상인들과 번갈아 가며 봐줄 테니, 시장 일은 걱정하지 말라고 그녀를 다독였다. 연실은 그들의 마음이 따뜻하게 전해지자 눈물이 났다. 마지막으로 그녀는 상자에 있던 전화번호부를 꺼내 들고 다시 병원으로 달렸다.

"아지매… 지, 연실이입니더."

뜬금없는 연실의 전화에 정자는 놀란 목소리로 되물었다.

"와? 뭔 일 있나? 어이?"

정자는 간밤에 꾼 꿈이 심상치 않아, 때마침 숙희에게 전화하려던 참이었다. 한동안 울먹이던 연실은 숙희의 사고 소식을 전했다.

"니… 지금 하는 말이 참말이가? 어이? 니는 자가 그럴 동안 뭐 했노? 아이고. 무신 이런 일이 다 있단 말이고? 어이!"

정자는 연실을 나무랐다. 물론 연실의 탓이 아니라는 것을 잘 알고 있지만, 감당하지 못할 정도의 일이 생기면 자연스레 원망의 대상을 찾는 법.

"저, 저 아지매… 복미 언니헌테 전화부터 좀 해 주이소. 한시가 급합니더."

연실은 행정실 직원의 말을 그대로 정자에게 전했다. 정자와 통화가 끝난 후, 그녀는 애자에게도 전화를 걸었다. 연실은 숙희를 위해서라면 그 어떤 일이라도 다 하리라 마음을 단단히 먹었다.

다음 날 동트기도 전에 정자가 병원으로 찾아왔다. 여객선도 출발하기 전인 이른 시간이었다. 그녀는 마침 새벽에 나가는 고깃배가 있어 급한 대로 얻어 타고 나오는 길이라 하였다. 연실은 그야말로 천군만마를 얻은 것처럼 마음이 든든했다.

"니… 밥 안 묵었재? 아나… 좀 묵고 오니라."

정자는 들고 온 보따리를 불쑥 내밀었다.

"지는, 괘안심니더."

"괘안키는 뭐가 괘안노? 니가 묵고 기운이 나야 병간호를 할 꺼 아이가? 와? 인자와가 발목 잽힐까 봐, 니 친어매 맨지로 야반도주라도 할라꼬? 그 칸께 내인데 애꿎은 소리 더 듣고 싶지 않으믄 퍼뜩 가서 묵고 오니라."

정자의 목소리가 메아리가 되어 복도에 울려 퍼졌다. 연실은 건네받은 보따리를 들고 병원 밖으로 나갔다. 주변 나무들은 하나같이 짙은 초록빛을 띠고 있었다. 햇살을 받아 반짝이는 나뭇잎에 꾹꾹 눌렀던 눈물이 다시금 터져 나왔다. 할 수만 있다면 자신의 목숨을 맞바꿔서라도 숙희를 살리고 싶은 간절함뿐이었다.

#12. 그녀들의 이야기(5)

정자가 오고부터 모든 것이 한결 수월해졌다. 덕분에 연실은 오로지 숙희의 간호에만 매달릴 수 있었다. 병원비는 전셋집을 구하기 위해 모아두었던 돈을 탈탈 털어 메꿔 나갔다. 정자뿐만 아니라 시장 사람들도 십시일반 돈을 모아 병원비에 보탰다. 정자는 복미에게 여러 차례 연락했지만, 전화를 아예 받지 않았다. 경찰은 뺑소니범을 찾는 데 어려움이 있다는 말만 되풀이할 뿐.

일주일이 조금 지나자 숙희의 호흡이 어느 정도 안정을 되찾았다. 일반 병실로 내려온 숙희를 연실은 온 정성을 기울여 간호했다.

"언니는 아직도 안 깨어났어? 뭔 잠을 그리도 오래 주무서. 얼른 일어나지 않구!"

미스 홍이었다. 그녀는 병실 밖으로 연실이를 불러냈다.

"여기! 정말 이거면 되는 거야? 도움이 되긴 하니?"

미스 홍은 서류봉투 하나를 연실에게 내밀었다. 꺼내든 서류에는 여러 사람의 인적사항과 도장이 찍혀 있었다. 연실이 숙희와 함께 지내고 있으며, 친딸인 복미는 연락이 끊긴 지 오래되었다는 이웃들과 상인들의 확인서였다. 이렇게 해서라도 연실은 병원에 다시 사정해 볼 작정이었다.

"아참! 소문에… 너 사귀는 사람 말이야. 여기 병원장 아들이라며… 차라리 그 사람한테 부탁해 보는 게 어때? 내 생각에는 그게 제일 빠를 것 같긴 한데 말이야."

미스 홍은 조심스레 말을 던졌다. 연실이 또한 그런 생각을 안 해 본 건 아니었다. 그녀의 대답이 늦어지자 미스 홍은 손사래를 쳤다.

"아, 아니면 말고! 나 같은 게 뭘 알겠니? 신경 쓰지 마! 답답한 마음에 그냥 해 본 소리야. 그럼 난 일하러 간다!"

연실은 복도를 따라 걷는 미스 홍의 뒷모습을 물끄러미 바라보다, 이내 병실 안으로 들어갔다. 그제야 반대편 복도 끝에서 누군가가 모습을 드러냈다. 준우였다. 준우는 본의 아니게 두 사람의 대화를 엿들었다. 그는 잘 알고 있었다. 연실이 자신에게 부탁할 수 없는 이유를. 이런저런 생각들이 찾아들자 준우는 걸음을 되돌렸다. 되돌린 걸음은 결국 병원장실 앞에서 멈춰 섰다. 실로 집을 나온 지, 수개월 만에 마주하는 아버지였다.

'연실을 위한 일이다! 김준우, 정신 차려!'

준우는 숨을 크게 들이켜고는 원장실 문을 두드렸다.

"네! 들어오세요."

김 원장의 목소리가 밖으로 새어 나오자 준우가 안으로 들어갔다. 서류를 살피던 김 원장의 눈길은 곧 앞을 향했다. 준우와 눈빛이 마주친 그의 미간 사이가 심하게 구겨졌다. 잠시 두 사람 사이에는 어색한 침묵이 흘렀다.

"거기 앉거라! 네가 여길 다 오고… 그래! 내게 사과라도 할 요량으로 찾아온 것이냐?"

"아버지께 부탁드릴 것이 있어 왔습니다."

"부탁? 부탁이라…."

말꼬리를 잡은 김 원장이 몸을 앞으로 수그렸다. 준우는 속마음을 들키지 않기 위해 아랫입술을 살짝 깨물었다. 하지만 김 원장은 그의 부탁이 무엇인지 이미 꿰뚫고 있었다. 공중전화 박스에서 울음을 토하는 연실을 보고 난 뒤, 숙희의 병원기록을 꼼꼼히 살폈다. 그리고 더 나아가 사람을 시켜 두 사람에 대해 조용히 알아보았다. 그렇게 얼마의 시간이 흘렀을까.

"제가 아버지께 부탁드리고자 하는 것은…."

김 원장은 손을 들어 준우의 말문을 막았다.

"우선은 집으로 다시 들어오너라! 그리고 너로 인해 마음을 다쳤을 네 어머니에게도 진심으로 사과드리고… 마지막으로 그 아가씨와는 이쯤에서 정리를 해라. 그 후에 네 부탁이 뭔지 들어 볼 것이다!"

단호한 김 원장의 말에 준우는 자리에서 벌떡 일어섰다.

"아버지!"

"너라는 놈은 어찌 그리도 이기적인 것이냐! 너로 인해 힘들어질 그 아이는 눈에 보이지도 않는 게야? 이런 멍청한 놈!"

김 원장의 언성도 덩달아 높아졌다. 이기적이라는 말 한마디가 준우의 힘을 모조리 빼앗아 갔다. 그 어떤 반박조차 할 수가 없었다. 가방을 주섬주섬 챙기는 준우를 향해 김 원장은 마지막으로 못을 박았다.

"내일 저녁 식사 자리에 최 박사와 수진 양이 나올 것이다. 만에 하나 제때 나타나지 않는다면, 네 부탁은 없던 거로 하마! 명심하거라."

밖으로 나온 준우는 잠시 벽에 기대었다. 사랑하는 사람과 함께 평범하게 늙어 가고 싶은 것 하나가 이리도 힘든 일이었던가. 그는 연실이가 미치도록 보고 싶었다.

그 시각, 연실은 문 쪽으로 시선을 두었다. 올 때가 한참이 지났음에도 준우의 모습이 보이지 않았다. 심지어 그의 핸드폰마저 꺼져 있자 무슨 일이 생긴 것은 아닐까 걱정이 되었다.

그때였다. 숙희의 몸이 심하게 들썩이며 입가에 하얀 거품이 끓어올랐다. 놀란 연실은 복도로 뛰쳐나가 의사를 소리쳐 불렀다. 그 소리에 병실로 뛰어온 의사가 펜라이트로 빛을 쏘아 숙희의 동공을 이리저리 비추었다.

"엄니! 엄니! 정신 좀 차려 보이소. 울 엄니 와이카심니꺼? 예?"

소리를 지르는 연실을 간호사가 병실 밖으로 내보냈다. 그 사이 의사는 숙희의 가슴을 힘주어 압박했다. 급히 밖으로 나갔던 간호사가 기계를 챙겨 병실 안으로 가져갔다. 기계가 작동될 때마다 숙희의 몸이 붕 떠올랐다가 다시 내려왔다. 몇 차례의 시도 끝에 멈췄던 그녀의 호흡이 돌아왔다. 야단스레 깜빡이던 빨간 불이 녹색으로 바뀌자 연실은 비로소 안도의 숨을 내쉬었다. 의사는 청진기를 꺼내 숙희의 숨소리를 들었다.

"일단 위급한 상황은 무사히 넘겼습니다."

"감사헙니더. 참말로 감사헙니더."

연실은 몇 번이고 허리를 숙여 의사에게 감사의 인사를 했다.

"환자분께 좋은 이야기 많이 해 주세요. 회복하시는 데 아주 큰 도움이 됩니다. 그리고… 검사를 더 해 봐야겠지만, 뇌에 소량의 출혈이 있어 보입니다. 수술을 통해 출혈 부위를 잡아야 합니다만… 아무튼 자세한 것은 내일 아침에 몇 가지 더 검사한 후에 차차 말씀드리겠습니다. 그럼 이만!"

의사는 가벼운 눈인사를 끝으로 간호사와 함께 밖으로 나갔다. 기운이 빠질 대로 빠진 연실은 숙희의 곁에 털썩 주저앉았다. 병실 밖에 서 있던 준우는 그녀의 뒷모습을 애처롭게 바라보다 걸음을 돌렸다.

한 차례의 고비가 있었던 그 날부터 숱한 검사와 치료가 이어졌다. 의사의 예상대로 뇌에는 소량이 출혈이 있었다. 재수술이 늦어질수록 숙희의 목숨이 위태로워진다는 말에 연실과 정자의 마음도 조급해졌다. 한집에 사는 사람들과 탁이 엄마를 비롯한 시장 상인들로부터 받은 수십 장의 확인서를 병원 행정실에 제출하였다. 그러나 규정에 없는 일이라며 일단 기다려 보라는 말밖에는. 연실은 정자에게 잠시 병실을 맡기고 병원 앞 공중전화 박스로 갔다. 애자에게 다시 한번 더 전화를 넣어 간곡히 부탁해 볼 참이었다.

"지… 연실인데예."

"또 너니? 부탁인데, 전화 좀 그만해! 복미… 몰라, 모른다고. 몇 번을 말하니! 나도 참 안타깝고 속상한데. 아오. 미치겠다. 애, 내 나이가 환갑이 넘었어. 장사 접은 지도 오래되고 해서, 미안하지만 그쪽 소식은 잘 몰라. 내가 아무리 그 세계에서 마담을 오래 했다 해도 가시내들이 알고도 안 가르쳐 주는데, 난들 어떻게 하니? 그러니깐 이제 제발 전화하지 마!"

체념 섞인 목소리를 끝으로 애자와의 통화는 끝이 났다. 마음 같아서는 지금이라도 당장 서울로 뛰어 올라가 복미를 찾아다니고 싶었다. 연실은 수화기를 내려놓으려다 무슨 생각에서인지 다시 들었다. 그리고는 익숙한 듯 핸드폰 번호를 눌렀다. 그러나 신호음만 갈 뿐, 연결이 되지 않았다. 하루에도 병실에 서너 번씩 찾아오던 준우가 무슨 일에서인지 일주일째 보이지 않았다. 작은 일이 생겨도 연실의 폰에다 음성을 꼭 남겨 놓던 사람이라 더욱더 걱정되었다. 결국, 그와의 통화가 되지 않자 연실은 하는 수 없이 병실로 걸음을 돌렸다. 마침 잠에서 깬 정자가 피곤한 안색으로 연실을 올려다보았다.

"지송합니다. 이처리 고생을 시켜 드려가 아지매 볼 면목이 없심니더. 내일은 지가 새벽 장에 나가가 준비 다 해 놓겠심니더. 허니 아직(아침밥) 드시고 천천히 나오셔도 됩니더!"

"아따! 몸이 옛날허고 마이 틀리네. 자, 저래 놔두고 새벽에 나가도 괘안캤나?"

"간호사님께 부탁드리고 금방 나갔다 오믄 됩니다. 하도 지송하고 감사해가 아지매 볼 면목이 없심니더."

연실은 고개를 떨구었다.

"됐다마! 치아라. 내사 고마 갈란다."

가방을 챙겨 든 정자는 힘겹게 의자에서 일어섰다. 그녀 나이도 이제 환갑을 훌쩍 넘어 일흔을 바라보고 있었다. 제 몸마저도 힘에 부치고 버거운 나이였다. 게다가 얼마 전 크게 아팠던 터라 눈에 띄게 기력이 많이 떨어져 있었다. 다친 숙희 때문에 섬으로 돌아가지 못하고 고된 시장 일까지 하고 있으니, 연실의 마음도 이래저래 편치 않았다. 정자가 돌아가고 나자 연실은 자리에 앉아 숙희의 다리를 주물렀다.

"엄니! 인자는 진짜 가을인가 봅니더. 불어오는 바람에도 떨어지는 나뭇잎에도 참말로 가을가을 합니더. 이번 가을에는 엄니캉 볕 잘 드는 곳에서 두런두런 이야기나 실컷 나눴으믄 좋겠심니더. 가을이 가기 전에 퍼득 일나서야 됩니데이."

연실은 잠시 창밖으로 눈길을 돌렸다. 창 너머 보름달이 유난히도 커 보였다. 그녀는 평소 숙희가 자주 부르던 이미자의 〈*동백 아가씨*〉를 조용히 불렀다. 노래 가사가 슬펐다. 슬픈 노래 가사에 연실의 코끝이 매워졌다. 노래가 끝날 때쯤, 손끝이 묵직해져 왔다. 숙희의 손이 자신의 손끝을 꼭 붙들고 있는 것이 아닌가.

"엄니! 엄니! 연실이입니더. 지, 연실이라에."

연실은 숙희를 불렀다. 한 달하고 보름 만에 숙희가 드디어 의식을 찾았다. 버석거리는 숙희의 입술이 달싹였다. 무슨 말인지는 모르나 복미를 찾는 것만은 확실했다. 한번 생긴 기적은 또 다른 기적을 줄줄이 불러왔다. 다음 날 오후 갑자기 숙희의 수술 일정이 잡혔다. 연실은 너무나 행복했다. 이 모든 것이 이웃들의 덕이라며 기쁨을 감추지 못했다. 이렇게 기쁜 날 준우도 함께 있었다면 얼마나 좋을까 하는 생각이 들었다.

그렇게 수술 후 안정을 되찾은 숙희는 곧 의식을 회복했다. 하지만 의식을 찾았다는 기쁨도 잠시. 숙희의 기억 속에는 친딸인 복미를 제외한 모든 것이 사라진 상태였다. 연실이라는 존재는 그녀의 기억 속, 그 어디에도 없었다. 초점을 잃은 숙희의 눈동자는 예전의 그녀가 아님을 말해 주었다.

깨어났다는 소식에 많은 사람이 다녀갔으나, 동시에 기억을 잃었다는 말에 다들 안타까워했다. 정자는 하루아침에 바보가 되어 버린 숙희를 붙잡고 울분을 토했다. 그러나 연실은 무탈하게 깨어났음에 감사하고 또 감사했다. 인제 와서 연실이면 어떻고 복미면 또 어떤가? 무사히 깨어나 함께 같은 곳을 바라볼 수 있는 것만으로도 그녀는 행복했다. 잠이 든 숙희를 확인한 연실은 병원 앞 공중전화 박스로 갔다. 신호음 끝에 곧장 음성메시지로 넘어갔다.

"연실인데예. 혹 지가 뭔 실수라도 했심니꺼? 서운한기 있으믄 얼굴을 보고 말을 해 줘야 알 것 아입니꺼! 마음 아팠던 이야기 행복했던 이야기. 지는 인자 누구한테 말해야 합니꺼? 그간 지인데 보여 줬던 그 마음 다 가짜 입니…."

건너편에 서 있던 준우의 모습에 연실의 말끝이 흐려졌다.

"준, 준우…씨…."

공중전화 박스에서 나온 연실은 준우에게 다가가기 위해 한 걸음 떼려다, 그만 자리에 멈춰 섰다. 준우의 곁으로 다가서는 앳된 얼굴의 아가씨. 그에게 스스럼없이 오빠라 부르며 달려가 팔짱을 꼈다. 언뜻 보기에도 귀티가 나는 것이 부잣집에서 티 없이 자란 참한 아가씨였다. 누가 보더라도 두 사람은 제법 잘 어울리는 한 쌍의 연인이었다. 그들의 모습에 연실의 심장이 툭 하고 바닥으로 떨어졌다. 혹시나 초라한 자신의 모습이 들킬세라 그녀는 어둠 속으로 몸을 숨겼다. 늘 자신에게 과분한 사람이라 생각했었는데, 그런 준우가 이제야 제대로 된 짝을 만났으니 행복을 빌어주리라 여겼다. 그러나 마음과는 달리 자꾸만 눈물이 났다.

 퇴원을 일주일가량 남겨 둔 어느 날, 두 여인이 병실로 찾아왔다. 화려한 옷을 차려입은 애자와 수수한 옷차림의 낯선 여자였다. 애자를 먼저 알아본 연실은 자리에서 일어났다. 그들이 다가왔음에도 숙희는 초점을 잃은 눈동자로 멍하니 앞을 내다볼 뿐. 그러는 사이 수수한 옷차림의 여자가 눈물을 흘리며 그녀를 덥석 껴안았다.

 "숙희야! 숙희야!"

 여자는 숙희를 끌어안고 한참을 통곡했다. 비통한 울음소리에 병실 안은 금세 슬픔으로 잠겼다. 뒤에 서 있던 애자가 눈살을 찌푸리더니, 결국 여자에게 한소리를 했다.

 "야, 야! 이순애, 그만 좀 해. 누가 보면 초상 난 줄 알겠다. 에휴."

 애자의 핀잔에 순애는 그제야 젖은 눈가를 훔쳤다.

 "어쩌다 이렇게 됐니? 웃는 얼굴이 예쁘던 숙희 네가… 네 소식은 들었지만, 내 팔자도 하도 박복하다 보니… 너에게 연락도 못 하고 지냈어. 네게 마음의 빚이 참 많은데. 미안해! 미안하다…."

복받쳐 올라오는 울음에 순애는 결국 말을 잇지 못했다. 오래전 숙희가 폐결핵으로 인해 고향으로 떠나고 그해 옥순과 함께 노조에 가입하여 활동하다, 결국 봉제 공장에서 쫓겨났다. 그리고 몇 년 뒤, 재단사인 장 씨와 결혼하여 지금은 평화시장 한편에 작은 수선가게를 하며 지낸다고. 무엇보다 십여 년 전 자신을 만나기 위해 숙희가 경찰서로 찾아왔지만, 예기치 않는 일로 길이 어긋났다며 순애는 결국 울음을 토했다.

"저기, 이것 좀…."

연실은 조심스레 두유를 애자와 순애에게 내밀었다.

"숙희 딸?"

순애의 물음에 연실은 어정쩡하게 고개를 끄덕였다. 그때까지도 잠자코 있던 애자가 불쑥 두 사람 사이에 끼어들었다.

"뭐! 딸이긴 딸이지? 자세한 건 올라가는 길에 말해 줄게."

연실이 이미 숙희의 친딸이 아님을 알고 있는 애자는 순애에게 손을 흔들어 보였다. 그러자 순애는 연실의 손을 따뜻하게 잡았다.

"네가 고생이 많구나!"

"아, 아입니더."

숙희를 한참 바라보던 애자가 혀끝을 내리 찼다.

"그나저나 사고 처리는 어떻게 되어 가고 있니? 뺑소니범은 잡았구? 아휴. 깨어나면 뭐 하니 아무도 못 알아보고… 쟤 팔자도 참으로 더럽게 박복하다니깐. 어찌 팔자가 저리도 사나울까."

애자의 팔자타령이 듣기 싫은 순애는 가져온 캔 하나를 꺼내 땄다. 잘 익은 복숭아 향이 병실 구석구석을 훑어 내렸다. 〈황도〉라고 적혀 있는 캔 안에는 깨끗하게 손질된 누런 복숭아가 설탕물에 푹 담겨 있었다. 허공을 처다보고 있던 숙희도 달콤한 냄새에 이끌려 눈길을 돌렸다. 그 사이 애자는 옆에 있던 연실의 팔을 가볍게 툭 쳤다.

"순애야! 나는 얘랑 할 이야기가 있어서. 넌 숙희랑 좀 있어."

애자의 말에 순애가 알았다는 눈짓을 보냈다. 연실은 애자의 뒤를 따라 복도 끝으로 갔다. 혹시나 복미 소식을 들을 수 있을까 하여 괜스레 심장이 두근댔다.

"자! 이거 받아! 어서 받아. 내 팔 떨어지는 꼴 볼래?"

애자는 머뭇거리는 연실에게 흰 봉투를 들이밀었다.

"얼마 못 넣었어. 병원비에 보태든지 아니면 숙희 아니… 네 엄마 뭐 좀 사 먹이든지. 알아서 해!"

연실은 건네받은 흰 봉투를 어찌하지 못하고 만지작댔다. 그 모습을 물끄러미 바라보던 애자가 조심스레 입술을 열었다.

"그리고 말이야. 이런 이야기를 지금에 와서 해도 되는지 모르겠지만…."

말을 내뱉던 애자가 잠시 뜸을 들였다.

"…하긴 입 닫고 있다고 해결될 문제도 아니고 말이야. 나도 가슴이 답답하고 머리가 아파서 더는 못 해 먹겠다. 숙희도 저리된 마당에 못 할 말이 또 뭐가 있겠니? 복미 말이야. 대체 일본에 있을 때, 무슨 일이 있었던 건지… 애가 아주 폐인이 되어 왔더라구. 내 생각에는 술 때문만은 아닌 것 같아! 아마 나쁜 약에도 손을 좀 댄 것 같긴 한데. 아무튼, 한국에 들어와서 정신 차리고 일을 좀 하는가 싶더니, 또 저러네. 여기 받아! 최근 주소야. 쪽방촌에서 지내는 것 같아. 그리고 핸드폰은 요금을 못 내서 끊겼다고 하더라구!"

어두운 애자의 표정에서 복미의 상태가 심각하다는 것이 느껴졌다. 대체 일본은 또 뭐고 나쁜 약이라니. 연실은 갑작스레 현기증이 일었다. 그 후로도 애자의 입에서는 믿기 어려운 이야기들이 쏟아졌다.

전 재산을 들고 서울로 간 복미는 음반을 내준다는 말에 홀딱 속아 빈털터리가 되었다고. 더 기구한 사연은 음반은커녕, 이 사기꾼 배 씨라는 인간이 복미를 일본 가라오케에 팔아넘겼다는 것이다. 믿을 수 없는 이야기에 연실은 한동안 넋을 놓았다.

"언젠가 숙희가 우리 집에 찾아와 복미의 행방을 물었거든. 근데… 내가 아무리 못돼처먹은 인간이라 해도, 어떻게 내 입으로 네 딸이 일본에 팔려 갔다고 말을 해 주니? 안 그래?"

애자는 그간 꼭꼭 숨겨 두었던 비밀을 털어놓았다. 그로 인해 그녀의 표정이 한결 편안해졌다. 연실은 지금껏 그 사실을 마음에 담아 놓은 애자가 한편으로 고마웠다. 만에 하나 그때 숙희가 이런 엄청난 사실을 알았더라면, 아마 제대로 살아가지 못했을 터. 연실은 애자를 향해 고개를 숙였다.

"마이 늦었지만도, 참말로 지송하고 감사헙니더."

연실의 진심에 잠시 멋쩍어진 애자가 곧 자리를 털고 일어섰다.

"내가 운전이 서툴러서 그만 가 봐야겠어. 갈 길이 멀기도 하고 말이야. 혹시 복미를 찾으러 서울로 오게 되면 연락해! 숙희는 괜찮아질 거야. 강한 아이니깐!"

애자는 연실의 어깨를 가볍게 두드리는 것으로 안타까운 마음을 대신했다. 두 사람이 떠나고 병실은 다시 고요해졌다. 숙희도 꽤 고단했던지, 침대에 눕자마자 바로 잠들었다. 간만에 편안한 얼굴로 잠든 숙희의 모습에 연실은 눈물이 핑 돌았다. 참으로 무서우리만큼 버티고 견디며 살아왔던,

한 여인의 삶이 다시금 숙연함으로 다가왔다. 한참 깊은 생각에 빠져 있던 그때, 병실 문과 가장 가까운 곳에 자리한 노파가 혼잣말을 내뱉었다.

"오메… 저 총각은 워째 매번 병실 안만 뚫어지게 보고 간당가? 새로 온 의사 선상님이시당가?"

노파의 혼잣말에 자리에서 일어선 연실은 병실 밖으로 뛰쳐나갔다. 복도를 따라 걸어가는 뒷모습이 분명 준우였다. 그녀는 무작정 준우의 뒤를 따라 쫓았지만, 마치 숨바꼭질하듯 그는 인파들 속으로 사라졌다. 언젠가 다시 만나게 되면 꼭 하고 싶은 말이 있었다. 나를 나보다 더 사랑해 주어 고맙고 미안하다고. 변변치 못한 나 때문에 더는 그 어떤 것도 포기하지 말라고. 나는 당신이라는 사람으로 인해 사랑하는 법을 배웠다고.

얼마 전까지만 해도 말없이 떠나 버린 준우를 이해할 수 없었다. 사랑하는 마음이 컸던 만큼 마음의 공백도 컸다. 하지만 숙희의 수술 일로 찾아간 행정실에서 뜻밖의 이야기를 전해 들었다. 지금껏 줄곧 이웃들이 전해 준 확인서로 인해 숙희가 무사히 수술을 받은 것이라 여겼다. 하지만 행정실 직원은 병원장과 어떻게 아는 사이냐고 되물었다. 확인서가 아닌 병원장의 특별 지시 때문에 수술할 수 있었다는 말도 함께 덧붙였다. 병원장이라면 바로 준우의 아버지인 김 원장이었다. 그 길로 연실은 몇 차례의 망설임 끝에 그를 찾아갔다. 몰랐으면 몰랐지, 알고 있는 이상 감사하다는 인사를 꼭 하고 싶었다. 김 원장은 인사를 하러 온 연실을 향해 수술은 준우의 간곡한 부탁이 있었다고. 그리고는 더는 아들의 마음을 흔들지 말라는 당부와 함께 준우의 약혼 소식도 전했다. 병원장실을 나선 연실은 잠시 벽에 기대섰다. 심장이 옥죄어 숨조차 제대로 쉬어지지 않았다. 이름만 불러도 눈물이 되어 버린 사랑. 그 사랑이 이리도 속절없이 떠나가도 잡을 수 있는 명분이 없었다. 그것이 더욱 슬프고 아팠다.

아스팔트도 녹아 내릴 만큼 무더운 여름에 입원했던 숙희는 선선한 가을바람과 함께 퇴원했다. 모든 것이 기적과도 같았다. 무엇보다 위험한 고비 때마다 잘 버텨 준 그녀가 연실은 마냥 감사할 따름이었다.

일상으로 되돌아온 연실은 밀린 병원비와 치료비를 감당하기 위해 더욱 열심히 일했다. 그렇다고 아픈 숙희를 온종일 빈집에 놔둘 수도 없는 법. 그때부터 연실은 리어카에 숙희를 태워 다녔다. 새벽 위판장에 갈 때도, 배달을 할 때도 두 사람은 항상 함께였다. 그런 두 사람을 걱정하는 이들도 더러 있었지만, 크게 개의치 않았다. 함께할 수 있는 모든 시간이 연실에게 있어 그 어떤 것보다 소중하기에.

#13. 숙희 딸

끝나지 않을 것만 같은 긴 계단을 연실은 한 번의 쉼 없이 단숨에 올랐다. 그렇게 숨이 턱 밑까지 차오를 때쯤, 좁은 골목길이 서서히 제 모습을 드러냈다. 봄이 왔다고는 하지만 꽃샘추위 덕에 바람은 아직도 매서웠다. 비집고 들어오는 칼바람에 연실은 옷깃을 단단히 여몄다. 봉우리가 오동통하게 올라온 벚꽃은 지금이라도 당장 꽃을 활짝 피울 기세였다.

숙희가 집으로 돌아오고 한 번의 계절이 순식간에 지났다. 꾸준한 재활과 치료를 하고 있지만, 눈에 띌 만큼 나아지지 않았다. 나이와 체력은 둘째 치고 젊은 시절 앓았던 결핵 탓에 기력은 나날이 쇠해졌다. 요즘 들어 부쩍 꿈에서마저 복미를 찾는 숙희의 모습에 연실은 괜스레 불안했다. 자신이 아무리 입안의 혀처럼 잘한다 하여도 어디 친딸만 하겠는가. 하여 연실은 시간을 쪼개어 한두 달에 한 번은 꼭 서울로 걸음을 했다. 하지만 그때마다 복미는 어디론가 숨어 버렸다. 친자매가 아니니 찾아다니는 데도 한계가 있는 법. 몇 차례 애자의 도움을 받기도 했지만 별다른 소득이 없었다.

연실은 언덕으로 길게 이어진 좁은 골목을 오르고 또 올랐다. 그러다 반대편에서 오는 행인이 있으면 몸을 옆으로 돌려 비켜서야 할 만큼 아주 좁은 골목길이었다. 골목 하나를 두고 옹기종기 붙어 있는 방들이 그저 답답해 보였다. 심지어 좁은 집에 두지 못한 세간이 죄다 골목으로 나와 있었다. 큰 고무 대야부터 녹슨 가스통 그리고 뭐가 담겼는지 알 수가 없는 대형 플라스틱 통까지.

조금 더 위쪽으로 오르던 연실은 판자로 대충 엮어 놓은 방문 앞에 멈췄다. 그리고는 주소와 약도가 그려진 종이와 골목 안을 이리저리 꼼꼼히 살폈다. 워낙 여러 갈래로 나 있는 골목과 비슷하게 생긴 방들이라 몇 번이나 확인해도 헷갈렸다. 일단은 물어봐야겠다는 생각에 그녀는 방문을 조심스레 두드렸다.

"계십니꺼? 안에 계십니꺼?"

약간의 시간이 흐른 후, 술에 취한 사내가 열린 문틈으로 얼굴을 불쑥 들이밀었다.

"에이, 시발 뭐야? 누구야 아침부터…."

"아! 실례합니더. 혹시 여거가 맞심니꺼?"

연실은 들고 있던 종이를 사내에게 내밀었다. 받아 든 쪽지를 뚫어지게 보던 사내가 고개를 들어 그녀를 쨰려보았다. 그때였다. 그가 연실의 손목을 덥석 움켜잡았다.

"와 이캅니꺼!"

놀란 연실은 온 힘을 다해 사내를 밀쳤다.

"시발. 나 밀었냐? 이게 뒈지려고! 씨!"

화가 치밀어 오른 사내가 급기야 주먹을 휘둘렀다. 연실은 두 눈을 질끈 감았다. 하지만 정작 비명을 내지른 이는 바로 그였다.

"이게 무슨 짓이야!"

뒤이어 들린 앙칼진 여자의 목소리가 골목 안을 날카롭게 긁었다. 현란한 옷차림에 짙은 화장을 했음에도 그녀가 복미임을 연실은 단박에 알아보았다. 연실을 쏘아보는 복미의 눈동자에 분노의 불꽃이 일었다. 소란스러움에 옆집 앞집 할 것 없이 다들 밖으로 나왔다. 세상에서 가장 재미있는 구경거리가 바로 싸움 구경이 아니겠는가. 주변 시선이 한데 쏠리자 복미가 버럭 소리를 내질렀다.

"어디 구경들 났어? 시발…."

복미는 거친 욕설과 함께 구경꾼들을 사정없이 밀치고는 골목을 따라 내려갔다. 연실은 그녀를 놓칠세라 뒤를 따라 뛰었다. 그렇게 얼마나 걸었을까. 앞서 빠르게 걷던 복미가 멈춰 섰다. 멈춘 곳은 한적한 공터였다. 앞이 확 트여 있어 높은 빌딩들도 훤히 내려다보였다. 조금 일찍 핀 진달래꽃 서너 송이가 바람에 하늘거렸다. 먼 곳을 응시하던 복미가 뒤돌아서서 연실을 향해 악다구니를 쓰며 달려들었다.

"너 왜 나한테 이러는 거야? 안 그래도 사는 게 구질구질해서 미치겠는데. 야! 네가 뭔데 나한테 이러냐구! 막말로 너랑 나랑 피가 섞였니? 어? 울 엄마가 나 찾아오라고 시키디? 찾아오면 얼마 준다고 하디? 혹시 울 엄마 죽었니?"

복미의 거침없는 막말에 연실은 두 주먹을 불끈 거머쥐었다. 악에 받친 건 알겠지만 해야 할 말이 있고, 하지 말아야 하는 말이 있거늘.

"엄니… 아, 아니 아지매가 많이 편찮으십니더!"

연실의 입에서 무심결에 나온 '엄마'라는 단어에 복미는 피식 웃음을 터트렸다. 복미는 들고 있던 담배에 불을 붙여 깊이 빨아들였다. 타닥타닥 튀는 소리 뒤로 하얀 연기가 피어올랐다.

"그래서? 뭘 어쩌라구?"

복미는 입속에 모여 있던 연기를 죄다 끌어모아 연실의 얼굴에다 내뿜었다. 갑작스러운 담배 연기에 연실은 숨을 쉴 수가 없었다. 그것은 비단 복미가 내뱉는 담배 연기뿐만은 아닐 터. 애초부터 뭔가를 기대하고 찾아 나선 길은 아니었다. 하지만 이건 해도 해도 너무했다.

"재수술에 필요헌 서류에 친딸의 동의가…."

"그러니깐 그간 밤낮으로 나를 찾아다닌 이유가 이거였구만. 하긴 넌 남이니깐! 그치?"

복미는 아니꼬운 눈빛으로 연실을 째려보았다.

"그건 내가 아는 변호사를 통해서 해결해 줄 테니깐, 더는 나 찾아오지 마! 그리고 요즘 정신없는 노친네들 동사무소에서 알아서 해결해 주니깐… 그러니깐 이제 너두 너 갈 길 가! 오케이?"

복미의 무책임한 모습에 연실은 분노가 치받아 올랐다. 하지만 연실은 곧 감정을 추스르고 차분하게 말을 꺼냈다.

"부러웠심니다. 할 수만 있다믄… 참말로 할 수만 있다믄. 진짜로 숙희 딸이 되고 싶었심니다."

바르르 떨리는 연실의 목소리에 뒤돌아서서 걷던 복미가 멈춰섰다. 연실은 그런 그녀의 등에 대고 차분히 말을 이어 나갔다.

"기억을 잃어버리셨심니다. 지가 연실이인지 복미인지도 인자는 못 알아보고 계심니다. 그칸데 말입니다, 유일하게 잊자뿌지 않고 매일 허시는 일이 하나 있심니다. 그게 뭔지 알고 계심니꺼?"

갑자기 떠오르는 숙희의 얼굴에 연실은 어금니를 꽉 깨물었다.

"동전이든 지폐든 세숫비누로 빡빡 씻어가 말립니다. 근데 그걸로 끝이 아입니다. 말린 지폐는 다시 다리미로 빳빳허게 다려 놓심니다. 그걸 쉬지 않고 매일 하심니다. 모든 걸 다 잊어버려도. 단 하나… 사라져 가는 기억 속에서도 하루하루 죽을힘을 다해 딸을 지키고 계심니다. 그칸데 친딸이라 카는 사람은…."

 참았던 울음이 한꺼번에 올라오자 연실은 결국 말을 잇지 못했다. 그 순간 복미의 눈가에도 눈물이 스쳤다. 그녀는 몰랐다. 중학교 시절 엄마가 건네는 지폐는 항상 빳빳했다. 그리고 옅은 장미 향이 났다. 일반 세숫비누보다 몇 배나 더 비싼 장미 향 세숫비누. 복미는 엄마에게서 풍기는 비릿한 생선 냄새가 끔찍이도 싫었다. 씻어 내면 낼수록 비린내는 더욱더 자신의 숨통을 옭아맸다. 그런 어린 딸의 마음을 눈치채고 매일 밤 향이 좋은 비누로 지폐를 깨끗이 씻어 다려 놓았던 것이었다.

 '바보같이. 그걸….'

 복미는 아랫입술을 꽉 깨물었다. 뒤쪽에서 연실이 다가옴이 느껴지자 복미는 다시 앞을 향해 걸어 나갔다. 점점 멀어져 가는 그녀의 뒷모습에 연실은 있는 힘껏 목청을 높였다.

 "일주일 뒤에 아지매 생신입니더. 올해 환갑이십니더. 그칸께 꼭 오셔야 됩니더! 생신 지나고 재수술을 받으셔야 합니더. 어쩌면 마지막일지도 모립니더. 그칸께, 꼭! 꼭! 오이소. 매일 매일 언니를 눈 빠지게 기다리고 계심니더!"

 연실은 자신이 할 수 있는 모든 것을 다 쏟아냈다. 이제 남은 것은 오로지 복미의 몫이었다. 맺힌 눈물을 닦아내던 연실은 문득 하늘을 올려다보았다. 눈부시게 맑은 하늘. 너무나 투명하고 아름다워 더욱 시리고 아팠다. 인생이라는 것이 시간이라는 것이 덧없이 흐르기 마련이다. 하여 지금 붙잡지 않으면 평생 후회하는 어떤 순간들이 있다. 붙잡지 못한 그 순간들은 살아가는 내내 미련이라는 그늘을 만들어 매 순간 마음을 괴롭힐 것이다.

복미를 만나고 내려온 날, 연실은 벽에 걸린 달력에다 동그라미를 크게 그렸다. 동그라미가 그려진 날짜가 가까워지자 연실은 집주인을 찾아갔다. 집주인에게 이런저런 사정을 이야기하자 그는 흔쾌히 마당을 사용하라고 허락해 주었다. 무엇보다 함께 세 들어 사는 이들에게도 미리 양해를 구했다. 몇몇 주점 아가씨들은 저녁 장사에 방해된다며 투덜댔지만, 미스 홍의 도움으로 해결되었다.

연실은 그날부터 서툰 솜씨로 초대장을 만들었다. 그간 숙희를 걱정해 준 시장 사람들과 주변인 모두를 초대할 참이었다. 그녀의 마음이 대견한 다방 마담 장 씨와 그리고 미스 홍, 탁이 엄마, 정자도 선뜻 돕겠다며 팔을 걷어붙였다. 마지막으로 연실은 서울에 있는 애자와 순애에게도 전화를 걸었다.

하루하루가 그저 짧았다. 더욱이 이틀이나 빨리 와 준 정자 덕분에 큰 걱정 없이 준비는 수월하게 되어 갔다. 문제는 복미였다. 연락이 끊긴 것은 물론 다시 찾아간 쪽방촌에도 이미 자취를 감춘 지 오래였다. 하여 연실의 마음은 그 어느 때보다 무거웠다.

당일 아침 연실은 미리 주문받은 횟감만 손질해 주고 일찍 장사를 접었다. 정오가 지나자 고소한 냄새가 마당을 나와 골목 안을 가득 메웠다. 철공소 직원들이 냄새에 이끌려 마당을 힐끔거렸다. 마당에는 주점 아가씨와 미스 홍 그리고 장미 다방 마담인 장 씨, 윗방 노파까지 힘을 합쳐 음식 준비를 하느라 분주했다. 그야말로 잔칫집 분위기였다.

"인자 봄은 봄인갑네. 따스하데이. 그자?"

명태전을 뒤집던 정자가 허리를 쫙 폈다. 봄이 왔다는 말 한마디에 모인 사람들은 너나 할 것 없이 봄과 관련된 이야기를 하느라 웃음이 떠나지 않았다. 그사이 연실은 담요를 꺼내와 숙희의 무릎을 덮었다. 초점을 잃은 숙희의 눈빛은 대문을 향해 있었다. 마치 이 세상과는 또 다른 세상을 보고 있는 것만 같았다. 평생을 살이 문드러지고 뼈가 녹을 만큼 고생한 여인. 그 여인의 애달프고 고달픈 삶이 고스란히 연실의 심장 속으로 스며들었다.

명절에나 봄직한 튀김과 부추전까지 종류만 해도 열댓 개가 훌쩍 넘었다. 고소한 참기름 냄새가 일품인 잡채와 갈비찜까지. 그야말로 상다리가 휘어지고도 남을 만큼 음식이 넘쳐났다. 하늘이 점점 보랏빛으로 물들자 초대받은 이웃들이 속속 도착했다. 싱싱한 회를 가져오는 이도 있고, 떡을 맞춰서 온 사람, 과일을 가져오는 이웃도 있었다.

그렇게 주변이 어둑어둑해지자 철공소 직원들이 마당에다 전선을 연결했다. 어두웠던 마당이 곧 대낮처럼 환하게 밝아졌다. 맛깔스럽게 차려 놓은 상 앞에 다들 자리를 잡고 앉았다. 미스 홍과 아가씨들은 쟁반에다 음식을 담아 부지런히 상 위로 날랐다.

연실은 숙희를 데리고 방으로 들어가 미리 준비해 둔 한복으로 갈아입혔다. 분홍 저고리에 회색 치마를 입은 숙희의 모습이 눈부시게 아름다웠다. 때마침 안으로 들어선 정자가 한복을 차려입은 그녀의 모습에 흐뭇한 미소를 지었다.

"아이고야! 이기 누고? 몰라보겠데이. 연실이 니는 퍼득 나가가 손님들 모시거래이. 야는 내가 델꼬 나가꾸마."

연실은 가볍게 고개를 끄덕이고는 방문 손잡이를 잡았다. 그때였다.

"고맙데이. 참말로 고맙데이. 니가 없었더라믄… 너거 엄니 우짤 뻔했노! 고맙데이."

정자의 따뜻한 말에 연실은 눈물이 왈칵 쏟아졌다. 그녀는 촉촉이 젖은 눈가를 쓸어내리고 방을 나갔다. 방문이 닫히자 정자는 숙희를 지그시 바라보며 옅은 미소를 보였다.

"숙희야! 내, 잘했재? 진즉에 연실이… 자한데 고맙다고 말한다카는기 뭐가 그처리 어렵다꼬, 인자사 헌데이. 자는 절대로 저거 친어매 맨지로 안그칸다고 캤던, 니 말이 모조리 다 맞았던기라. 그카고 말이다. 복미는 꼭 올끼다. 가시나 딴 거는 몰라도 니 닮아가 정이 억시로 많다 아이가. 지도, 지 어매 얼매나 보고 잡겠노!"

딸의 이름에 숙희의 눈동자에도 옅은 바람이 일었다. 모든 기억이 지워져도 단 하나, 딸의 이름만큼은 잊지 않았다. 바삐 움직이던 정자의 손은 옷고름에 와서야 멈췄다. 옷고름을 여미던 그녀의 손이 감정을 주체하지 못해 가냘프게 떨렸다.

한편, 밖으로 나온 연실은 이것저것 챙기느라 눈코 뜰 새 없이 바빴다. 날은 어두워지고 손님들이 거의 다 온 것 같은데, 시간이 갈수록 연실의 마음은 더욱 초조해졌다. 한창 분위기가 달았을 무렵, 누군가가 조심스레 대문 안으로 들어섰다. 애자와 순애였다.

"오시느라 고생 많으셨습니다. 이리 와 주서가 참말로 감사헙니다."

연실은 허리를 굽혀 두 사람에게 인사를 건넸다. 그녀들이 마당으로 들어서고 대문을 닫으려다 다시 열어 두었다. 애자는 그런 연실의 모습에 안타까운 눈빛을 보내며 들고 온 케이크 상자를 내밀었다.

"그게 말이야 내가 찾아…."

애자가 말문을 떼려는 그때, 방문이 열리고 한복을 곱게 차려입은 숙희가 마당으로 나왔다.

"먼 길 오시느라, 마이 시장하셨을 낀데. 퍼득 식사부텀 하이소."

연실은 애자를 향해 가벼운 눈짓을 보내고는 숙희의 곁으로 뛰어갔다. 그녀는 그런 숙희와 연실을 물끄러미 쳐다보았다. 며칠 전 애자는 복미를 설득하기 위해 쪽방촌으로 갔으나, 이미 사라지고 난 뒤였다. 연실이 다녀가고 동거남에게 심한 폭행을 당해 도망갔다고 이웃에게서 전해 들었다. 그 길로 행방을 잘 알고 있을 법한 이들에게 협박과 회유를 거듭하여 일하고 있다는 주점을 겨우 알아냈다. 그렇게 힘들 게 물어물어 찾아갔지만, 매몰차게 돌아서는 복미를 더는 설득하지 못했다. 애자는 그때의 일을 떠올리자, 공연히 씁쓸함만 밀려왔다.

"자! 자! 음, 음… 다들 여기 주목!"

자리에서 벌떡 일어선 남자가 반주기에 달려 있던 마이크를 가볍게 톡톡 쳤다. 그는 주점에 자주 드나드는 단골로 미스 홍의 부탁에 얼떨결에 사회를 맡았다. 뒤에 있던 아가씨가 반짝이 옷과 붉은 나비넥타이를 건넸다. 허둥지둥 옷을 걸치는 남자의 모습에 모인 이들의 웃음이 한바탕 쏟아졌다. 한참 다들 웃던 그때, 익숙한 목소리가 웃음소리에 묻혀 새어 나왔다.

"제가 조금 늦었습니다. 아직 시작 전이죠?"

생각지도 못한 준우의 등장에 연실은 얼음이라도 된 것마냥 얼어붙었다.

"연실아! 니 뭐 하노? 김 검사님 오셨다아이가. 이짝으로 오이소!"

보다 못한 탁이 엄마가 자리에서 일어나 손짓을 보냈다. 준우는 연실을 바라보며 빙그레 웃었다. 그가 자리를 잡고 앉자 잠시 멈췄던 사회자의 진행이 다시 이어졌다. 왁자지껄 떠드는 소리가 시끄러웠지만, 연실은 그 어떤 소리도 들리지 않았다. 미스 홍은 넋이 나간 채, 멍하니 서 있던 그녀의 어깨를 가볍게 쳤다.

"무슨 생각을 그렇게 해? 너 부르잖아!"

미스 홍의 눈짓에 연실은 놀라 고개를 들었다.

"우리 어머님보다 따님께서 긴장을 더 많이 하셨네. 우리 따님께서는 아리따운 우리 어머님 옆에 서주세요."

사회자의 우스갯소리에 또 한바탕 웃음이 터져 나왔다. 연실이 숙희의 옆으로 다가서자 그제야 그가 케이크에 촛불을 붙였다. 그러자 아이들의 환호성이 덩달아 터졌다. 사회자의 구령에 맞춰 모두가 손뼉을 치며 생일노래를 불렀다. 생각지도 못한 일은 언제나 큰 감동과 행복을 가져다주는 법. 연실의 눈에는 눈물이 차고도 넘쳤다. 숙희 또한 오랜만에 밝은 표정을 지었다.

"자! 이제 촛불을 꺼주세요! 하나, 둘, 셋!"

사회자의 구령에 숙희는 정자와 함께 촛불을 불었다. 촛불이 꺼지고 우레와 같은 박수가 마당을 가득 메웠다. 그때였다. 막 자리에서 일어나던 정자가 두 눈을 동그랗게 치켜떴다.

"니, 니… 니 복미 아이가? 참말로 복미가? 어이?"

시끄럽던 마당이 정자의 목소리에 일순간 정적이 흘렀다. 흩어져있던 수십 개의 시선이 모두 대문으로 향했다. 짙은 화장과 붉은색 재킷 그리고 짧은 스커트가 너무나 강렬했다. 복미는 자신에게로 쏟아지는 눈길이 부담스러워 건너편 숙희를 넌지시 바라보았다. 그 사이 복미의 곁으로 뛰어간 연실은 고개를 숙여 인사를 했다.

"마이 기다렸심니더. 이리 와 주서가 참말로 감사헙니더."

인사와 동시에 연실은 복미가 숙희의 곁으로 갈 수 있게끔 길을 터주었다. 그러자 정적이 흐르던 마당은 다시 웅성거렸다. 어색한 공기를 눈치 챈, 미스 홍이 급히 사회자가 들고 있던 마이크를 빼앗았다.

"맛있게 드시는 동안 제가 노래 한 곡 뽑을게요."

미스 홍은 주점 아가씨들에게 손짓을 보냈다. 사회자 역시도 그제야 눈치를 채고 반주기를 만졌다. 곧 스피커에서 흥겨운 노래가 흘러나오자, 마당은 다시 시끌시끌한 잔칫집 분위기로 바뀌었다. 노래를 따라 부르는 사람, 일어나서 어깨춤을 추는 사람, 술잔을 돌리는 사람들까지 다들 즐거워 보였다. 한창 노래를 부르던 미스 홍은 고개를 내밀어 끝방을 바라보았다. 끝방의 방문이 닫히자 그녀는 목청을 더 높여 열창했다.

"복미⋯ 니 우째 된 기고? 이 가시내야, 인자사 오믄 우야노? 너거 어메가 니를 얼매나 눈 빠지게 기다린 줄 아나? 이런 나쁜 것, 이런 괘씸한 것!"

정자는 속상한 마음에 복미의 등을 쥐어뜯었다.

"엄마⋯?"

그러는 사이, 복미는 숙희에게 얼굴을 들이밀었다. 하지만 알아보기는커녕 미동조차도 하지 않았다. 이건 숨만 쉬고 있을 뿐이지 살아 있다고 볼 수 없었다. 잠시 어금니를 꽉 깨물던 복미가 뒤에 있던 연실을 향해 소리를 버럭 내질렀다.

"야! 너, 우리 엄마 이렇게 될 때까지, 뭐 했어? 뭐 했냐구! 어?"

"지⋯ 잘못입니더. 지송헙니더. 이 모든 게 다, 지 잘못입니더."

무릎을 꿇고 앉은 연실은 납작 엎드려 빌었다. 그러자 잠자코 있던 정자가 몸을 일으켜 세워 복미를 째려보았다.

"자는 잘못헌거 한 개도 없데이. 자가 아니었으믄 너거 엄마 죽어도 진작에 죽었을 끼라. 니는 자인데 그런 말 할 자격도 없데이. 알았나? 지랄하고 그것도 뚫린 주둥이라꼬, 가시내 인자사 와가 지랄을 허네. 지랄을… 치아라 마!"

불같은 정자의 호통에 복미는 입술을 말아 넣었다. 하긴 감당 안 되는 일이 생기면 어련히 원망할 상대를 찾기 마련이다. 그 사람이 잘못했든 안 했든 그건 중요치 않은 법, 그저 원망할 대상이 필요할 뿐이다. 하지만 연실은 복미의 말이 어쩌면 맞을지도 모른다고 생각했다. 자신이 조금만 더 신경을 써서 보살폈다면, 그날 함께 가자고 먼저 말을 꺼냈더라면 하는 후회가 밀려왔다. 밀려오는 후회와 속상함에 연실은 흐느꼈다.

"아가… 울, 울지 마… 네, 네가 울면… 여, 여…기가 아, 아, 아…파…."

숙희의 목소리에 놀란 세 사람이 동시에 그녀를 쳐다보았다. 숙희는 제 가슴에 손을 얹고 탁탁 두드렸다.

"엄마! 나, 복미야. 나… 나, 나 알아보겠어? 알아보겠냐구!"

바짝 다가가 앉은 복미가 숙희를 다그쳤다. 하지만 눈길은 복미가 아닌 연실에게 향해 있었다. 아주 잠깐이었지만 숙희는 연실을 알아보는 듯했다. 그녀의 눈동자에는 연실에게 차마 전하지 못한 말들이 숱하게 매달려 있었다.

숙희는 입술을 떼기 위해 힘을 주었지만, 더는 목소리가 나오지 않았다. 워낙 힘을 준 탓에 머릿밑까지 벌겋게 변하자 연실은 고개를 내저었다. 그러나 얼굴에 피가 쏠리던 그 순간, 숙희가 바닥으로 꼬꾸라졌다.

"아이고야! 숙희야! 숙희야! 정신 좀 차려 보거래이. 어이! 야가, 야가 와이카노?"

놀란 정자가 기절한 숙희의 얼굴을 쓰다듬었다. 연실은 방문을 열고 뛰쳐나가 택시를 불러 달라며 고래고래 고함을 내질렀다. 시끄러운 음악 소리가 꺼지고, 놀란 사람들이 앞다투어 끝방으로 몰려왔다.

"연실아! 여기, 어서!"

방으로 급히 뛰어든 준우가 등을 내밀었다. 그리고는 들고 있던 차 키를 연실에게 건넸다. 열쇠를 받은 그녀는 서둘러 뛰어가 골목 끝에 세워둔 차 뒷문을 열었다.

"병원 도착하믄 곧장 전화 드리겠심더."

연실은 뒤따라 나온 정자의 두 손을 꽉 잡았다.

"그려, 그려! 어여, 어여 가거라!"

정자는 연실의 손등을 두드렸다. 비상등을 켠 차는 미친 듯이 병원으로 내달렸다. 응급실로 실려 간 숙희는 당직 의사 모두를 호출할 만큼 상태가 좋지 않았다. 지금 당장 어떤 일이 생긴다 하여도 될 만큼. 복도로 나온 연실은 불안한 마음에 잠시도 가만히 있지 못하고 서성였다. 그런 모습을 쏘아보던 복미가 결국 한마디 했다.

"야! 정신 사납게 쫌! 죽고 사는 건 팔자야, 팔자! 그러니깐 좀 앉아! 앉으라고."

복미의 짜증 섞인 말투에 건너편에 있던 준우의 얼굴이 일그러졌다. 연실은 그런 그의 앞을 막아섰다.

"오늘 고맙심더. 피곤하실낀데, 여는 걱정 하지 말고 퍼뜩 드가 보이소."

"괜찮아! 좀 더 있다 갈게. 오늘 너한테 꼭 전해야 할 것도 있고…."

준우의 말이 끝나기도 전에 응급실 문이 열리고 간호사가 나왔다. 연실과 준우는 서둘러 간호사 앞으로 뛰어갔다.

"정숙희 환자… 보호자님 되시죠?"

차트를 넘기던 간호사의 시선은 곧 두 사람을 향했다.

"다행히도 맥박과 혈압은 정상 수치로 돌아왔네요. 어! 그리고 지난번 수술했던 곳에 다시 출혈이 생겨서… 자칫 혈액이 응고되면 혈관이 막힐 수도 있습니다. 일단 날이 밝는 대로 담당 의사 선생님과 말씀 나누셔서 수술 일정을 잡으시면 될 것 같아요."

"감사헙니더. 참말로 감사헙니더."

간호사가 자리를 떠나고 난 뒤, 그제야 팔짱을 낀 복미가 두 사람이 있는 곳으로 다가왔다. 그녀는 심드렁한 얼굴로 연실에게 손을 들이밀었다.

"택시비 좀 줘! 난 가서 좀 쉬어야겠어!"

거들먹거리는 복미의 태도에 화가 난 준우가 발끈하여 앞으로 나섰다. 그 모습에 기겁한 연실이 서둘러 그의 앞을 막아섰다.

"택시비 여거 있심니더. 피곤허시지예?"

연실은 복미의 등을 떠밀었다.

"저 남자 누구야? 눈빛이 아주 재수 없어."

밖으로 나간 복미는 가래를 끌어모아 바닥에 내뱉었다. 그사이 연실은 도로로 뛰쳐나가 택시를 잡았다. 복미가 탄 택시가 점점 멀어지자 비로소 준우가 그녀의 곁으로 다가섰다.

"친딸이 맞긴 맞아?"

"친딸이니깐, 저캐도 괘안은 기라에. 잠시였지만도 엄니가 언니를 보자마자 말문이 열렸다 아입니꺼. 이래 용기 내서 와 준 거만으로도 지는 참말로 감사허고 또 감사헙니더."

오랜만에 마주하는 연실의 따뜻한 미소가 준우의 마음을 흔들었다.

"참! 저녁 못 먹었지. 간호사님께 어머님을 좀 봐 달라고 부탁해 놓고 왔어. 내 핸드폰 번호도 주고 왔으니, 잠시만 나한테 시간을 내주면 좋겠는데… 어머님께서 예전에 따로 부탁하신 일도 있고 해서 말이야."

혹시나 거절이라도 할까 봐, 준우는 뒷말에 유독 힘을 주었다. 그들은 자리를 옮겨 병원 근처 국밥집으로 갔다. 식당 문을 열자 사골 고아내는 구수한 냄새가 코끝을 스쳤다. 연실은 갑작스레 배가 고팠다. 그러고 보니 아침부터 시작해 지금까지 아무것도 먹지 못했다. 배고픔도 잊을 만큼 하루가 어떻게 지나갔는지 모를 정도였다.

두 사람은 자리에 앉아 순대국밥을 시켰다. 곧 보글보글 끓어오르는 뚝배기가 식탁 위에 놓였다. 먹기 좋을 만큼 잘 담가진 깍두기와 김치 그리고 오이 무침이 밑반찬으로 나왔다. 준우는 부추와 다진 양념을 뚝배기 안에 넣어 풀었다.

"부추를 이렇게 듬뿍 넣어 주고, 다진 양념 한 숟가락에 새우젓 조금 넣어 먹으면 맛이 끝내줘. 아! 잊어버릴 뻔했네. 가장 중요한 건데."

뚝배기를 연실의 앞으로 내밀다 말고 준우가 엷은 웃음을 보였다. 그리고는 접시를 들어 깍두기 국물을 뚝배기 안에 조금 넣었다.

"이렇게 해야 느끼하지 않고 맛있어. 어서 먹어 봐!"

준우는 숟가락을 들어 연실에게 내밀었다. 숟가락을 받아 든 연실은 한 숟가락 푹 떠서 야무지게 입속에 넣었다. 배고픔에 먹는 거라 분명 맛있을 것이라 여겼건만, 밥알은 모래알 씹는 것처럼 까끌까끌했다.

"어때? 괜찮아?"

준우의 물음에 연실은 대답 대신 가볍게 고개를 끄덕였다. 이런 상황에서도 산목숨이라고 목구멍으로 밥이 넘어가니, 이것마저도 숙희에게 죄를 짓는 것만 같았다.

"검사님도 식기 전에 퍼득 드이소!"

연실은 자신의 앞에 놓인 반찬을 준우 앞으로 밀었다. 맛있게 먹는 그의 모습을 보니, 갑작스레 숙희와 함께 좌판에서 국밥을 먹던 때가 떠올랐다. 손님으로 인해 제때 먹지 못한 국밥은 언제나 밥알이 퉁퉁 불어 있었다. 차갑게 식어 버린 국밥이라도 함께라서 행복했다. 불현듯 찾아온 기억 하나에 결국 연실은 숟가락을 내려놓았다. 그 모습을 준우가 안쓰러운 눈빛으로 바라보았다.

"안 넘어가도 좀 먹어야지… 못 먹어서 어떡해."

"아입니더. 마이 먹었심니더. 잔칫상 준비하느라고 이것저것 먹은 게 많아서 그렇심니더. 그나저나 무슨 일로다 지를 보자고 하셨습니꺼?"

연실의 물음에 준우가 가방을 뒤적였다. 마침 얼큰하게 취한 사내들이 가게 안에 들어서자, 그는 다시 주위를 둘러보았다.

"여기 좀 시끄럽네. 병원 앞에서 커피 한잔하면서 마저 이야기하는 게 어때?"

그렇지 않아도 연실 또한 시끄러운 가게 안이 신경 쓰였던 참이었다. 국밥집을 나선 두 사람은 자리를 옮겨 병원 앞 벤치에 앉았다. 준우는 커피 자판기에서 커피와 율무차를 각각 한 잔씩 뽑았다. 뽑아온 밀크커피와 율무차를 번갈아 가며 섞었다. 그러자 커피 향과 더불어 한결 부드럽고 묵직하며 고소한 맛이 났다. 그 사이 준우는 들고 있던 종이컵을 잠시 내려놓고 가방에서 서류봉투를 꺼냈다.

"여기, 어머니께서 내게 따로 부탁하신 거야."

준우가 내미는 서류를 연실은 조심스레 받았다. 받은 서류를 찬찬히 훑어내리던 연실의 눈동자가 점점 커졌다. 그것은 다름 아닌 숙희의 호적 아니 가족관계 증명서였다. 자녀에 〈김복미〉와 〈이연실〉이라고 나란히 적혀 있는 것이 아닌가.

"이… 이, 이기… 대, 대체… 뭡…."

연실은 끝끝내 말을 잇지 못하고 울먹였다. 준우는 떨리는 연실의 어깨를 꼭 껴안고 토닥였다. 얼마나 울고 또 울었을까? 그는 양복 주머니에서 꺼낸 손수건으로 연실의 눈가를 닦아 주었다.

"따로 출생신고가 되어 있지 않아서… 태어날 당시 아이를 받았다는 산파를 찾느라 좀 오래 걸렸어. 다행히도 미스 홍 아니 홍사랑 씨의 도움으로… 아무튼 진작에 줬어야 했는데. 너무 늦었지? 미안해. 어머님께서 직접 연실이 네게 전해 주었더라면 더 좋았을 텐데."

어느새 준우의 목소리에도 물기가 배어났다. 그 또한 이날을 목 빠지게 기다렸다. 이것만 있다면 숙희의 수술로 인해 더는 아버지와 얼굴을 붉히지 않아도 되었다. 연실에게 되돌아올 날만을 기다리며 노력했던 숱한 날들이 그의 뇌리를 스쳤다. 준우의 품에서 나온 그녀는 힘겹게 입술을 열었다.

"지는 평생을 생일이라 카는거 모르고 살았심니더. 언젠가 친모헌테 지 생일을 물었던 적이 있심니더. 그때 참말로 많이도 맞았심니더. 태어나지 말아야 할 년이 태어나가 내 팔자까지 말아먹었다며… 아마 그때부터였을 깁니더. 더는 생일이라는 말을 입에 담지 않았던 것이… 헌데 엄니를 만나고, 엄니가 지헌테 생일상을 차려 주셨심니더. 친모한테도 단 한 번도 받아 보지 못한 생일상 말입니더. 엄니는 지 생일을 굳이 묻지 않고 우리가 처음 만난 날을… 그날을 생일로 만들어 주셨심니더. 친딸이 집을 나가 생사도 모르고 있을 때, 지 생일상을 차리면서 엄니 마음이 얼마나 찢겨 나갔겠심니꺼. 그칸데도 지는 철없이 마냥 좋아했심니더. 그때 처음

먹었던 미역국이 아직도 여거… 여거 내 심장에 남아 있심니더… 울 엄니 저렇게 허무하게 돌아가시믄 안 됩니더. 안 된단 말입니더!"

연실은 가슴팍을 쥐어뜯었다. 그녀의 피맺힌 울음은 절규가 되어 어둠을 할퀴었다. 할퀴어진 어둠은 곧 생채기가 되어 두 사람의 심장 속으로 스며들었다. 그렇게 얼마의 시간이 흘렀을까. 어느 정도 울음이 진정되자 연실은 자리에서 일어섰다. 그녀를 따라 일어나던 준우가 책 한 권을 불쑥 내밀었다.

밤색 빛깔의 가죽으로 만들어진 한 권의 책. 〈숙희 딸〉, 저자 〈이연실〉. 금빛으로 수놓듯 새겨진 글씨가 달빛에 반짝였다. 오래전 읽어 보겠다며 준우가 가져간 원고였다. 더는 흘릴 눈물이 없다 여겼건만, 두 볼을 타고 또 눈물이 주르륵 흘러내렸다. 그는 마지막으로 연실에게 정식 출간을 하고 싶다는 출판사의 소식도 함께 전했다.

"지가 뭐라고예, 이래 잘해 주심니꺼. 지는 해 드린 것도 없는데 말입니더."
"왜 네가 해 준 게 없어? 나 믿고 지금껏 기다려 줬잖아! 내가 얼마나 고마운데."

준우의 진심 어린 말에 연실의 심장이 빨리 뛰었다. 그렇게 서로의 눈동자에 자신의 모습이 맺히자 누가 먼저라 할 것도 없이 두 개의 숨결은 곧 하나가 되었다. 이제 정말 이 남자가 아니면 그 무엇도 그 어떤 것도 채워지지 않는다는 것을.

준우와 헤어지고 병실로 돌아온 연실은 잠든 숙희의 가슴에 얼굴을 파묻었다. 따스한 숙희의 온기와 심장 박동 소리가 들리자 눈물이 핑 돌았다. 엉망이 된 술집 한 귀퉁이에 겁에 질려 울먹이는 아이에게 선뜻 손을 내밀어 준 따뜻한 분. 그것도 모자라 원수의 자식을 딸로 기꺼이 받아 준 고마운 분. 만약 숙희가 없었더라면, 지금의 자신도 없었으리라.

"지를 딸로 받아 주셔서 참말로 감사헙니더. 인자 엄마라꼬 맘 놓고, 눈치 안 보고 목청껏 소리칠 수 있는데…."

연실은 고개를 젖혀 천장을 쳐다보았다. 얼마나 더 울어야 이 슬픔이 지나갈까. 두 눈이 멀어 앞이 보이지 않아도 좋으니, 숙희가 아무 일 없듯 일어나길 빌고 또 빌었다. 연실의 간절한 마음이 전해진 탓일까. 거칠었던 숙희의 숨소리도 한결 편안해져 있었다.

꿈을 꾸었다.

엉망이 된 가게 안에 어린 연실이가 있었다. 어린 연실을 흐뭇하게 바라보는 숙희. 입술은 움직이지 않았으나, 목소리가 구석구석 퍼져 나갔다. 마치 동굴 속 가장 깊은 곳에 모여 있다 다시 되돌아온 메아리 같기도 했다. 그러나 윙윙거림에 무슨 말인지 잘 들리지 않았다. 어린 연실은 좀 더 자세히 듣기 위해 두 팔을 쭉 뻗었다.

"연실아! 야가, 피곤했는갑따. 편캐로 안자고 이래가 잠들었는가베."

걸걸한 정자의 목소리에 침대에 엎드려 있던 연실이 부스스 일어났다.

"오셨심니꺼!"

서둘러 일어난 연실은 정자에게 인사를 했다. 뒤이어 병실 안으로 들어온 복미는 제 어미보다 심장 박동 기계를 더 유심히 들여다보았다.

"복미, 니는 너거 어매헌테 인사 안 하나?"

"뭐 알아듣기나 하고?"

정자의 꾸지람에 복미는 숙희를 내려다보며 빈정댔다. 비꼬는 복미의 말투에 정자는 깊은 한숨을 내쉬었다.

"담당 의사는 언제 와? 나 오늘 서울 가야 하는데. 밤에 스케줄이 있어!"

한숨을 내쉬던 정자가 분노를 이기지 못해 소리를 버럭 지르려는 그때, 의사와 간호사가 줄지어 병실 안으로 들어섰다. 그들은 숙희의 상태를 확인하고 몇 마디 주고받더니, 침대를 빼냈다. 병실 밖으로 나온 침대는 곧장 수술실로 옮겨졌다. 수술이 들어가고 얼마 있지 않아 준우가 뛰어왔다.

"강한 분이시니깐. 어머님은 분명 잘 이겨 내실 거야."

준우는 연실의 어깨를 토닥였다. 복미는 그런 두 사람을 못마땅한 눈초리로 쏘아보았다. 정자는 피곤했던지 긴 의자에 누워 잠을 청했다. 복도에는 시계 초침 소리만 가득할 뿐. 그렇게 피 말리는 시간이 얼마나 지났을까. 수술실의 문이 열리고 간호사가 복도로 나왔다.

"정숙희 씨 보호자님! 정숙희 씨 보호자님 어디 계세요?"

연실과 준우가 의자에서 벌떡 일어섰다. 그들이 한 발자국 채 떼기도 전에 복미가 앞으로 성큼 나섰다. 복미는 복도를 따라 걸으며 간호사와 이런저런 이야기를 나누었다. 그 모습에 연실은 따라나서려다 말고 도로 의자에 앉았다. 한참 걷던 복미가 뒤를 돌아보며 목소리를 높였다.

"뭐 하니? 따라나서지 않고. 넌, 숙희 딸 아니니?"

복미의 말 한마디에 연실의 심장이 쿵 하고 내려앉았다. 뭔가 모를 뜨거운 불덩이 하나가 목구멍을 타고 올랐다. 그제야 정자가 은은한 미소를 보이며 연실의 등을 살포시 떠밀었다.

삶을 살다 보면 가슴이 미어지는 날이 있다. 복미의 입에서 나온 〈숙희 딸〉이라는 말 한마디에 이렇게 가슴이 미어지다니. 얼마나 듣고 싶었던 말이었던가. 얼마나 꿈꾸었던 일이었던가. 이제야 이들과 진짜 가족이 된 것 같았다. 가장 행복한 날이, 가장 슬픈 날이 되지 않기를 연실은 마음을 다해 간절히 기도했다.

에필로그

다행히도 위험한 고비를 넘긴 숙희는 자리를 털고 일어났다. 자주는 아니지만, 친했던 사람들도 곧잘 알아보고 잃어버렸던 기억도 조금씩 돌아왔다. 기억이 돌아오는 날이면 숙희는 연실에게 입버릇처럼 말하곤 했다.

〈천사가 한 달만 더… 딸들 곁에 머물다 오라고 했어!〉

그렇게 숙희는 거짓말처럼 한 달 뒤에 조용히 세상을 떠났다. 숙희가 세상을 떠나고 모든 것이 멈출 것이라 여겼던 세월은 덧없이 또 흘러만 갔다. 연실은 〈숙희 딸〉을 출간하면서 꿈꾸던 소설가가 되었다. 그리고 여전히 구천포 시장 난전에서 숙희 딸로 살아가고 있다. 밤무대를 전전하던 복미는 정식 앨범을 내어 가수가 되었다. 그녀는 출연하는 방송마다 엄마 숙희의 이야기를 꺼내며 눈시울을 붉혔다.

숙희의 마지막 수술이 있었던 그 날. 병원 화장실에서 몰래 흐느끼던 복미의 울음을 듣고 연실은 생각했다. 그녀 또한 엄마가 그립지 않았던 것이 아니라, 엄마가 너무나 그리워 덜컥 겁이 났을 뿐이라고.

마음이 아파 그간 차마 만지지 못했던 숙희의 물건을 정리하던 밤. 우연히 낡은 공책 한 권을 보게 되었다. 그것은 신혼 초부터 빼놓지 않고 써 내려간 가계부였다. 가계부에는 팍팍하기만 했던 가난이 고스란히 녹아 있었다. 일 원짜리 하나 허투루 쓰지 않기 위해 애를 쓴 흔적들이 연실의 심장 끝을 아리게 했다. 가난한 살림에도 자신을 선뜻 거두어 준 숙희에게 다시금 감사와 존경의 마음이 들었다. 차분히 노트를 넘기던 연실의 눈가가 차츰 붉게 물들었다. 삐뚤빼뚤한 글씨로 온 힘을 기울여 써 내려간 글.

〈내 딸, 연실이 보아라!
네가 내 딸이라 참으로 고맙고 또 고맙다.〉

연실은 그만 노트를 끌어안고 오열했다. 엄니, 엄니… 엄마! 아무리 불러도 대답이 없었다. 지금이라도 문을 열고 들어와 괜찮다며 꼭 안아 줄 것만 같은데. 어디에도 엄마는 없었다.
"다음 생은 꼭! 지 딸로 태어나 주이소. 지금껏 엄니 딸… 아니 숙희 딸로 살게끔 해 주셔가 참말로 감사헙니더."
때마침 불어온 바람에 수십 개의 민들레 홀씨가 훨훨 밤하늘로 날아올랐다. 바람결을 따라 날아간 홀씨는 누군가의 마음속에 한 송이 민들레로 아름답게 피어나리라.

-끝-

작가의 말

어느 화사한 봄날. 엄마의 심부름을 하던 중 문득 듣게 된 한마디가 소설의 시작이 되었다. 소설의 제목인 〈숙희 딸〉은 내가 심부름을 하던 중 들었던 바로 그 한마디였다. 당시 나는 숙희 딸이라는 말 한마디가 괜스레 낯설었다. 그건 아마도 엄마의 이름인 숙희를 자주 들어 보거나 혹은 불러 본 적이 없는 탓이 아닐까 감히 추측해 본다. 오롯이 자신의 이름으로 살아온 세월보다 자식의 이름 뒤에 붙여진 '엄마'로 살아온 세월이 더 길었던 숙희.

소설을 구상하면서 수많은 숙희와 숙희 딸들을 만났다. 수월하지 않았던 삶이 구슬픈 노래가 되어 마음에 잔잔한 파문을 일으켰다. 한 걸음 더 나아가 그녀들에게 엄마가 아닌 〈엄마의 딸〉로 살았을 때의 이야기를 들려달라고 청했다. 그러자 오래된 기억을 거슬러 오른 딸들은 하나같이 눈시울을 붉혔다. 하나하나 마음속에 담아 온 그녀들의 아름다운 이야기는 소설인 〈숙희 딸〉에 고스란히 담겨 있다. 아울러 저자의 엄마인 숙희의 굴곡진 삶 역시도 작게나마 담아 보았음을.

본격적으로 소설을 쓰기에 앞서 캐릭터를 만들면서 고민이 깊어졌다. 평범하게 보이지만 결코 평범하지 않은 엄마와 딸의 이야기를 쓰고 싶었다. 하여 양딸인 연실을 통해 혈연관계를 뛰어넘는 진정한 가족의 의미를 보여 주고자 노력했다. 〈숙희 딸〉이 되기 싫었던 친딸 김복미와 〈숙희 딸〉이 되고 싶었던 양딸 이연실. 두 딸의 가슴 쩡한 이야기를 써 내려 가는 내내 심장 끝이 아렸다. 바다가 아름다운 가상의 도시인 구천포. 아직도 소설 속 구천포의 아름다운 바다 풍경이 눈에 선하다. 더불어 그곳에서 삶의 터전을 이룬 이웃들의 정겨운 웃음소리가 지금도 들리는 것만 같다. 무엇보다 내게 아름다운 이야기를 들려준 숙희와 숙희 딸들에게 감사함을 전한다. 그간 무채색으로 흐르던 내 삶이 당신들로 인해 붉게 물들 수 있었다고.

  선뜻 소설의 제목으로 자신의 이름을 빌려준 엄마 숙희 씨! 이 자리를 빌려 감사합니다. 또한, 항상 옆에서 격려해 주시는 지인분들과 가족분들, 사랑하는 조카들. 그리고 멀리 미국에서 응원을 보내온 가족에게도 감사함을 전합니다. 특히 모자라고 부족한 글에 아낌없는 칭찬과 응원을 보내 주시는 독자분들께도 마음을 다해 진심으로 감사드립니다. 아울러 나의 벗이자 숙희의 또 다른 딸인 이종희, 고맙다!
  〈숙희 딸〉이 세상으로 나올 수 있게 해 주신 〈한국예술인 복지재단〉과 〈좋은땅〉 출판사 관계자분들께도 감사의 마음을 보냅니다. 홀씨가 싹을 틔워 꽃을 피우듯, 〈숙희 딸〉 역시도 누군가의 마음속에 작은 꽃 한 송이로 피어나길 바라봅니다. 마지막으로 존경하는 세상의 모든 숙희와 숙희 딸들에게 이 소설을 바칩니다.

참고 자료

- 전태일의 꿈 이어받은 십대 여공들
 '피복노조'의 50년(한국일보, 2020. 10. 15.)
- 이미자 동백 아가씨(나무위키)
- 태화관으로 본 한국 룸살롱의 역사(일요 시사. 2017. 3. 28.)

숙희 딸

ⓒ 박지영, 2026

초판 1쇄 발행 2026년 1월 5일

지은이   박지영
펴낸이   이기봉
편집   좋은땅 편집팀
펴낸곳   도서출판 좋은땅
주소   서울특별시 마포구 양화로12길 26 지월드빌딩 (서교동 395-7)
전화   02)374-8616~7
팩스   02)374-8614
이메일   gworldbook@naver.com
홈페이지   www.g-world.co.kr

ISBN   979-11-388-5015-5 (03810)

- 가격은 뒤표지에 있습니다.
- 이 책은 저작권법에 의하여 보호를 받는 저작물이므로 무단 전재와 복제를 금합니다.
- 파본은 구입하신 서점에서 교환해 드립니다.